中国古典小説研究の未来

21世紀への回顧と展望

中国古典小説研究会［編］

勉誠出版

中国古典小説研究の未来
21世紀への回顧と展望

Ⅲ　中国古典小説研究の最前線

Ⅳ　中国古典小説研究の未来に向けて

中国古典小説研究三十年の回顧
――次世代の研究者への伝言

鈴木陽一

すずき・よういち――神奈川大学外国語学部中国語学科教授。専門は中国文学、中国文化。主な著書・論文に『金庸を語る――武侠小説の魅力』（御茶の水書房、二〇〇四年）、「張擇端「清明上河圖」とその影響力」（『「清明上河図」と徽宗の時代』勉誠出版、二〇一二年）などがある。

本論文集に収められた文章は、二〇一六年九月四、五日の両日、神奈川大学（外国語学研究科、人文学研究所）主催、中国古典小説研究会共催で開催された国際シンポジウム「中国古典小説研究三十年の回顧と展望」に参加された先生方に、シンポジウムの趣旨ならびに当日の報告と討論を踏まえ、改めて執筆をお願いしたものである。研究と教育の第一線で御活躍の先生方がお忙しい中、快く執筆をお引き受け頂いたことに、心より御礼を申し上げるとともに、シンポジウムの開催に至る経過を紹介し、シンポジウム開催と本論集の刊行の目的について、簡単に御説明申し上げることとする。

このシンポジウムのもとは、今を遡ることおよそ三十年前、中国古典小説研究会（一九八七〜）と神奈川大学中国語学科（一九八八〜）が踵を接して設立された時点にある。当時、中国古典小説研究会と中国語学科の設立の双方に関わられたのが、二〇一七年に物故された神奈川大学、東京大学の名誉教授尾上兼英先生であった。先生のお人柄から中堅、若手の古典小説研究者が先生の周辺に集い、和気藹々としかし切磋琢磨しあうような状況が生まれた。さらにこの輪の中に、黄霖先生など中国及び海外の学者が加わり、小説研究をめぐる議論が世代を超え、地域を越え、九〇年代にかけて活発化していった。まさに「桃李自ずから蹊を成」したのであり、それは戦後の中国古典小説の研究史において一つの時代の始まりを意味した。シンポジウムのタイトルを「三十年の回顧」と銘打ったのは、そのためである。

ここで、個人的なことを少し述べる。六〇年代末の混乱の中で大学に入学した私は、多分に偶然に引き摺られて中国文学を選んだ。そのため、私には欧米や日本の文学研究の方がはるかに馴染みがあり、大学院へ進学した後も世界文学の中での中国文学ということしか考えられなかった。『儒林外史』の論文でR・バルトを引用し、『西遊記』の論文でM・バフチンを引用して、関西大学の日下恒男先生から「お前はアホか」と冗談交じりで叱られたことはいまだに記憶に新しい。その後、都立大学では言語学の故慶谷壽信先生と民間文学の村松一弥先生、それに非常勤で来られていた田仲一成先生の御指導により、いくらかは軌道修正ができたのかもしれないが、職を得ても相も変わらず自己流、我流を通していた。

自分の研究方法が間違っているとは思ってはいなかったが、不安であったこともまた確かだった。そういう状況にあったとき、尾上先生と職場をともにし、また中国古典小説研究会で多くの先生方から学ぶ機会を得たこと、未熟な報告を行い批判を受けたことは何よりの良薬であった。シンポジウムの際、基調報告とそれに対するコメントを、大木康先生、大塚秀高先生、岡崎由美先生、金文京先生にお願いしたのは、私個人がこれまで小説研究会などの場で彼らから多大なる学問上の恩恵を受けたからで、今の時代の若手研究者にも私が学んだものを少しでも受け止めて欲しいと思ったからである。少し理屈っぽく言えば、小説研究に万能薬となる方法などなく、大げさに言えば作品の数だけ方法はある、だから使える武器は少しでも多い方がよい。そのためには不断に新たな方法を学ぶ必要があるが、それには優秀な先生、先輩、友人の報告を聞くのが、刺激にもなって一番よい。それに文学研究は実験ができないから、自分の仮説の妥当性は他人の研究との比較、他人からの評価を待たねばならない。そういう場が、若い研究者にとっては是非とも必要であり、三十代後半という大事な時期に目の前に設えられ、それに参加する機会が与えられた私からすれば、シンポジウムは学恩へのささやかな恩返しでもあった。

話は二十一世紀に飛ぶ。大学内外や人文学をとりまく環境など、若手研究者が文学研究を続けていく状況がより困難になっていることについては敢えて贅言を避けるが、博士論文の義務化と、業績点数第一主義がいかに我々から「ゆとり」を奪っているかだけは強調しておきたい。また、世代間の価値観の差違の拡大と、価値観の相対化による議論の回避、電脳万能時代の人文研究の方向性の不鮮明さなどもあって、ご多分に漏れず、中国小説研究も決して明るい状況にはない。このシンポジウムが少しでも若手の元気づけになっていればこれに勝る幸いはない。

こうした状況は中国も全く同様で、特に当初から中国古典小説研究会を通じて日本の研究者と交流を続けてきた復旦大学黄霖先生の夙に深く憂うところでもあった。黄霖先生の行動力は私の比ではなく、二〇一四年十二月に同世代の研究者十二名を招集し、八〇年代を回顧する学術座談会を開催し、その成果をすでに『我们事跑在20世纪80年代』（黄霖主編、復旦大学出版社、二〇一六年七月）として出版されるに至っている。シンポジウムも、黄霖先生の率先垂範があり、励ましがあり、援助があって実現することになった面が多分にある。幸いにも神奈川大学では、シンポジウムの学術的価値が認められ、学内審査のあと、神奈川大学国際交流プロジェクトとして実現するに至ったが、始めに述べたように、この起源は、学科設立以来の尾上先生を取り巻く先生方とのつながりにあり、その輪の中に黄霖先生が早くから加わっていたことを考えると、感無量である。

シンポジウムを実現するに当たり、中国では、かつて私が教えを受けた杭州大学（現浙江大学）の故徐朔方先生の高弟の面々、浙江大学の金健人、楼含松、北京大学の廖可斌、中山大学の黄仕忠各教授、また神奈川大学の最も親しい姉妹校上海師範大学の孫遜、宋莉華各教授から、様々な支援を受けた。旧友の諸先生に心から御礼申し上げる。

小説テクストのデジタル化を進める首都師範大学の周文業教授の協力により、周教授の主催するシンポジウムに参加した中国人研究者が多数私どものシンポジウムに参加され、大いに活況を呈した。周教授のテクストデジタル化への努力に心からの敬意を表するとともに御協力に感謝する。

シンポジウムは、中国古典小説研究会の全面的協力がなければ実現は不可能であった。特に、代表、事務局の、竹内真彦先生、廣澤裕介先生、松浦智子先生には企画、プログラム、司会とコメンテーターの配置、通訳としての留学生の確保など、「食う寝るところに住むところ」以外は全てお任せすることになった。お三方の先生のご尽力に心から御礼申し上げる。また報告、司会、コメンテーターをお願いした先生方、通訳を担当された留学生の皆さん、中国の先生方の送迎などに獅子奮迅の活躍をした神奈川大学の留学生（王君、張君、熊君、胡さん）にも、御礼申し上げる。

最後に、研究の歴史を回顧するのは決してセンチメンタリズムではなく、新たな研究の発展に向かうための第一歩であることを蛇足ながら付け加えるとともに、この厄介な出版をお引き受け頂いた勉誠出版と、先生方に対して粘り強くかつ穏やかに督促を続けてこられた編集担当の萩野氏に御礼を申し上げ、ご挨拶の結びとする。

中国古典小説研究会誕生のころ
――あわせて『中国古典小説研究動態』刊行会について

大塚秀高

おおつか・ひでたか――埼玉大学名誉教授。専門は中国俗文学。主な著書に『増補中国通俗小説書目』（汲古書院、一九八七年）、『中国古典文学と挿画文化』（共編、勉誠出版、二〇一四年）などがある。

初めにお断りしておきますが、以下に記すものは「中国古典小説研究三十年の回顧と展望」というテーマに全面的にお答えしようとするものではなく、あくまで私が当事者としてその場に立ち会ってきた、近三十年の日本における中国の古典小説研究の全体としての動向を御報告するものであって、個々の業績につき紹介したり評価したりしようとするものではありません。したがって御報告すべきことが多々抜け落ちているかと思われますが、その点については御寛恕願えれば幸いです。なお、二〇一六年九月に神奈川大学で開催された同題の国際シンポジウムでの私の基調報告を整理したものが『中国古典小説研究』第二十号（二〇一七年三月）に掲載されていいます。このたびはそれと重複しないようにしたので、あわせて参照いただければ幸いです。

私が大学に入学したのは一九六八年で、博士課程を終えて就職し、曲がりなりにも研究者となったのはその十一年後の一九七九年のことですが、最初の論文を『日本中国学会報』に発表したのは一九七六年ですから、その時から数えれば私の研究歴は四十年になります。

私が入学する以前の日本の中国文学科をもつ大学で、研究者養成を目的とした博士課程を有する大学は、伝統のある私立大学を除けば旧帝国大学に限られていました。旧帝大の中国文学科は、それ以前の長い伝統を踏まえて研究教育をおこなっていましたから、評価のすでに定まり需要層の多い韻文を中心に研究がおこなわれていました。しかも大学ごとに主として研究する対象もなかば決まっていて、教官の人事もそれに沿っておこなわれているのが実情でした。したがって小説研究を表芸にしている研究者が在籍している大学はまれでした。それゆえ小説研究は、ジャンルも時代も小説に近いと認識されていた戯曲の研究者によって担われるのが一般的でした。とはいえ戯曲（とりわけ作品として残され、当時研究対象となりえたレーゼドラマ）は「漢文唐詩宋詞元曲」という言葉があるように、韻文の曲を主とするものであって、雅文学の一翼を担うものと意識されていましたから、今日小説研究者と認識されている先輩の研究者にとっても、小説研究はあくまで余技でしかなかったのではないかと思われます。

学ぶは真似ぶなりとか、習うは倣うなりという言葉があります。学習するには身近な手本をまねることが捷径であり、芸は教えられるのを待つものではなく盗むものだという意味でしょうが、それは一流の人についていえることですし、一流の人であってもそれ相当の時間が必要になります。それに一人でする研究では、それに生涯の大半を捧げようとも、できる貢献のほどは知れています。いまだ研究の手がつけられていない小説研究の沃野が広がっている以上、まず大切なことは研究者の層を厚くし、共同研究を立ち上げる余地を作ることでしょう。中国古典小説研究会立ち上げの頃の会員の意識が那辺にあったかはわかりませんが、少なくとも私の意識はそこにありました。

中国古典小説研究会は一九八六年八月二十四日から二十六日にかけ、長野県野辺山で第一回の夏合宿を行いました（正確にはこの夏合宿をもって中国古典小説研究会が成立したわけです）。現在は会長をはじめとする役員がいて、『中国古典小説研究』という研究誌を毎年発行し、不定期ですが例会も関東や関西で開催されていますから、毎年夏に開かれる研究集会を大会といっていますが、当時はなんの組織もありませんでしたから、研究集会についても夏合宿といっていました。

夏合宿のスケジュールは、第一日目の午後に現地集合、第二日目の午前、午後と第三日目の午前を研究発表にあて、第三日目の午後に解散、夜は情報交換と歓談というのが通例で、第一回の発表者はあわせて八人でしたが、事前に発表者が全員決まっていたわけではなく、当日その場で決まった方もいました。発表者がそんな具合でしたから、当然司会者など決まっておらず、研究者になりたてにもかかわらず第三日目の司会を当日仰せつかった私など四苦八苦しましたが、それも今ではよい思い出です。

私に司会のお鉢がまわってくるくらいでしたから、参加者も若者が大半でした。発表者全員が決まっていたわけではないといいましたが、まったく決まっていなかったわけではありません。事前にお願いしておいた方もいました。なんでもそうですが、中国古典小説研究会についても、仕掛け人とでもいうべき人やお神輿に乗り錦の御旗になる人がいて、その人たちにより大雑把な方向性は定められていたわけです。

ひるがえって、第一回の合宿は以後の合宿のように大学の保養所や国民宿舎などの宿泊施設ではなく、信州大学の農学部附属の野辺山実習施設を借りておこないましたから、食事については自炊するしかありませんでした。結局仕掛け人のおひとりの勤務先から動員された女子学生の方が食事をつくってくださることになったのですが、発表も聞けずひたすら食事をつくっていたわけで、たいへん気の毒なことをしたと思っています（ちなみにこの施設を借りることになったのは、信州大学がもうおひとりの仕掛け人の方の勤務先であったからです）。

私についていえば、確かにこの合宿の運営を支援する側にいましたが、たいして重要な役割を果たしたわけではありません。とはいえこの合宿を通じ、それまで秘かに抱いていたひとつの思いを実現したいと考えていました。それは、小説研究を志す若い人の間にネットワークをつくり、それぞれが孤立無援で研究しないですむようにしようというものでした。だから参加をよびかけた方に若い方が多くなったわけです。それゆえ後日、参加をお願いしなかった師すじの著名な小説研究者の方に「年寄扱いされた」と叱責されました。そんな私でしたから、四十代になったらこうした活動の第一線から退こうと考えていました。しかし人間思うようにはゆかないものです。数年前の大会で、いつまででしゃばっているのだという主旨の会員アンケートを披露され、はっとしました。老兵は消えゆくべきなのです。

第二回の夏合宿は翌一九八七年の八月に赤城山の大沼のほとりにある武蔵学園青山寮で開催されました。この夏合宿ではふたつ印象に残っていることがあります。ひとつは第二日の午前に私と鈴木陽一さんが「「小説」とは何か――「小説」研究の対象」というパネル・ディスカッションをしたことです。このとき鈴木さんは「文言小説は小説ではない」と獅子吼したのです。中国では（日本でもそうですが）文言小説を小説研究の対象に含めていますが、鈴木さんにしてみれば、小説とは口語のものであるという立場から持論を述べたに過ぎなかったでしょうが、当時の夏合宿の参加者、とりわけ年配の参加者には志怪や伝奇の研究者が多かったので、聞き捨てならないということで大いにもめました。ちなみに過去も現在も中国古典小説研究会が文言小説の研究者を排除した事実はありません。一時期、『中国古典小説研究』への投稿者は小説研究者より戯曲研究者の方が多かったくらいで、私など会誌名を『中国古典小説戯曲研究』とでも変えた方がよいのではないかと真剣に考えたくらいです。思うに鈴木さんは大御所を挑発してでも小説とは何かについて熱い議論がしたかったのでしょう。私にせよ鈴木さんにせよ、まだ四十にもならない青二才の時でした。

ふたつ目は、このときたまたま創価大学にこられていた復旦大学の黄霖さんが参加され、『金瓶梅詞話』之前有没有一個説唱〝底本〟と題する発表をされたことです。黄霖さんは一九九九年の北海道トムラウシ温泉で開かれた大会でも『金瓶梅』与杭州」という発表をされています。黄霖さんは小説研究を目指す日本人の学生・院生を多数受け入れ指導され一人前の研究者に育ててくださいました。日本の小説研究者にとって恩人といってよい人です。ちなみに第一回と第二回の夏合宿には参加者の集合写真が残っています。

中国古典小説研究会第1回夏合宿集合写真（長野県野辺山にて、1986.8）

中国古典小説研究会第2回夏合宿集合写真（群馬県赤城山にて、1987.8）

黄霖さんの話がでたので、続けて中国古典小説研究会の会員以外をゲスト・スピーカーにお招きした、神奈川大学の箱根保養所で開催された第五回の夏合宿につき紹介しておきたいと思います。この回は「都市と小説」という共通テーマを設け、第二日目の全日をその発表にあてました。午前は歴史ということで妹尾達彦さんと伊原弘さんに講演をお願いし、午後は会員の鈴木陽一、須藤洋一、岡本不二明、日下翠、小川陽一の五氏に発表を依頼しました。司会は小南一郎さん（と私）でした。このように当初の夏合宿は可能な限りテーマを立てて発表者を募っていましたが、徐々にそれでは発表者が集まらなくなり、ついには学会発表の予行演習の様相を呈するようになってしまったのは残念なことです。

夏合宿（大会）についてはこのくらいにして、次には会誌についてお話ししたいと思います。私は中国古典小説研究会が発足した以上、会員の論文を掲載する会誌が必要と考えていました。でもこの夢を実現するには大きなハードルがありました。会とはいっても規約も組織もなかったので、会として決定をすることがそもそもできなかったのです。そこで第二回の夏合宿後、中国古典小説研究会とは別に、私が会員から有志を募って「中国古典小説研究動態」刊行会という会を創り、そこから年に一度『中国古典小説研究動態』（以後『動態』という）という会誌を刊行することにしました。目的は内外の中国古典小説研究者相互の連絡に資するためとしました。「動態」と命名したゆえんです。『動態』は創刊号が一九八七年十月に刊行され、以後は年一回Ａ４版百頁立てで順調に刊行されました。パソコン（ワープロ）で私が入力した原稿をそのまま版下とし、印刷製本については汲古書院にお願いすることにしました。『動態』には刊行会会員の原稿のほか、主として私が依頼した魏子雲、黄霖、王汝梅、陳毓羆、于文藻、陳平原、黄笙聞、魏愛蓮、侯海、魯徳才といった方々の論文も掲載することができました。調子に乗った私は年一回の『動態』だけではあきたらなくなって、刊行会会員むけに『きまぐれ研究動態』という、Ａ４版八頁を基準とする不定期刊行物を九号まで出しました（「きまぐれ」は不定期刊行の意味です）。しかし編集兼発行人であった私が息切れしたため、『動態』は一九九一年十月の第五号、『きまぐれ研究動態』については一九九一年十一月の九号を最後に休刊状態になってしまいました。それを刊行会会員の方が心配し、一九九三年五月に私に代わって『動態』の第六号を出してくださり、今後は中国古典小説研究会から『動態』を発展的に解消した『中国古典小説研究』を毎年刊行するよう計らってくださいました（その経緯については第六号の「後記」に見えます）。私もその好意に応え、一九九四年六月に最終号をだして『動態』にけじめをつけることにしました（『動態』は結局七冊刊行されたことになります）。なお『動態』の最終号にも胡万川、袁世碩、李福清の諸氏に寄稿していただきました。

かくて「中国古典小説研究動態」刊行会は解散し、新生なった中国古典小説研究会から『中国古典小説研究』の第一号が一九九五年六月に刊行されることになり、ともなって研究会も組織をそなえることになって、私が初代の代表（現在は会長とよんでいます）ということになりました。代表は私以後、鈴木陽一、金文京、岡崎由美、笹倉一広、中川諭と受継がれ、現在は竹内真彦さんがつとめています。なお『中国古典小説研究』はこれ以後ほぼ毎年一冊のペースで刊行され、二〇一六年三月の時点で第十九号まで刊行されています。私は更なる中国古典小説研究会と『中国古典小説研究』の発展を祈るべき立場のものですが、近頃の会員と会誌はいささか元気がないように見えます。苦言を呈し、会員諸氏のより一層の研鑽を望みたいと思います。

過去三十年における中国大陸の古典小説研究

黄　霖（樊可人・訳）

この三十年、大陸における中国古典小説研究はめざましい発展を遂げた。まさに、一路春風、木々に花開く、といったところである。以下にその成果を略説したい。

文献の整理と研究

文献の整理と研究はすべての礎であり、研究全体の発展の度合いが如実に表れるものでもある。この三十年において、文献整理の成果はまず大型の小説テキスト叢刊における影印に反映されている。一九九四年、上海古籍出版社から『古本小説集成』が出版された。五五〇種余りの小説を影印したものので、収録範囲も広範にわたる大規模なものである。また各種の小説叢刊も相次いで刊行され、研究者たちの需要を大いに満たしてくれた。同時に、古典小説の校注本も雨後の筍のように次々と出版された。その中には注目に値するものも少なくない。例えば王利器校注の『水滸全伝校注』には一三〇万字余りの解説文がつけられており、氏の長年の研究の結晶というべき著作となっている。また、特色ある校注本として盛巽昌の『三国演義』と『水滸伝』の「補正本」が挙げられる。「補」とは小説に書かれていない史実や典故、名物や制度などを補うことであり、「正」とは歴史事実によって話の虚構性を明らかにすることである。この「補正本」は非常に創造的で、一つの小説、特に歴史小説の虚実を理解する上で有用である。この時期においては、総合的な辞書と目録書の編纂も顕著な特色の一つである。一九九〇年、江蘇省社会

こう・りん――中国復旦大学中国語言文化研究所資深特聘教授。専門は明清の文学。主な著書に『中国歴代小説論著選』（江西人民出版社、二〇〇〇年）、『金瓶梅講演録』（広西師範大学出版、二〇〇八年）などがある。

科学院明清小説研究中心と同社会科学院文学研究所によって『中国通俗小説総目提要』が出版されると、学界において幅広い注目を集めた。その後、小説提要や『中国古代小説百科全書』なども次々と出版された。八〇年代から九〇年代にかけては、六大長編小説に関する専門的な辞典が続々と出版されたが、中には一つの作品につき数種類におよぶ辞書が出版されたケースもある。それぞれ詳しさや精密さは異なっているものの、いずれの辞書も参考に値する。一粟の『紅楼夢巻』に続いて、六大小説と『聊斎志異』、および曾朴、劉鶚、李伯元、呉趼人らに関する専門の研究資料集も刊行された。作品によっては二、三種類におよぶこともあり、それぞれ長短がある。資料集の編纂という方面においては朱一玄の名を挙げなければならない。彼は単独（一部は共著）で前述したいくつかの著名な小説の資料集を編纂したほか、『古典小説版本資料選編』（一九八六年）、『明清小説資料選編』（一九八九年）なども編纂し、この分野で突出した業績を残した。資料集とは別に、小説の序跋集も次々と出版された。初期のものはいずれも選集で種類も少なかったが、のちに丁錫根によって編纂された『中国歴代小説序跋集』三分冊（一九九六年）は、当時の条件下にあっては出色の出来である。この時期、規模の違いはあれ、索引類も少なからず発表された。また、文字の電子データ化という新しい技術が現れると、周文業らがその先駆けとなって次々と計画が進められた。『三国演義』『水滸伝』『金瓶梅』『紅楼夢』などの小説が電子データ化されたことにより、関連する版本の分析や整理が大きく推し進められた。こうした文献の整理を基礎として行われた研究、特に版本、作者等の問題に関する考証と検討に関しては、百家争鳴の様相を呈している。中には比較的容易に解決できる問題もあるが、様々な要素が複雑に絡み合って各方面に及んでいるため、結論を見るまでになお時間を要する問題もある。研究者の多くは真理を追求するという目的に向かって、確実な資料をもとに論理的な推論を行いつつ研究を深めてきたのだが、政治的な圧力やマスコミの干渉など様々な外的要因によって、問題がこじれてしまった事例もある。

小説テキストの研究

小説テキストの研究については、相次いで西洋の理論や方法等が取り入れられ、中国小説の読解に用いられた。比較的影響が大きかったものとして叙事学（narratology［物論］）を挙げることができる。一時期、中国の古典小説を論じる際にはそのほとんどに叙事学の枠組みが用いられ、「全知」「限知」のような術語が多用されたこともあった。中には、中国小説の実情を踏まえた上で西洋の理論を適用し、中国叙事文学における創作の実態と叙事の思想をまとめ上げた論著もあったが、特筆すべきものは多くない。「叙事（事を叙ぶ）」が広く注目される中にあって、古典小説の「写人（人を写す）」に注目したのが李桂奎である。彼は『中国小説写人学』（二〇〇八年）、『中国小説写人研究』（二〇一五年）を発表し、中国の古典小説がどのように人物を描写するのかという問題について、様々な角度から分析を加え、「中国人物描写学」の体系構築を試みた。また西洋の文体学に刺激される形で、文体学および中国文体学の研究も八〇年代から盛んになった。しかし中国古典小説の文体研究について言うならば、西洋の文体学と中国の文体学を融合させ、あるいは詩文を基礎とする中国の文体理論と古典小説の文体研究を融合させ、そこから中国古典小説の文体をとらえようとする試みは、決して容易ではない。そうした中、二〇一三年に譚帆らが著した『中国古代小説文体文法術語考釈』は系統的である上に、既存の概念に当てはめていくスタイルを採るのではなく、中国小説の実情に立脚することを出発点とし、中国独自の文学的特徴をまとめあげた。

小説伝播の研究

コミュニケーション学や受容理論などの学説が取り入れられると、小説の伝播に関する研究もこの時期における一つの新しい学問になり、新たな方法や視点で明清小説の伝播を研究した論著がいくつか出版された。中でも程国賦の『明代書坊与小説研究』（二〇〇八年）は学界において高い評価を得た。相前後して、一部の名著の伝播史に関する論文や著作も続々と発表された。中には、単に当時の状況が羅列されるだけでなく、社会歴史の現実や民族文化の心理、学術研究の変遷などと関連づけられた優れた研究もある。

小説文化の研究

文革後しばらく、学界はかつて自分たちが強調してきたような「小説は社会の反映である」「小説は社会的機能を有している」という主張に対して、意識的あるいは無意識的に回避したり反発したりする方向に進んだ。しかし結局のところ、文学を社会から切り離すことはできない。文化研究の波が再び押し寄せるのは当然の流れであった。中でも小説と宗教との関係に注目した研究が比較的活発に行われ、総合的なものから具体的なもの（仏教・道教の二教と小説の関係を論じるもの）、様々な民間信仰や神秘的な文化と小説の関係を論じるものまで、広く人々の関心を集めた。例えば、万晴川の『命相・占卜・讖応与中国古代小説』（二〇〇〇年）、黄景春・程薔の『中国古代小説与民間信仰』（二〇一三年）などは、精密さに差はあるものの、いずれも新しい息吹に満ちている。仏教や道教と小説、あるいは非正統的な宗教と小説との関係に力が注がれると同時に、儒学が小説に与える影響にも関心が注がれ、『儒学与中国古代小説関係論稿』（劉相雨、二〇一〇年）、『宋明理学与明代文学』（宋克夫、二〇一三年）などの著作も出版された。こうした研究を時代遅れだというつもりはないが、旧中国において、儒学は一貫して統治思想でありつづけたわけで、明末に「情」や「欲」を強調する文人が現れたとはいえ、彼らも「理」の枠組みから抜け出すことはできなかったのである。儒教と小説との関係について改めて取りあげるのであれば、論点を整理し、より深く分析を加える必要がある。一方、小説における文化の研究については、実際に生活の中の様々な方面と関わっているため、言語、法律、服飾、飲食、建築、家具、挿絵、医薬から、性生活、葬儀などに至るまで、あらゆる専門的な研究書が世に出された。かつて政治や倫理といった視点から考察することにのみ重点が置かれていたのに比べると、実に豊富で、緻密かつ具体的である。しかしこうした文化は、あくまで社会や歴史の一部に過ぎない。そのため、いわゆる「文化研究」は「社会歴史研究」の一側面を掘り下げただけのものになってしまい、社会の重大な矛盾に目を向けたり、人々の声に耳を傾けたりすることからは次第に遠ざかってしまった。

小説史と小説理論批評の研究

この三十年、特に八〇、九〇年代には中国小説史の編纂が盛んに行われた。著作の数は空前のものとなり、内容面、形式面、体裁面でも新たな変化がもたらされた。通史にせよ断代史にせよ、分体史にせよ専題史にせよ、史論体にせよ通論体にせよ、いずれもこれまでのものとは一線を画したところがある。二十一世紀に入ると、小説史の編纂に対する熱はやや衰えた部分もあったが、それでも専門的な論著が次々と世に出された。中でも注目すべきは、李剣国・陳洪の主編による『中国小説通史』（二〇〇七年）である。四分冊からなるこの書は、有史以来、量的に最大を誇る中国小説通史である。様々な学術的見解に配慮され、最新の学術成果が反映されたものとなっている。

小説史の編纂と同様、小説理論批評史の研究もこの三十年で盛んになった。小説批評に関する資料の系統的な整理を皮切りに、小説理論批評史や小説美学に関する著作が次第に出版されるようになったことは、中国小説理論批評史という分野がすでに成熟の域に達しようとしていることを示している。小説批評史を礎として、小説研究史に関する著作も現れた。その後、『金瓶梅』『西游記』『水滸伝』『儒林外史』などの個別の作品に関する研究史や学術史の著作も出版された。同時に、総合的な小説研究史、学術史の論著も現れた。これらの著作は、前人の成果をまとめ、後学に道を示したという点で一定の価値がある。

国際交流による小説研究

この三十年の間には、改革開放の潮流に乗じて海外の研究成果も注目されるようになり、著名な研究者の著作や影響力のある研究書が続々と翻訳、出版された。これらの著作は、我々の視野を広げ、研究を促進してくれた。さらには海外の著名な研究者やその名著そのものについても研究が行われるようになり、張氷の『俄羅斯漢学家李福清研究』(二〇一五年)、孫玉明の『日本紅学史稿』(二〇〇六年)などの著作が現れた。また、東アジア各国の漢文小説にも関心が寄せられるようになった。二〇一一年には孫遜主編の『越南漢文小説集成』全二十冊が上海で出版され、その他にも関連する研究論著が発表された。こうした著作によって東アジアの漢文小説研究も注目されるようになったのである。

おわりに

以上、駆け足ではあったが、道すがら色とりどりの花咲く光景を目にしつつ過去三十年の中国古典小説研究を振り返ってみた。我々がこのような成果を収められたのは、文革という冬の時代が終わって春が再び訪れ、そよ風が顔をなでる中、学術的で自由な空気を思いきり吸い込むことができるようになったからである。そしてもう一つ、中国経済の発展が我々の研究を後押ししてくれたことも忘れてはならない。

しかしその一方で、社会の変化によって人々の心が金銭第一主義へと向かい、学術研究の方向性が歪められ、目先の成功や利益を急ぐあまり多くの研究論文や著作が粗製乱造されてしまったという事実にも、我々は冷静に目を向けなくてはならない。枯れた枝や衰えた葉はいずれ土に戻る。こうした反省も肥やしにしつつ、古典小説研究の木が今後さらに逞しく成長し、ますます鮮やかな花を咲かせてくれることを期待したい。

近三十年間の中国古典小説研究における視野の広がりについて

孫　遜（中塚亮・訳）

そん・そん――上海師範大学人文与伝播学院教授。専門は中国古代小説研究。主な著書に『紅楼夢脂評初探』（上海古籍出版社、一九八一年）、『越南漢文小説集成』（共編、上海古籍出版社、二〇一〇年）などがある。

一九八〇年代以降、中国は改革開放という新時期に入り、中国古典小説を含む学術研究もまた、これまでにない好機を迎えた。それから今日までわずか三十年余り。とはいえ、この三十年間に思想の解放や、観念の変化、学術研究の開放によって中国古典小説研究には新たな状況が生まれた。中でも、新たな視野の広がりはこの時期におけるもっとも注目される現象のひとつである。本稿では、筆者がよく知るいくつかの方面についてその一端を挙げてみたい。

小説文献学

いかなる学術研究もみな信頼に足る文献資料の基礎の上に打ち立てられなければならず、小説研究もまたその例外ではない。この方面においては魯迅や胡適、孫階第といった先達がわれわれの良いお手本となる。

新時期の三十年間には、新資料の発掘・発見においても、書目の整理・編纂や大規模な資料の集成・出版においても注目に値する成果が上がっている。新資料については明崇禎本『型世言』や、海内の孤本である明刻本『五虎鬧東京』、清乾隆年間・文元堂翻刻明忠正堂本『全像顕法降蛇海遊記伝』、清康熙刊本『一人月圓』、清乾隆序抄本『新編閨閣完人伝』、清初刻本『留人眼』『莽男児』などの発見があった。小説書目については『中国通俗小説総目提要』[1]、『中国古代小説百科全書』[2]、『中国古代小説総目』[3]、『増補中国通俗小説書目』[4]、『新編増補清末民初小説目録』[5]、『晩清小説目録』[6]などが編纂された。大規模な小説叢書としては『古本小説集成』[7]、『古本小説叢刊』[8]、『文言話本小説（孤本善本小説影印点校合刊）』[9]、『清末時新小説集』[10]、『朝鮮所刊中国珍本小説叢刊』[11]などが出版された。これらはいずれもここ三十年間になされた研究の基盤となる作業であり、その貢献は計り知れない。新資料の発見については、困難な作業である上、その重要性もかつてその研究上に画期的な進展をもたらした『金瓶梅詞話』や『紅楼夢』甲戌本の発見には及ぶべくもないが、みずからの調査に基づいた書目の編纂や稀覯版本の影印出版は小説研究者にとって、大きな助けとなった。

　小説文献学はその人材にも恵まれていた。ここではベテラン、中堅、若手の各世代から数名を挙げておく。上の世代の学者では、程毅中・劉世徳の両氏がその代表である。程氏は『宋元小説家話本集』[12]や『清平山堂話本校注』[13]の校勘・整理において、校勘・整理と文献研究を有機的に結びつけており、その確かな文献知識と独自の研究経験を体現している。劉氏の『三国演義』と『紅楼夢』に関する考証は、様々な版本に対する精読を基礎として、小さな点から切り込み、着実にひとつひとつ議論を重ねていくことで、読者に彼の思考展開をトレースさせるものである。劉氏のこの考証方法を、筆者は勝手に「劉氏考証法」と呼んでいる。

　若手・中堅世代の代表としては李剣国と潘建国の「二国」を推したい。前の「一国」は唐以前の志怪や、唐・五代の志怪・伝奇および宋代伝奇の整理・研究に注力している。もうひとりの「一国」は明清小説の新資料の発掘と版本研究において重要な成果を残している。彼らの身には、ここ三十年来の小説文献学の進展が凝縮・反映されているのである。

小説と宗教

文化学はここ三十年の小説研究において、新たに起こった分野である。その中で、小説と宗教の関係は小説文化学の重要な支流をなしている。

　宗教といえば、すぐに儒教・仏教・道教が思い浮かぶが、儒教についてはなお宗教とみなすか否か、その見方が定まっていないため、主流宗教としては主に仏・道二教となる。小説研究はかねてより宗教との関係に注目していたが、ここ三十年間の進展は主に次の点にあらわれている。

一、宗教と小説の内容や文体・形式との深い関係に踏み込み、いくつかの新たな課題を提示した。[14]例えば、唐代の仏・道「論議」（仏教と道教の議論の形態を模した芸能）と古代争奇小説、唐代仏教の「俗講」「転変」芸能と宋元説話、唐代伝奇にみられる「仙妓合流」（仙女と妓女のイメージを重ね合わせる）現象、古代小説の「情僧」（情愛を重んじる僧侶）伝統、仏教・道教の「転世」「謫世」（罪を犯して天界から現世に落とされる）観念と古代小説の構造など、である。

二、より重視されたのは小説に内包された宗教文学史の整理である。仏教文学史、道教文学史や宗教文学史全般の編纂にとって有益な試みとなった。ここ三十年間の小説研究は主流宗教だけでなく、さらに民間宗教の方面にも踏み込んだ。これには小説と白蓮教、弥勒教、三一教、八卦教やさまざまな会道門（宗教で結びついた秘密結社）との関係も含まれる。これは以前の小説研究が見逃してきた点である。この他、キリスト教などの外来宗教と小説との関係についても学界の注目は高まる一方である（詳しくは後述の関連部分を参照）。

小説と都市

これは小説研究における比較的新しい視点であり、都市がどのように小説の発展と変遷を促したかや、また小説がどのように都市の発展過程や都市生活の諸相を反映しているかなど、主に小説と都市の関係を論じるものである。

早期にこの分野を取り扱った例としては劉勇強氏の「西湖小説」に関する研究がある。筆者が所属する上海師範大学には教育部の重点研究基地である「上海師範大学都市文化研究センター」が設立され、この分野においても先発優位を獲得している。葛永海の『古典小説と都市文化』は比較的早い時期に小説と都市の関係を論じた博士論文である[15]（出版時に『古典小説と都市文化研究』と改題）[16]。論文が指し示した、わが国の古典小説に反映されている都市光景の変遷は、まさにわが国の古代都市の実際の発展の軌跡と合致している。

この論文に触発され、『長安と洛陽――漢唐文学における帝都の様相』[17]、『汴京と臨安――両宋文学に見る二つの都市』[18]、『揚州と蘇州――紅塵における最高の富貴・風流を誇る土地』[19]、『南京と北京――明清小説におけるぬぐい去れぬ京師の恋』[20]、『広州と上海――近代小説に見る商業都市』[21]という五篇の博士論文がこれに続き、これらは「中国古代文学双城書系」というシリーズとなった[22]。さらにこの間に『中国社会科学』に発表された「中国古典小説における『双城』イメージとその文化的内包」[23]、「中国古典小説における都市描写と現代的解釈」[24]の二編の論文にもこのシリーズの基本理念が反映されている。

この前後の時期、文学と都市の関係に関する研究が流行となった。小説に限らず、詩詞文とりわけ詞の領域にも影響が及び、のちだんだんと変化・発展して文学地理学や地域文学と地域文化の研究へとつながっていった。

小説評点学

小説の評点は上の世代の学者がすでに注目していた問題である。中でも『紅楼夢』の脂評は「新紅学」における重要な柱のひとつであった。ただし彼らの多くは作者の出自や生涯の研究から着手し、評点の思想や芸術価値に言及するものはほとんど見られなかった。『水滸伝』における金聖嘆評もしばしば取り上げられたが、魯迅の影響により、その多くは批判的立場を取っている。

新時期以降、小説評点研究は大いに盛んとなった。一九八〇年に筆者は『紅楼夢学刊』に「『脂評』思想芸術価値浅探」(25)の一文を発表し、一九八一年には上海古籍出版社から『紅楼夢脂評初探』(26)を出版して脂評の小説批評としての美学価値に対する基礎的な検討を行った。同年、さらに『文学遺産』に「わが国の古典小説における評点派の伝統的美学観」(27)を発表し、脂評から古典小説の評点全体に議論を進めるべく試みた。この前後に『水滸伝』の李卓吾・金聖嘆評、『金瓶梅』の張竹坡評、『三国演義』の毛宗崗評および『儒林外史』の臥閑草堂本評や黄小田・張文虎評に対してかなり掘り下げた研究がなされた。中でも金聖嘆評研究の張国光、毛宗崗評研究の沈伯俊、張竹坡評研究の呉敢、黄小田および張文虎評研究の李漢秋などはいずれもこの分野における著名な研究者である。さらに、『西遊記』の諸家評本、『金瓶梅』文竜評本、『紅楼夢』三家評本および哈斯宝評本、『聊斎志異』四家合評本など、この方面を研究する若手研究者や大学院生も数多くいる。

小説評点学研究において、その全体を論じるものとしては以下の二氏が代表的な研究者である。ひとりは葉朗氏である。葉氏は一九八二年に『中国小説美学』(28)を出版し、当時、非常に大きな影響をもたらした。もうひとりは譚帆教授である。譚教授は二〇〇一年に『中国小説評点研究』(29)を出版し、同書は今に到るまで、古典小説研究の分野において大学院生の重要な参考書となっている。

小説と図像

小説と図像の関係については、鄭振鐸など上の世代の学者も論じていたが、彼らは主に版画史の角度から切り込んでおり、小説插図の研究は古代版画研究に付随するものとされていた。

新時期以降、小説の插図は独立した研究対象となった。一九九三年、筆者は「'93中国古代小説国際研討会」において

「『紅楼夢』繍像——文学と絵画の結縁[30]」と題する論文を発表したが、これはおそらく国内において小説の図像を論じた先駆的なものであった。海外の研究者では、アメリカのロバート・E・ヘーゲル教授が一九九〇年代にすでに『晩期中華帝国における挿図本小説を読む[31]』を出版しており、一部の英語に通じる若手研究者はそれに学んでいた。

ここ三十年、小説の図像は独立した研究対象となるだけでなく、より具体的に三つの研究角度に細分化されている。一つ目には伝播機能であり、二つ目は叙事機能、三つ目は批評機能である。早期の例としては、二〇〇〇年に宋莉華博士が『文学遺産』に「挿図と明清小説の伝播[32]」という長文を発表し、伝播の視点から挿図と小説の伝播の関係を論じている。二〇〇四年には筆者が『光明日報』の「文学遺産」欄に「図像の伝播——古典文学の大衆文学への影響[33]」を発表し、明確に「図像の伝播」という課題を提示した。この前後には、小説叙事学研究の勃興に従って、叙事学の角度から図像を研究する論文が増加している。例えば、陳平原氏が二〇〇三年に発表した「晩清教会読物の図像における叙事[34]」や、陸涛氏が二〇一一年に発表した「図像と叙事——古代小説挿図の叙事学に関する考察[35]」はいずれもはっきりと「図像叙事」の概念を明示している。さらに小説評点研究の進展に伴い、小説挿図の「批評機能」を指摘する論者も現れた。毛杰博士が昨年『文学遺産』に発表した「中国古代小説挿図の批評機能に関する試論[36]」はこの分野における努力を代表するものである。また、程国賦の「明代通俗小説における挿図の功用を論ず[37]」は小説挿図の功用について多方面に渉って論じている。

古代版画研究の従属的存在から、独立した研究対象となり、さらに伝播・叙事・批評など多くの研究角度に細分化されるこの一連の流れは、小説図像研究の絶え間ない進展と成熟を反映しているといえる。

小説と出版

かつて小説研究は往々にして作家と作品ばかりを重視して、出版分野をなおざりにしてきた。実際には出版は精神的な生産活動としての小説創作における非常に重要な物質的要素であるのに、一種の商業行為に過ぎないと誤認され、われわれの視野の外に置かれてきたのである。

海外で早い時期から小説生産の物質文化要素に注目してきた研究者としてはアメリカのロバート・E・ヘーゲル教授が挙げられる。ヘーゲル教授は一九八〇～九〇年代に「章回小説の発展に関連する経済技術要素[38]」や「文学テキストの印刷と伝播[39]」などの論文を相次いで発表しており、小説領域における物質文化研究の流れを切り開いた研究者といえる。国内でこの分野に早期に着手したのは陳大康教授である。陳教授は二〇〇〇年に出版した『明代小説史』(40)の中でいち早く「熊大木モデル」を提唱、検討を進め、もともと「伝播部門を担当していた書坊主がその範囲を超えて、創作の主体となり」、それによって「通俗小説を『商品』として流通ルートに乗せ、成功を得た」と指摘した。

この分野で突出した成果を修めているのは中堅世代の程国賦と潘建国の両氏である。程氏は二〇〇八年に出版した『明代書坊と小説研究』(41)において明代書坊と小説の関係を全面的に論じ、さらに「明代坊刊小説稿源研究」(42)、「明代小説読者と通俗小説刊刻の関係について」(43)などの論文も発表している。潘氏は主に近代小説と出版の関係について検討を進め、二〇〇四年、二〇〇六年には「清末上海地区書局と晩清小説」(44)、「鉛石印刷術と明清通俗小説の近代伝播」(45)などの論文を相次いで発表している。多くの研究者の尽力により、小説と出版の関係に関する研究は刮目すべき成果を挙げているのである。

域外漢文小説の総体的研究

一九八〇年代から台湾の林明徳・王三慶・陳益源や、フランスの陳慶浩らが現地の研究者とともに、『韓国漢文小説全集』(一九八〇年)(46)、『越南漢文小説叢刊』第一・二輯(一九八七年)(47)、『日本漢文小説叢刊』第一輯(二〇〇三年)(48)を相次いで整理・出版した。ただし条件的な制約から、完全な網羅はできず、遺漏も少なからずあった。

二〇〇二年に上海師範大学はこの両岸および国際的な共同プロジェクトに参加するとともに、主要な研究拠点となり、さらに現地の研究者との連携を強めた。二〇一〇年、上海古籍出版社はまず孫遜・鄭克孟・陳益源主編の『越南漢文小説集成』(49)を出版した。これは現時点でベトナム漢文小説のもっとも網羅的な叢書のひとつである。本書は陳慶浩・孫遜主編の「域外漢文小説大系」のひとつで、今後、引き続き『韓国漢文小説集成』、『日本漢文小説集成』および『宣教師漢文小説集成』が出版される予定となっている。すべてのテキストが整理・出版されれば、中国古典小説と域外漢文小説の総体的な研究に関してある種の条件と可能性が整うこととなろう。

テキストの整理・出版と歩を同じくして、関連研究も進められている。大陸中国においては、上海師範大学の教師や学生を中心として、すでに『韓国漢文小説研究』(50)・『越南漢文小説研究』(51)・『日本漢文小説研究』(52)などの専著が出版され、数十篇の論文が発表されている。その中で重要なものとしては筆者の「日本漢文小説『譚海』論略」(53)・「朝鮮『倭乱』小説の歴史的内包と現代的価値[54]」、趙維国の「朝鮮漢文小説『林将軍伝』の成書・版本考述[55]」、孫虎堂の「稀見日本漢文小説五種述略[56]」、李奎の「ヴェトナム、ファン・ボイ・チャウ著『万里逋逃記』研究[57]」、孫萌の「『胡乱』小説から古代朝鮮における儒家『華夷観』の受容と発展を論じる[58]」などがある。

仮に東アジア各国における漢文小説の整理と研究が「周辺から中国を見る」のひとつの具体的な実践だというならば、宣教師が著した漢文小説の整理と研究は、中国―西洋間の文学的・文化的融合のひとつの典型的な見本に対する個別事例の分析だといえる。この分野の状況については次の項で詳しく紹介する。上述したすべてのテキストの整理と出版は、必ずや中国古典小説と域外漢文小説の総体的研究にとって力強い後押しとなろう。

中国古典小説の西方伝播に関する研究

これは近年出現した新たな学術上の争点である。以前より中国の対外開放にともなう「西学東漸」研究への注目のもと、林紓らを代表とした翻訳小説の研究が盛んになり、関連する修士・博士論文もかなりの数に及んでいた。それに加えて近年、「中国文化走出去（中国文化の海外進出）」という国家戦略が実施されたことで、「中学西伝」を背景とした中国古典小説の西洋語への翻訳が関心を呼び始めた。外国語専攻出身の若手研究者は外国語の能力には優れているが、文献を取り扱う基礎的な知識や訓練に欠けているため、この任務はおのずと若手の、外国語の基礎ができている古典小説研究者のものとなった。

中国文化の西方伝播研究の先駆者としては張西平・周寧の両教授などが挙げられる。ただし彼らの研究の多くはマクロな視点から中国文化をとらえることに注目しており、中国古典小説というこの具体的な文学様式に視線を向けるものは少なかった。ここでは中国古典小説に関するものに絞って例を挙げる。この方面に早くから取り組んだ者としては宋麗娟博士がいる。宋博士は博士課程在学中の二〇〇九年に『中国社会科学』に「『中学西伝』と中国古典小説の早期翻訳（一七三五―一九一一）――英語世界を中心として[59]」を発表し、その後さらに『文学評論』・『文学遺産』などに「西洋人が編纂した中国古典小説書目およびその学術史上の意義[60]」、「中国古典小説の早期西洋語訳における版本処理とその校勘学上の価値[61]」、「中西小説翻訳の双方向比較およびその文化解釈[62]」など十篇以上の論文を相前後して発表した。このほか、孫軼旻博士の専著『近代上海における英文出版と中国古典文学の異文化間伝播（一八六七―一九四一）[63]』や施曄教授の「オランダ人中国学者、ファン・ヒューリック研究」[64]はいずれもこの分野に関連している。また、私の知るところでは、中国人民大学の王燕や一部の若手研究者もこの分野の研究を進めている。

十九世紀の宣教師小説は中国古典小説の西方伝播による特殊な産物だといえる。宣教師たちは中国古典小説の形式を学習・模倣して、「儒教をもちいてキリスト教を論じる」、「儒教とキリスト教による相互解釈」という手法を通して宣教という目的を達成しようとした。そのため十九世紀の宣教師小説に関する研究は宗教文学研究の範疇にも、中国古典小説の西方伝播研究の範囲にも入るのである。この分野にもっとも早く注目したのはアメリカの著名な中国学者ハナン教授である。ハナン教授は二〇〇〇年に*Harvard Journal of Asiatic Studies*において「中国十九世紀の宣教師小説」[65]と題する論文を発表した。宋莉華博士は訪問学者として英国滞在中にこれに啓発され、同領域に打ち込むようになると、二〇〇五年に『文学評論』に「十九世紀宣教師小説の文化解読」[66]を発表して以来、二十篇近い論文を発表している。さらに二〇一〇年と二〇一五年には『宣教師漢文小説研究』[67]と『近代来華宣教師とその児童文学翻訳紹介について』[68]という二冊の専著を出版し、この分野において国内外に影響力をもつ専門家となった。宋博士の研究は、宣教師がどのように中国古典小説の形式を学習・模倣してその宣教という目的に生かしたかを理解するたすけとなるだけでなく、宣教師が創作した漢文小説がいかに中国古典小説の近代における変容の参考や手本となったか気づかせてくれるだろう。

以上は筆者の目が及んだ範囲での状況であり、決して完全なものではない。おそらくは偏りや、誤り、また到らないところもあろうが、ご了承いただきたい。

注

(1) 江蘇省社会科学院明清小説研究中心編『中国通俗小説総目提要』(中国文聯出版公司、一九九〇年)。(以下、注は訳者による)。
(2) 中国古代小説百科全書編輯委員会・中国大百科全書出版社編輯部編『中国古代小説百科全書』(中国大百科全書出版社、一九九三年)。
(3) 石昌渝主編『中国古代小説総目』(山西教育出版社、二〇〇四年)。
(4) 大塚秀高編著『増補中国通俗小説書目』(汲古書院、一九八七年)。
(5) 樽本照雄編『新編増補清末民初小説目録』(斉魯書社、二〇〇二年)。
(6) 劉永文編『晩清小説目録』(上海古籍出版社、二〇〇八年)。
(7) 古本小説集成編輯委員会編『古本小説集成』(上海古籍出版社、一九九〇～一九九四年)。

(8) 劉世徳・陳慶浩・石昌渝主編『古本小説叢刊』（中華書局、一九八七～一九九一年）。

(9) 苗壮主編『文言話本小説（孤本善本小説影印点校合刊）』（線装書局、二〇〇三年）。

(10) 周欣平主編、趙亜静・薛燕副主編『清末時新小説集』（上海世紀出版・上海古籍出版社、二〇一一年）。

(11) 孫遜・朴在淵・潘建国主編『朝鮮所刊中国珍本小説叢刊』（上海古籍出版社、二〇一四年）。

(12) 程毅中輯注『宋元小説家話本集』上・下（斉魯書社、二〇〇〇年）。

(13) 洪楩輯、程毅中校注『清平山堂話本校注』（中華書局、二〇一二年）。

(14) 以下の課題については孫遜『中国古代小説与宗教』（復旦大学出版社、二〇〇〇年）に詳しい。

(15) 葛永海「古代小説与城市文化」（二〇〇三年）。

(16) 葛永海『古代小説与城市文化研究』（復旦大学出版社、二〇〇四年）。

(17) 謝昆芩『長安与洛陽——漢唐文学中的帝都気象』（上海古籍出版社、二〇一三年）。

(18) 劉方『汴京与臨安——両宋文学中的双城記』（上海古籍出版社、二〇一三年）。

(19) 蒋朝軍『揚州与蘇州——最是紅塵中一二等富貴風流之地』（上海古籍出版社、二〇一四年）。

(20) 葛永海「南京与北京——明清小説中抹不去的京都之恋」（前掲葛永海『古代小説与城市文化研究』第五章）。

(21) 鄧大情『広州与上海——近代小説中的商業都会』（上海古籍出版、二〇一四年）。

(22) 葛永海「南京与北京——明清小説中抹不去的京都之恋」は書籍中の一章であり、「中国古代文学双城書系」に含まれない。

(23) 孫遜・葛永海「中国古代小説中的〝双城〟意象及其文化蘊涵」（『中国社会科学』二〇〇四年六期）。

(24) 孫遜・劉方「中国古代小説中的城市書写及現代闡釈」（『中国社会科学』二〇〇七年五期）。

(25) 孫遜「〝脂評〟思想芸術価値浅探」（『紅楼夢学刊』一九八〇年二期）。

(26) 孫遜『紅楼夢脂評初探』（上海古籍出版社、一九八一年）。

(27) 孫遜「我国古典小説評点派的伝統美学観」（『文学遺産』一九八一年四期）。

(28) 葉朗『中国小説美学』（北京大学出版社、一九八二年）。

(29) 譚帆『中国小説評点研究』（華東師範大学出版社、二〇〇一年）。

(30) 孫遜「『紅楼夢』綉像——文学和絵画的結縁」（『'93中国古代小説国際研討会論文集』開明出版社、一九九七年）。

(31) Robert E. Hegel, *Reading Illustrated Fiction in Late Imperial China*, Stanford University Press, 1998.

(32) 宋莉華「插図与明清小説的閲読及伝播」（『文学遺産』二〇〇〇年四期）。

(33) 孫遜「図像伝播——経典文学向大衆文化的輻射」（『光明日報』二〇〇四年五月二十六日）。

(34) 陳平原「晩清教会読物的図像叙事」（『学術研究』二〇〇三年十一期）。

(35) 陸涛「図像与叙事——関于古代小説插図的叙事学考察」（『内蒙古社会科学（漢文版）』二〇一一年六期）。

(36) 毛杰「試論中国古代小説插図的批評功能」（『文学遺産』二〇一五年一期）、なお文中の「昨年」はシンポジウム時点から見ての昨年。

（37）程国賦「論明代通俗小説插図的功用」（『文学評論』二〇〇九年三期）。
（38）Robert E. Hegel「章回小説発展中涉及到的経済技術因素」（『漢学研究』六―一、一九八八年）。
（39）Robert E. Hegel "The Printing and Circulation of Literary Texts", in William H. Nienhauser Jr Edit, *The Indiana companion to traditional Chinese literature* 2, Indiana University Press,1998.
（40）陳大康『明代小説史』（上海文芸出版社、二〇〇〇年）。
（41）程国賦『明代書坊与小説研究』（中華書局、二〇〇八年）。
（42）程国賦「明代坊刊小説稿源研究」（『文学評論』二〇〇七年三期）。
（43）程国賦「明代小説読者與通俗小説刊刻之関係闡析」（『文芸研究』二〇〇七年七期）。
（44）潘建国「清末上海地区書局与晩清小説」（『文学遺産』二〇〇四年二期）。
（45）潘建国「鉛石印刷術与明清通俗小説的近代伝播――以上海（一八七四―一九一一）為考察中心」（『文学遺産』二〇〇六年六期）。
（46）林明徳主編『韓国漢文小説全集』（中国文化学院出版部、一九八〇年）。
（47）陳慶浩・王三慶主編『越南漢文小説叢刊』（遠東学院・台湾学生書局、一九八七年（第一輯）・一九九二年（第二輯））。
（48）王三慶・莊雅州・陳慶浩・内山知也主編『日本漢文小説叢刊』（台湾学生書局、二〇〇三年）。
（49）孫遜・鄭克孟・陳益源主編『越南漢文小説集成』（上海古籍出版社、二〇一〇年）。
（50）汪燕崗『韓国漢文小説研究』（上海古籍出版社、二〇一〇年）。
（51）任明華『越南漢文小説研究』（上海古籍出版社、二〇一〇年）。
（52）孫虎堂『日本漢文小説研究』（上海古籍出版社、二〇一〇年）。
（53）孫遜「日本漢文小説『譚海』論略」（『学術月刊』二〇〇一年三期）。
（54）孫遜「朝鮮〝倭乱〟小説的歴史蘊涵与当代価値――以漢文小説為考察中心」（『文学評論』二〇一五年六期）。
（55）趙維国「朝鮮漢文小説『林将軍伝』成書、版本考述」（『中華文史論叢』二〇一六年二期）。
（56）孫虎堂「稀見日本漢文小説五種述略」（張伯偉編『域外漢籍研究集刊』十二、中華書局、二〇一五年）。
（57）李奎「越南潘佩珠所著『万里逋逃記』研究」（張伯偉編『域外漢籍研究集刊』十、中華書局、二〇一四年）。
（58）孫萌「従〝胡乱〟小説看古代朝鮮対儒家〝華夷観〟的接受与発展」（『中華文史論叢』二〇一六年二期）。
（59）宋麗娟・孫遜「〝中学西伝〟与中国古典小説的早期翻訳（一七三五―一九一一）――以英語世界為中心」（『中国社会科学』二〇〇九年六期）。
（60）宋麗娟「西人所編中国古典小説書目及其学術史意義」（『文学遺産』二〇一三年二期）。
（61）宋麗娟「中国古典小説早期西訳的版本処理及其校勘学価値――以『玉嬌梨』、『聊斎志異』、『穆天子伝』為考察中心」（『文学評論』二〇一四年一期）。
（62）宋麗娟「中西小説翻訳的双向比較及其文化闡釈」（『文学遺産』二〇一六年一期）。
（63）孫軼旻『近代上海英文出版与中国古典文学的跨文化伝播（一八六七―一九四一）』（上海古籍出版社、二〇一四年）。

（64）本発表後、施曄『荷蘭漢学家高羅佩研究』（上海古籍出版社、二〇一七年）として出版された。

（65）Patrick Hanan "The Missionary Novels of Nineteenth-Century China", *Harvard Journal of Asiatic Studies* Vol.60, No.2, 2000.

（66）宋莉華「十九世紀伝教士小説的文化解読」（『文学評論』二〇〇五年一期）。

（67）宋莉華『伝教士漢文小説研究』（上海古籍出版社、二〇一〇年）。

（68）宋莉華『近代来華伝教士与児童文学的訳介』（上海古籍出版社、二〇一五年）。

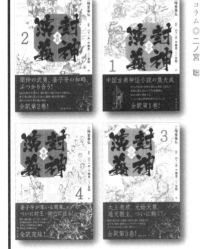

中国古典小説研究の三十年

大木　康

中国古典小説研究三十年の回顧と展望がテーマですが、三十年前といいますと、ちょうどわたしが東大東洋文化研究所の助手になった年です。今西凱夫先生、西岡晴彦先生、そして大塚秀高先生とで、小説研究者の合宿をやろうではないかということになりました。ひまそうだからおまえが事務局をやれ、ということになって。これが中国古典小説研究会のはじまりだったと思います。

人民文学史観

中国古典小説の本格的研究は、だいたい五四運動と前後してはじまったかと思いますが、それには、反封建、そしてエリートではない庶民文化の発見という背景がありました。それはさらに一九四九年の革命後、人民文学史観となって受け継がれます。

わたしは一九七七年に大学に入って、中国文学の勉強をはじめました。そのころの中国語の教科書には「老三篇」などが教材として収録されており、それを習いました。当時読んだ中国文学史、中国小説史は、だいたいみな人民文学史観によるものでした。

わたしは明末蘇州の文人である馮夢龍という人に興味を持って、その短篇白話小説集「三言」を読んでみたわけですが、まず変だなと思いましたのは、当時の文学史にあった、いわゆる精華と糟粕という分け方でした。「三言」には、全部で百二十篇の話があり、さまざまな内容の話が収められて

おおき・やすし——東京大学東洋文化研究所教授。専門は中国文学。主な著書に『中国遊里空間——明清秦淮妓女の世界』（青土社　二〇〇二年）、『馮夢龍『山歌』の研究』（勁草書房　二〇〇三年）、『明末江南の出版文化』（研文出版　二〇〇四年）、『冒襄と『影梅庵憶語』の研究』（汲古書院　二〇一〇年）などがある。

います。これを人民的な精華と封建的な糟粕とに分け、人民的な精華の作品を高く評価するわけです。しかし、「三言」という小説選集は、馮夢龍という一人の人が選んでいるものであって、どの話も、馮夢龍がいいと思ったから「三言」に収めたわけで、馮夢龍にとって精華も糟粕もなかったのではないか。そう考えると、精華にも糟粕にも共通する、馮夢龍が作品を選んだポイントは何かということが問題になってくるわけです。そこで、「三言」における教化性、そして精華にも糟粕にも共通する真情ということを考え、論文を書きました。「「三言」の編纂意図――特に勧善懲悪の意義をめぐって」(『東方学』第六十九輯、一九八五年)、「「三言」の編纂意図(続)――「真情」より見た一側面」(『伊藤漱平教授退官記念中国学論集』汲古書院、一九八六年)の二篇です。

そして、馮夢龍という人は、たしかに庶民的といいますが、庶民が好きな人であったことはたしかですが、実際にはいちおう歴とした読書人であった。それがわたしの研究の出発点でした。明代の通俗文学全体の隆盛の背景に、知識人の関与があったのではないか。その意味で、馮夢龍はとてもいい研究対象であったと思っています。そして、馮夢龍について、その「三言」や、蘇州の民間歌謡集である『山歌』、さらには馮夢龍から出発して、明末の出版文化、あるいは青楼文化、妓女の問題などを扱って参りました。

出版という視点

以下、出版研究についてコメントしたいと思います。出版という視点を持つことで、たしかに版本研究の質が、それまでとは変わってきました。以前の版本研究は、いわば最良の版本さがしといった性格があったのではないかと思います。『紅楼夢』の場合がいちばんいい例だと思いますが、『紅楼夢』の版本研究、とりわけ写本研究の一番の目的は、曹雪芹のオリジナルに一番近い版本はどれか、ということだったようです。それはもちろん新しい校訂本を作るためであって、校訂本ができたら、それに使われなかった版本は、意味を認められなかったわけです。当時の研究者は、この写本がいちばんいい、ということを、論文の結論としていました。

しかしながら、いま、そういった形の版本研究はほとんど姿を消したように思われます。それぞれの版本にはそれぞれの版本の存在意義がある、高級な版本には高級な版本の、そして俗な版本には俗な版本としての意味がある、というわけです。

こうした方法は、おそらく田仲一成先生の戯曲研究、『西廂記』『琵琶記』の版本研究などが、一つのモデルになっているのではと思います（田仲一成『中国祭祀演劇研究』東京大学出版会、一九八一年）。多々ある版本を文字のちがいによってグループ分けし、士大夫の高級演劇版本、市場地の通俗演劇版本などに分けてゆくやり方です。単なる系統樹作りではなく、社会層、受容層のちがいにマッピングしていくわけです。『水滸伝』『三国演義』などの版本研究の場合、さらにそれぞれの版本の影響関係、継承関係が問題になり、それに加えて、実際の書店の関与の仕方なども検討されていて、それぞれの版本の生まれるメカニズムにも関心が及んでいるのは、たいへんよいことだと思います。

ただ、最良の版本さがしという方法から、個別の版本の存在意義を認める方向へ、というのは、正しい方向ではあると思いますが、ある意味、一種の相対主義におちいる危険がないとはいいません。定本を作る作業がなくなるわけではないので、やはりこのバランスを考えることが必要でしょう。

読者研究、評点研究

続いて、出版の問題から出発して、小説の読者が問題になってきました。最初のうちは、受容層、つまり読者の社会層が問題だったのだろうと思います。わたしが最初に発表した論文は、磯部彰氏の論文に反論を試みたものですが、磯部論文が、人民性への反発からか、よほど高級な読者に限定していたのに対し、わたしは通俗小説の主要な読者として生員層を考えたわけです。

それがさらに、性別の問題、そしてまた、読者が作品から何を読み取ったか、という問題へと発展しました。これがいわゆる評点の問題なのだろうと思います。李卓吾評や金聖歎評は、その内容の検討と同時に、そもそもそうした評点のついたテキストが、どうして生まれるようになったのかという問題、またそれらをほしがった読者の問題とも結びつきます。

最近、わたしは東京大学における授業で、金聖歎評の『西廂記』を取り上げ、学生のみなさんと精読しました。中国において、金聖歎を大学の授業で取り上げることは、三、四十年前であったら、かなり勇気のいることだったと思います。金聖歎については魯迅先生が批判しており、とりわけ文化大革命の時代には、魯迅先生が批判した対象は、絶対的な批判の対象になっていたのです。金聖歎に『水滸伝』批評があったことが、さらに問題を複雑にしています。わたしは、金聖歎評の『水滸伝』、『第五才子書施耐庵水滸伝』（中華書局、一九七五年）の影印本を持っていますが、その冒頭には、『毛主席語録』の『水滸伝』批判と、魯迅先生の金聖歎批判の文字が大きく掲げられています。金聖歎評の『水滸伝』は、「反面教材」であるということを明言しなければ、刊行できなかったわけです。その後、一九七九年に上海古籍出版社から、「清人別集叢刊」の一つとして、金聖歎の『沈吟楼詩選』が影印刊行され（その解題は黄霖先生がお書きになったものだそうです）、一九八一年に金聖歎『水滸伝』関係の専著といえる張国光『《水滸》与金聖歎研究』（中州書画社）が出ました。その後、『金聖歎全集』が刊行されるなど、金聖歎に対するタブーはなくなり、現在では、金聖歎についての論文や著書も多く出されています。しかし、わずか三十年前に、このような状況であったことは、記憶にとどめておいていいでしょう。『金瓶梅』の研究なども、似たような状況があったかと思います。

付記　右は二〇一六年九月に神奈川大学で行われたシンポジウムでの発言にもとづくものである。その後、関連して『蘇州花街散歩　山塘街の物語』（汲古書院、二〇一七年）、『馮夢龍と明末俗文学』（汲古書院、二〇一八年）を刊行した。合わせてご参照いただければ幸いである。

小説と戯曲

岡崎由美

おかざき・ゆみ——早稲田大学文学学術院教授。専門は中国大衆文芸。主な著書に『漂泊のヒーロー　中国武侠小説への道』（大修館書店、二〇〇二年）、『金庸武侠小説集』全五十五巻（監修・共訳、徳間書店、一九九六〜二〇〇四年）、『完訳　楊家将演義』上下（共訳、勉誠出版、二〇一五年）、『楊家将演義読本』（共編、勉誠出版、二〇一五年）などがある。

戯曲と演劇

中国語にも日本語にも「戯曲」という用語がある。しかし、その定義と範疇は全く異なる。日本語の「戯曲」は、近代に「drama」の訳語として作られた。日本では、（演劇を構成する重要な要素ではあるが）舞台上演とは別に閲読の対象となる、脚本の体裁を取った「文学」という認識が一般的であろう。レーゼ・ドラマはむしろ積極的に取り込まれていると言ってよい。一方、中国の「戯曲」は中国固有の伝統演劇であることが第一義であり、「舞台で歌い演じられるもの」という認識があるため、明末の雑劇や伝奇のレーゼ・ドラマ化に対しては、舞台上演という演劇本来の生命力を欠いたものとして、批判的に見られることが多い。実際は、文学研究の範疇で、文字として残された演劇の脚本、特に現代では演じられなくなった中国古典戯曲を読む場合は、中国であれ日本であれ、レーゼ・ドラマを読むのと大差ない行為を行っているといえようが、こうした認識の違いは、やはり念頭に置くべきであろう。混乱を避けるため、舞台上演の形態による「演劇」と脚本形式の文字テクストの「戯曲」を分けて用いたい。なお、以下はあくまで筆者が中国古典小説研究会に参加してきた間での、中国の小説と戯曲（および演劇）の関わりについて印象に残ったトピックである。

声の物語と文字の物語

中国古典小説、特に白話小説の研究において、中国の戯曲を完全に視野の外に置いているという研究者は実はあまりいないだろうと思う。個別の研究課題において、戯曲にどの程度目を向ける必要性があるかは場合によるが、物語の来源、形成、流布といった作品研究に限らず、作家研究や出版文化研究においても、およそ当時の人々が身を置いていた文化生活や娯楽生活の中にあっては、小説も演劇も、また説唱も雑多に享受されていた。むろん、このような大雑把な言い方をすると、小説や演劇を享受する文化的な階級の差異や限定性とか、文化メディアとしての小説や演劇の位置づけとか、様々なバイアスが付加的に浮上してくるだろうが、それも含めて、近世白話を用いたナラティブの成立は大きな命題の一つである。これには、小説も演劇も説唱も広く関わってくる。中国古典小説研究会では、発足当初から白話章回体の成立や読み物としての講釈調文体の形成、話本や擬話本の定義といったテーマについて、声と文字の関わりから語り合われていたことを記憶している。

儺戯《なぎ》研究

近三十年で、中国古典小説研究に中国演劇の分野が関わってくる契機の一つは、一九八〇年代の末に注目されるようになり、九〇年代に入って盛んになった儺戯研究であろう。プリミティブな仮面劇、農村の祭祀儀礼演劇の基層といった観点で着目された儺戯が、中国古典小説研究にコミットしたのは、一応完成された文字テキストとして版本化された古典小説の原型あるいは古い別バージョンと見られる物語が保存され、現代でもなお演じられているということであった。例えば、『三国志演義』には描かれない、関羽のもう一人の息子花関索《かかんさく》の物語である。一九六〇年代に出土した明代の語り物『成化説唱詞話《せいかせつしょうしわ》』に収録されていた「花関索伝」はつとに知られているが、これが雲南や貴州の儺戯で継承され、外国人である我々のフィールドリサーチも可能になった影響は大きかったと思う。

九〇年代は、中国が改革開放の波に乗って、こうした伝統演劇やそれを演じる祭りのイベントを「村おこし」「観光資源」として積極的に位置づけるようになっており、中国古典小説研究会でも、中国伝統演劇や説唱芸能の劇本の収集を含むフィールド調査報告がしばしば行われるようになった。儺戯は民間歌曲、古くは詞話や変文に端を発する語り物系の歌曲が用いられるものもあり、その歌詞の体裁は七字句、十字句を連ねた、いわゆる詩賛体である。中国古典戯曲の名作としても受容される元・明・清の雑劇や伝奇が、都市の文人の手による中国演劇の上澄みの精華であることを指摘する声はかねてよりあったが、儺戯をはじめとする農村の祭祀儀礼演劇が大きく取り上げられることによって、中国演劇史の分野のみならず、小説の形成を考える上でも新たな文化的バックグラウンドが浮上したことになり、民間の基層文化に広く浸透した「詩賛系文学《しさんけい》」が注目されることにもなった。

地方劇と宮廷演劇

中国演劇は、地方文化の集合体である。日本の近世の伝統芸能、例えば歌舞伎や人形浄瑠璃が京、大阪、あるいは江戸といった文化の中心地で、都市の町人向けに形成され、地方に波及するのと異なり、中国では地方ごとに独自に形成された農村演劇の層も厚い。今なお、中国には三百種を超える劇種が存在するという。中国演劇は歌劇であるため、言語（方言）と曲調の結びつきが強く、この歌唱音楽が地方劇の特色を反映する核になるが、物語の伝播においても、改変が加えられたり、その地方独自の物語が形成されたりする。少なくとも白話文芸においては、「中国文化」という一元的なカテゴリ、あるいは作者の個性の産物といった近代的なパースペクティブを適用するには限界があり、その「中国文化」自体の多層的な形成、伝播、融合、分化等のダイナミズムの総体を見ざるを得ないということであろう。

その点では、一見農村演劇の対極にあるような宮廷演劇も、このダイナミズムの一環であり、かつ農村演劇や都市の市場地演劇とは異なる「政治性」を背景とする。二十一世紀に入って、国内では清朝宮廷演劇文化の共同研究が進んだ。清朝による異民族統治の文化政策の視点から、宮廷演劇の影響や位置づけが多角的に考察され、宮廷大戯と白話小説の関わりも提示された。他には、挿絵（図像）を手がかりとして小説や戯曲の生成を出版文化の中で捉えていく研究も近年進んでいる。これらの研究テーマは、中国古典小説研究会の会員がそれぞれ個別に関与しており、例会において多様な最新の成果が発表されてきた。

デジタル・アーカイブ

中国古典小説研究会を取りまく研究環境もこの三十年で激変したと思う。その最たるものは、ＩＴリテラシーであり、特に中国において続々と大型の古典籍のデジタル・アーカイブやテキスト・データベースが作成され、従来の索引、目録、影印本に取って代わるようになった。これは単に技術的利便性だけではなく、善本の扱い、古典テキストの校訂、稿本や鈔本の位置づけなどに影響する。中国古典小説研究会では、近年「中国古代小説戯曲文献暨数字化研討会（中国古代小説戯曲文献及びデジタル化シンポジウム）」との交流が進展した。デジタル化の波によって変わったことは、これまで選ばれた善本に限って影印され、翻刻されていた古典テキストが、複数のテキストの対照デジタル化や、特殊な版本や鈔本、稿本などもその希少価値性によって資料としてデジタル公開或いは公刊されるようになったことであろうと思う。特に戯曲テキストは、前記の農村演劇や宮廷演劇においても、刊行された版本以外に、鈔本のテキストが少なからずあり、それが小説の形成を考える上でも貴重な資料となりうることから、デジタル・アーカイブ化を梃子にそうしたテキストの掘り起こしが進んでほしいと思う。

　最後になったが、中国古典小説研究会の三十年にわたる活動において、最も目覚ましい発展を遂げたのは、中国の研究機関、研究者との学術交流であったであろう。今後なおいっそうの交流の深化を願ってやまない。

『花関索伝』の思い出

金　文京

私の専門は、元代の戯曲である雑劇、いわゆる元曲であって、小説研究はいわば寄り道、そこに踏み入ったのは偶然の機縁による。今から三十九年前の一九七九年十月、その年の日本中国学会大会が東北大学で開かれた。私は同年三月に京大の大学院を出て、四月に中国文学科の助手に採用されたばかり、この大会で「劉知遠の物語」という題で発表した。司会は故波多野太郎先生であった。むろん初めての学会発表であり、いわば私の学界デビューである。

学会前日に、東京から東北本線の急行に乗り継いで仙台に行き、広瀬川沿いの木造旅館に泊まった。当時はビジネスホテルなどというものはまだなく、ホテルは高根の花、旅館がふつうだった。仙台に来たのも初めてであったが、その夜、食事に出て、生まれてはじめてサンマの刺身を食べたのを今でも覚えている。

そんなことはどうでもよい、発表は無事すませたが、それもどうでもよい。どうでもよくないのはその時、学会に来ていた書店の展示で、この年の六月に北京の文物出版社から出たばかり（内部発行本は七三年）の『明成化説唱詞話叢刊』の影印本を見たことである。それ以前に、『文物』などに載った発掘報告と紹介で、上海近郊嘉定県の明代墳墓から、この本が出土したことは知っていたが、現物を見るのは、もちろん初めてである。手に取ってページをめくると、上図下文体裁の冒頭に、まず「新編全相説唱足本花關索出身傳」とあり、劉関張の三人が、桃園ならぬ姜子牙廟で結義兄弟の儀式を執

きん・ぶんきょう――鶴見大学文学部教授。専門は中国近世文学。主な著書に『李白――漂泊の詩人その夢と現実』（岩波書店、二〇一二年）、『水戸黄門漫遊考』（講談社学芸文庫、二〇一二年）などがある。

り行うとある。これには驚き、絶対買いたいと思ったが、帙入り線装のその本は、高値で到底手が出ない。

その場は涙をのんで京都に帰ると、なんと本屋に台湾から洋装本の同じ本、おまけに永楽大典本『薛仁貴征遼事略』までついたのが廉価で出ているではないか。急いで買って帰って見ると、「鼎文書局印行、楊家駱主編中国学術類編」と銘打ち、奥書には「中華民国六十八年六月初版」、つまり北京で出たのと同時で、かつご丁寧にも「版権所有、翻印必究」とある。これにも驚いたが、しかしこの際、これもまあどうでもよい。

花関索もしくは関索が『三国志演義』のテキスト分類上、重要な意味をもつことは、小川環樹先生の研究により、早くから知っていたので、それから約一カ月をかけて『花關索傳』を熟読し、かねて『三国志演義』の諸版本、嘉靖本の影印本や日本国内所蔵の明刊本を調査しているうちに、知らず知らず『三国志演義』テキスト研究の迷路に踏み入ってしまったのである。

一九八一年四月、私は京大から母校の慶大文学部に転任、かねてより親交のあった古屋昭弘、大木康、井上泰山の三氏を語らって、八三年四月より『花關索傳』の読書会を始め、後に古屋氏の紹介で氷上正氏が加わり、毎週一回の会読のすえ、翌年の七月に読了、一応の校本と索引を作成した。それから四年半後の八九年一月に、汲古書院から『花關索傳の研究』が出るまでの経緯は、同書の「あとがき」に書いたので繰り返さないが、そこで書き漏らしたことと後日談を、二三補っておきたい。

まず同書扉の貴州省安順「關索嶺の遠景」と「关索镇人民法庭」の写真は、当時、京大から四川大学に留学中の中裕史氏の撮影にかかる。写真は、氏から間接的経路で私のもとにとどいたので、「あとがき」にうっかり書き忘れてしまった。「关索镇人民法庭」の看板のかかった建物の写真を見た時は、こんなものが現代にあるのかと、思わず目を疑ったものである。

次に、会読が終わった記念と、大木、氷上両氏の中国留学の壮行を兼ねて、全員で秩父の長瀞に一泊旅行に出かけたことは「あとがき」に書いたが、その時、私は次のような漢詩を皆に示した。もとより即興の拙い戯作で、「あとがき」には、悪乗りととられそうなので載せなかったが、今読み返してみると、当時の高揚した気分が出ていてなつかしくもあり、また今の若い人に、昔はこんな風に遊びながら勉強したということを知ってもらいたいとも思うので、出醜の恥を顧みず、あえて転録する。

読花關索傳後戲呈諸友
『花關索傳』を読みし後、戯れに諸友に呈す
三國濟濟多英才、關公義勇最為魁。
三国済済として英才多きも、
関公の義勇最も魁たり。
巷談盛説顯聖跡、中有關索事難推。
巷談盛んに説く顕聖の跡、
中に関索有りて事は推し難し。
忽聞東吳出其傳、歴歳疑團頓解開。
忽ち聞く東呉に其の伝出ずと、
歴歳の疑団頓に解開す。
西川認父雖屬妄、功遂命歸情可哀。
西川に父を認むるは妄に属すと雖も、
功遂げ命帰すは情哀むべし。
事既烏有真堪哂、書亦鄙陋類字猜。
事既に烏有にして真に哂うに堪え、
書また鄙陋にして字猜に類す。
吳越方音同行見、魯魚訛體滿紙堆。
呉越の方音は同行に見え、
魯魚の訛体は満紙に堆む。
諸賢鳩首凝蘊智、異論百出暮色催。
諸賢鳩首して蘊智を凝らすも、
異論百出して暮色催す。
暮色催、氣亦摧。
暮色催せば、気もまた摧く。
廢話連篇不如罷、且盡眼前流霞杯。
廃話連篇罷めるに如かず、
且つは尽さん眼前流霞の杯。
時光似箭瞬一載、朱黄告畢笑盈腮。
時光箭に似て瞬ち一載、
朱黄畢りを告げ笑い腮に盈つ。
何時春風海上路、共看原槧稱快哉。
何れの時か春風海上の路、
共に原槧を看て快哉を称さん。

最後の「海上路」云々は、上海博物館所蔵の原書を見たいということだが、この願いは今もって実現していない。また「流霞杯」というのは、会読のあとほぼ毎回、むろん有志だけだが、神田川沿いや池袋の飲み屋の厄介になったことを言う。ちなみに『花關索傳の研究』刊行後も、汲古の大江英夫さん、小林詔子さんを招待して、祝賀会を湯島天神裏の鳥栄でやった。すべて楽しい思い出である。

本が刊行された年の四月、私は慶應大学藤沢の総合政策学部に移り、五月末に学校の用務で初めて中国に行った。北京大学での所用を終え、汽車で上海に行き、復旦大学中文系の卲毅平氏の案内で「成化刊説唱詞話」が出土した嘉定の宣氏墓跡を訪ね、発見者の宣奎元氏にも会うことができた。六四直前のことである。

これでやるべきことはすべてやり、大満足といきたいところだが、ひとつだけ遺憾なことがまだあった。それはスペインのエスコリアル王立図書館所蔵、嘉靖本と並んで古いテキストである葉逢春本を見ていないことであった。この本がスペインにあることは先刻承知していたが、私としては、当時は何としてもスペインまで出かける気になれなかったのである。ちょうどそこへ共著者の一人、井上氏が関西大学の海外研修で、オランダのライデン大学に一年行くことになった。私は、オランダまで行くなら、ついでにスペインにも行ったらどうだ、と氏に持ちかけたが、これは相当無茶な話で、北海道に行くなら沖縄にも行けと言うに等しい。自分でも半分は冗談のつもりであったが、律儀な井上氏は本当にスペインに行き、葉逢春本のマイクロを手に入れて帰国、後にその翻字付影印本『三国志通俗演義史伝』（関西大学出版会、一九九八年）を出版した。ただし私は井上氏が帰国する以前に、再度訪れた北京で、北京図書館の陳翔華先生がアメリカ経由で入手されたマイクロを見せてもらい、葉逢春本は嘉靖本と同じく、関索も花関索も出てこないことを確認していた。これを補って改訂版をと思わないではなかったが、その後、他事にかまけて、そのままになってしまった。

それからほぼ三十年の歳月が流れ、今やコンピュータに主要テキストをすべて入れて、自在に検索できるという信じがたい時代となり、『三国志演義』のテキスト研究も長足の進歩を遂げた。『花關索傳』についても、その後、GAIL OMAN KING氏翻訳の*"The Story of HUAGUANSUO"* (CENTER FOR ASIAN STUDIES ARIZANA STATE UNIV. 1989)、中国では朱一玄氏校点『明成化本説唱詞話叢刊』（中州古籍出版社、一九九七年）が出た。ただ校訂や注釈では、手前味噌かもしれないが、我々の本に一籌を輸するのではないかとひそかに思っている。

『花關索傳の研究』は、共著ではあるが、私にとって最初に世に問うた本である。その奥付は、「平成元年一月二十日発行」、新元号が発表された八日のわずか十二日後であった。その平成ももうすぐ終りを告げるらしい。そろそろ身を退く潮時であろう。

中国俗文学の文献整理研究の回顧と展望

黄 仕忠（西川芳樹・訳）

こう・しちゅう——中山大学中文系教授、中国古文献研究所所長。専門は中国古典文献学、図書館学、中国俗文学。主な著書・論文に『戯曲文献研究叢稿』（台北、国家出版社、二〇〇六年）、「从森槐南、幸田露伴到王国維——日本明治時期的中国戯曲研究」（『戯劇研究』台北、二〇〇九年第二期）などがある。

一

中国の俗文学には長い伝統がある。その源は先秦時代にまで遡り、唐代の俗講、変文、曲子詞を経て、宋・元代の話本に至るまで連綿と続いてきた。そして、元・明・清代に入ると、次第に発展して大国を形成するまでになった。通俗小説、雑劇、伝奇から地方劇まで、そして、北方の鼓書（長編鼓詞と短編鼓曲、京韻大鼓、山東大鼓、楽亭大鼓など）、子弟書、快書、岔曲、単弦、馬頭調、趕板、琴書、墜子から、南方の弾詞、灘簧、南詞、平話、南音、木魚書、竜舟歌、潮州歌、湖南唱本まで、さらに、全国に広まる宝巻、善書は、そのいずれもが、中国の文学、芸術、文化、歴史、言語、風俗などの研究分野で重要な資料となっている。

いわゆる「俗文学」とは、本来「雅文学」にあい対して言われた言葉であった。この俗文学の研究は、現代の中国学術体系のなかで歩行困難とでも言うべき状況にあり、現在に至るまでなお独立した学問分野としてその領域を獲得できていないばかりか、分裂の危機に瀕してさえいる。俗文学という大家族の二本の柱——通俗小説と伝統戯曲は、西洋文化に於ける小説、戯曲の高い位置付けに助けを得て、「小説史」、「戯曲史」として主流となる学問から認められ、独立した学問分野になっている。そして、現時点ですでに基本的な文献の調査を終えて様々な形態の目録が編まれており、『古本戯曲叢刊』、『古本小説集成』などの影印本の大型叢書がある。

さらに、『元曲選』、『六十種曲』および一連の明清小説のテキストは句読点を付して翻刻されており、その中でも優れた作品は古典の一つに数えられて広く普及している。この外にも、様々な形の小説史、戯曲史の専門書が幾つも書かれている。

ところが、俗文学という大家族のその外の構成員、例えば各種の説唱文学、雑曲、歌謡などは困難な状況にある。これらは古典文学と近代文学の両分野で附属的な存在とされ、ついでに取り上げられるにすぎない。しかも、「現代文学」という学問分野の概念は、白話文で書かれた新文学と基本的に同義であるため、これら俗文学は「伝統文学」というレッテルを貼られて遠回しに外へと追いやられている。現在の中国の大学で行われている、学問分野の構築を中心とした研究体系の中では、「民間文学」にならば無理矢理入れることができるかもしれない。だが、本当に「民間文学」を研究する者は、口頭によって伝承された文学こそが民間文学研究の中心であると考えている。このように、戯曲、小説を除いた俗文学にはわずかな隙間すらほとんど残されていないのである。そして、このような状況は俗文学研究の発展を大きく制限している。

俗文学の文献そのものの状況について言うと、説唱文学には、各地におびただしい数の文献が残っているが、これは主に晩清、民国期に地方劇が全体的に隆盛したことと同様の背景を持つ。つまり、時間が比較的近いために現存する文献の数が多く、その収蔵も多くの地点に分散しているのである。だがこれも、子弟書、弾詞、木魚書などのいくつかのジャンルを除けば、目録が編まれたことすらほとんどない。我々は、各種の中国俗文学の現有財産について、基本的な理解さえもまだできていないのである。

このように、現存する文献の整理、目録編纂がまだ限定的であるため、資料の利用に様々な困難が生じ、研究者にその研究を躊躇させてしまっている。また、これら俗文学は、もともと地方芸能であり、方言と地域による制限を強く受けて広範囲に流布しておらず、その影響も多くの場合は一つの地方に限定される。それゆえ、これら俗文学に関連する研究は学術史の視野に入りにくく、まして文学研究の本流に足を踏み入れるとなると、その難しさは言うまでもない。そして、このような状況は、その価値の認定や保存にまで影響を与えている。

さらに懸念されるのは、晩清、民国期に全国各地で盛んな発展を遂げた俗文学の大部分が現在すでに消失していることである。関連する文献は「救済」の必要に迫られているが、我々はまだこれら俗文学をどの学問分野に「配属する」のかすら、まだ十分に考えられていないのである。我々は俗文学が時間の経過により姿を消してから、その断片を収集して過去の痕跡を探すべきではないのだ。

以上のような現状に鑑み、民族の文化遺産を救済するという高度な視点から、中国俗文学を整理、研究、保護する必要があるのである。このため、我々はいくらかの初歩的な構想を打ち出し、すでにいくつかの作業に着手している。

「中国俗文学文献大系」の編集、整理、影印出版

中国の現存する俗文学文献を収集し、影印もしくは排印本を出版する。一つは種類による分類で、例えば、木魚書、蘇州評弾、福州平話、潮州歌冊、閩台哥仔冊などに分類、編集する。もう一つは収蔵機関によって分類してその影印を出版する。

俗文学の分類目録と「中国俗文学研究叢書」

子弟書、弾詞、宝巻、木魚書以外の俗文学はまだ目録が編まれていない。

「中国俗文学研究叢書」を出版する。これは次の三つからなる予定である。

一、俗文学研究の名著の復刊。

二、最新の研究成果の出版。

三、海外研究者の研究成果の翻訳、紹介。

現存する危機的俗文学の非物質文化遺産としての保護と研究

多くの種類の俗文学はすでに存続の危機に瀕しており、救済策を講じる必要がある。そこでこれらを撮影、録音してＤＶＤ・ＣＤを作成することで文献をデジタル化し、「データベース」を立ち上げてインターネット検索などの方法で研究者の利用に役立てる。

俗文学研究の専門刊行物の立ち上げ

文献整理と関連して、これに関わる研究成果およびその発表がある。このように感じた我々は『戯曲与俗文学研究』を創刊し、俗文学研究のために研究成果を発表する場を設けた。

二

中山大学は俗文学研究の長い伝統を持つ。これまで編纂、出版してきたものに『全元戯曲』（全十二冊、一九九九年）、『車王府曲本菁華』（全六冊、一九九三年）などがあった。そして、近年に於いても新たな成果を挙げている。

文献整理、影印、目録編纂

黄仕忠・李芳・関瑾華共編『子弟書全書』（五百万字、十冊、社会科学文献出版社、二〇一二年）

黄仕忠・李芳・関瑾華共編『新編子弟書総目』（五十万字、広西師範大学出版社、二〇一二年）

黄仕忠主編『清車王府蔵戯曲全編』（一千百万字、二十冊、広東人民出版社、二〇一三年）

黄仕忠編校『明清孤本稀見戯曲彙刊』（七十万字、上下冊、広西師範大学出版社、二〇一四年）

黄仕忠・金文京・喬秀岩共編『日本所蔵稀見中国戯曲文献叢刊』第一輯（十八冊、広西師範大学出版社、二〇〇六年）

黄仕忠・金文京・岡崎由美等共編『日本所蔵稀見中国戯曲文献叢刊』第二輯（二十二冊、広西師範大学出版社、二〇一六年）

黄仕忠・大木康共編『日本東京大学双紅堂文庫蔵稀見中国鈔本曲本彙刊』（三十二冊、広西師範大学出版社、二〇一三年）

黄仕忠編著『日蔵中国戯曲文献綜録』（四十万字、広西師範大学出版社、二〇一〇年）

著　作

広東中華文化王季思学術基金黄天驥学術基金叢書（既刊十五種）がある。この外、多くの個人著作集、専門書を編集、出版しており、『王季思文集』、『黄天驥学術自選集』、『日本所蔵中国戯曲文献研究』、『戯曲文献研究叢稿』などがある。

進行中の計画

文献整理

黄天驥・黄仕忠主編『全明雑劇』（全十巻）。校点作業は完了。中華書局から出版の予定。

黄天驥・黄仕忠主編『全明伝奇』（約六十冊）。現在作業中。やはり中華書局から出版の予定。

黄仕忠主管『広州大典続編・集部曲類』。広東の粤劇、木魚書、竜舟歌などを影印収録の予定。すでに木魚書、竜舟歌などの説唱文献六百余種、粤劇文献九百余種を収集し終えた。現在、分冊編成の段階に入っている。二〇一七年内に影印出版したい。

潘培忠編校『閩台歌仔冊全編』。清代巻の整理が完了。

肖少宋編校『潮州歌冊全編』。作業中。

黄仕忠主管の「海外蔵珍稀中国戯曲俗曲文献薈萃与研究」プロジェクトでは、さらに日本、北米、欧州、ロシア、シンガポール、韓国などが所蔵する関連文献の作業を完成させ、何冊かの専門書を適宜整理、出版したい。

目録編集

著録、内容の提要、題材の来源、現存する版本および、書影などを含む。『新編子弟書総目』（広西師範大学出版社、二〇一二年）、『日蔵中国戯曲文献綜録』などは、この種の目録を編纂する際の見本となっている。現在進行中の作業は以下のとおりである。

『明代雑劇総目』（黄仕忠編著、作業完了）

『明代伝奇総目』
『宋元戯文総目』
『元代雑劇総目』
『木魚書・竜舟歌総目提要』（李継明・関瑾華等）
『広府粤劇総目』（周丹傑等）
『潮州歌冊総目提要』（肖少宋等）
『閩台歌仔冊総目提要』（潘培忠等）
『清内廷蔵戯曲劇目綜録』（熊静等）
『新編東京大学東洋文化研究所双紅堂文庫分類目録』（黄仕忠・孫笛廬等、初稿完成）
『英国所蔵中国俗文学文献綜録』（徐巧越等）

我々が以上の構想を提示したのは、さらに多くの研究者が我々のグループに加わることを期待してのことである。そして、学界の仲間と共に努力して中国俗文学文献の整理と研究が全面的に推し進められることを願っている。

中国古典小説三十年の回顧についての解説と評論

廖 可 斌（玉置奈保子・訳）

りょう・かひん――北京大学中文系教授。専門は明清文学及び古代戯曲小説研究。主な著書に『詩稗鱗爪』（浙江大学出版社、一九九九年）、『明代文学思潮史』（人民文学出版社、二〇一六年）などがある。

黄霖教授と孫遜教授は、現在の中国大陸における中国古典小説研究のリーダーたる学者である。シンポジウムに両氏を招き、中国大陸におけるこの三十年間の古典小説研究の状況について、回顧と総括を行っていただいたことは、大変ふさわしいことであった。これに関連して指摘しておくと、シンポジウムに招かれた中国大陸の学者はさまざまなところから来ていたが、その中には比較的注目される二つのグループがある。すなわち黄霖氏と孫遜氏の教え子たちで、「黄家軍」と「孫家軍」と呼べるだろう。黄霖氏と孫遜氏は、この何年ものあいだ古典小説研究において数多の重要な成果を挙げてきただけでなく、ともに少なからぬ古典小説研究の後継者たちを育てており、中国大陸における古典小説研究の二つの重要な力となっている。言うまでもなく、黄霖氏と孫遜氏自身の研究と、彼らの教え子たちの従事する研究領域とは、いずれも古典小説には限られていない。黄霖氏は中国古典文学理論、近代文学理論の研究に、また孫遜氏は中国古代宗教と文学、都市と文学の関係などの方面の研究において、中国大陸の学術界をリードする地位にある。彼らの教え子の中でも、少なからぬ人材がこれらの方面の発展に尽力しており、その成果は顕著なものである。

黄霖氏と孫遜氏の大会発表はいずれも周到に準備されており、またそれぞれに特色があった。黄霖氏の大会発表はこの三十年の中国古典小説研究の全体的な状況を振り返ってまとめ、系統づけたものであり、小説の文体、文献、作者、テキスト（版本、成書過程、思想内容と芸術的特色を含む）、理論、小説と文化などの多方面にわたり、この三十年の中国大陸における古典小説研究に関する進展を全面的に整理した。孫遜氏は自身の研究の興味と研究の経歴に結びつけて、この三十年の中国古典小説研究におけるいくつかの注目点や、焦点、新たな点をとらえて観察を行っており、とりわけ、新しく発見された古典小説文献や、東アジアの漢字文化圏の漢文小説、古典小説と都市、宣教師と中国古典小説の海外における早期伝播などの研究の発展に重点を置いて論じた。両氏の大会発表にはそれぞれに重視している点がみられ、互いに組み合わさり、補い合い、われわれが中国大陸におけるこの三十年の古典小説研究の状況を理解するに当たり大変有益である。

中国大陸における古典小説研究には二度の高潮期があった。一度目の高潮期は一九二〇〜三〇年代である。梁啓超、胡適、魯迅、蔣瑞藻、孫楷第といった先達が、新文化運動の促進を受けて、西方の文学観と文学研究方法を参考とし、日本の学者の研究成果を含め、過去に中国では重視されていなかった小説を、主流の文学スタイルと見なし、中国古典小説の源流の探索、目録の調査整理、作者と題材の来源の考証、成書過程の考察、中国古典小説の思想と芸術的特徴の検討といった方面において、先鞭をつける仕事を多く行い、中国大陸における古典小説研究という分野の基礎と枠組みを定めた。一九四〇年代から七〇年代にかけては、いくつかの古典小説研究の成果が世に出たとはいえ、全体的に見ると、さまざまな要因の影響を受け、この期間は中国大陸における古典小説研究の低迷期であった。一九八〇年代以降、中国大陸の古典小説研究は著しい発展を遂げ、新たな研究のスタイルを形成した。それはまず、古典小説文献の系統的調査と整理として体現された。『古本小説集成』『古本小説叢刊』などの編纂がその代表であり、さらに『型世言』などの小説文献の発見もその内に含まれる。過去に一般の研究者がなかなか見ることのできなかった大量の小説作品や、いくつかの重要な作品の重要な版本が、すべて研究者が利用できるようになったことは、古典小説研究を大いに促進させた。その次は、一九二〇〜三〇年代の研究者たちが発表した一連の見解に対して修正を行い、補完する作業を進行したことである。それは例えば、魯迅氏の「話本」に関する解釈、『酔翁談録』の「小説四家」の理解[1]、『三国志演義』『水滸伝』などの繁本と簡本の関係についての見解、『紅楼夢』の各種版本間の相互関係やその流伝過程についての考察などに対してのものである。ついで、中国古典小説の各種文体やジャンルに対して、さらに深化した研究が進められた。例えば、歴史小説、英雄伝奇小説、侠義公案小説、神魔小説、世情小説、才子佳人小説、家庭小説、宣講小説、中篇文言伝奇などは、みな専門的に系統立てて研究された論著が出版されている。そのほかにも、さらにいくつかの新たな研究領域が開拓された。それは例えば東アジアの漢文小説や、初期の宣教師と中国古典小説の西方における伝播との関係、近代の新聞雑誌と小説との関係などである。かくて中国古典小説の全体的な枠組みは大きな発展を遂げたのである。

この三十年の中国古典小説研究の状況を振り返ることは、経験を総括し、不足するものを探し、今後の古典小説研究の方法を求め、中国古典小説研究の新たなスタイルを開拓するためのものである。二十世紀中葉の古典小説研究では、古典小説の思想内容と現代における意義を詳細に説明することが特に重視されており、その中に陳腐な社会学研究的な傾向が存在することを免れなかった。この三十年間の古典小説研究が、次第にこの種の傾向から抜け出し、小説史料の収集と小説文献の分析に重点を置き、努めて根拠に基づき立論するよう求めたことは、まぎれもなく一種の進歩であった。しかし現在は、また別の極端な方向へと向かってしまっているように思われる。つまり、文献の校訂に偏重し、小説作品、特に古典作品の思想内容と芸術的特徴の分析を相対的に軽視しているのである。文学研究の根本的な価値は、読者がさらに作品をよく理解し、古典作品の芸術的魅力を味わうのを手助けすることにあるのと同時に、文学創作の経験をまとめあげ、現代文学の創作のために参考となるものを提供することにある。小説の作者、題材の来源、版本等の方面の問題についての考証も、本来はこのただ一つの目的を達成するための作業である。現在の古典小説研究には、ある程度、このただ一つの主旨を逸脱し、文献学のための文献学、考証のための考証という傾向が存在しているようである。このような状況を招いた原因は多方面にあるが、その中の重要な原因の一つは、ほかならぬ現代の学術全体の専業化、技術化にある。大学の人文教育と研究は日を追って辺縁化し、日に日に社会から乖離し、大学教員の仕事の一つになってしまい、大学教員の独りよがり、自己満足のための一種の道具へと変わってしまった。このような大きな背景の下、古典小説研究を含む文学研究は、社会全体から日に日に乖離していくだけではなく、文学の読者や作者からもだんだん遠ざかっている。大学教員が古典小説研究の論著を発表するのは、ただ同業者の同意を得て、学術的地位と栄誉を獲得するためだけとなっている。読者に向き合いもせず、現代の作者にも向き合っていない。そして、古典小説の研究において、ただ史料を探し求め、歴史的考証を行うことだけに力を尽くし、小説作品の思想内容と芸術的特徴の分析を重視していないのである。古典小説研究の道はゆけばゆくほど狭くなり、社会に対する影響力も日に日に弱まっている。実際のところ、初期の古典小説研究者は小説の思想内容と芸術的特性の分析を大変重視していた。例えば魯迅氏の、「唐人は初めて意識して小説を作った」や、『三国志演義』の人物描写についての「劉備が慎み深く寛大であることを表そうとして偽善者のようになり、諸葛の賢さを描写しようとして妖怪のようになる」という特徴や、『儒林外史』についての「公正な心をしっかりと持ちつつ時弊を指摘し、筆鋒の向かう先は、とりわけ文人・士大夫階級にある。その文章は憂いがありながら諧謔的であり、婉曲でありながら皮肉が多く、ここで小説の中でやっと風刺の書と呼ぶに足るものが初めて現れた」といった芸術的特徴についての分析などは、みな模範と称するに足るものであり、読者がこれらの作品の芸術的価値を理解するうえで、そして後世の小説の作者が古典小説の芸術性を参考にするうえで、さらにわれわれが中国古典小説の民族的特色を認識するうえで、いずれも啓発的な意義を深く備えている。今後の古典小説研究は、魯迅ら先達の伝統を継承し、古典小説の思想内容と芸術的特色に対する分析に重点を置き、もう一度古典小説研究を読者と作者の中に、そして社会の中に戻し、その研究の成果にあらためて生活の温度と文学芸術の息遣いを備えさせるべきであるだろう。

このほか、古典小説研究全体のスタイルも、適度に後の年代へ、大衆的方向へと傾斜するべきである。つまり、古典小説を深く研究しつづけると同時に、清中葉以降から辛亥革命までの近代小説の研究にも重点を置くべきであり、歴代の代表的な古典作品を深く研究しつづけると同時に、さらに民間の通俗小説の研究も重視するべきなのである。近代とは中国史上に発生した大きな転機の時代であり、この一時期の小説は数も大変多く、当時の社会生活や人々の生活状態、思想・感情を反映している。もう一つの大きな転機の時代にあるわれわれにとって、かの時代の歴史の状況と先達の思考の過程を知ることは大いに役立つものである。同時に、この時代はまた中国古典小説が中国現代小説に変化する重要な過渡期でもあり、この一時期の小説の変遷を考察することは、われわれが中国現代小説の生成を知る上で重要な意義を持つ。二十世紀初めの新文化運動以来、人々が小説・戯曲などの通俗文学作品を比較的重視するようになったことから、われわれは文学観の変化はすでに完成したと見なしてしまった。だが実際には、強く深い伝統文学観の影響を受けていることから、われわれが重視しているのは、実際にはまだ比較的高尚で整った、比較的上品な文学に近い小説・戯曲作品だけでしかない。さらに、通俗的な小説、戯曲、説唱文学作品については、われわれは依然としてそれらの芸術的レベルは大変低いものと見なしており、それゆえに重視しようとしない。その実、これらの作品は、中国の民衆の生活方式や、思想・感情、芸術嗜好を反映しているという面において、かえがたい意義を持っている。今こそ文学観をさらに変化させ、これらの作品を研究範囲に取り入れ、各種の文体と、各々の作品の間の関係について重点的に考察する必要があるだろう。

訳注

（ⅰ）魯迅は『夢粱録』及び『都城紀勝』を挙げており、また小説四家に関する記載は『酔翁談録』中には見えない。詳しくは魯迅著・中島長文訳『中国小説史略』（平凡社、一九九七年）三一〇頁参照。

過去三十年の中国小説テクストおよび論文研究の大勢と動向

李桂奎（藤田優子・訳）

り・けいけい——上海財経大学人文学院教授。専門は中国古代文学。主な著書に『五〇〇種明清小説博覧』（副主編、上海辞書出版社、二〇〇五年）、『元明小説叙事形態与物欲世態』（上海古籍出版社、二〇〇八年）、『五〇〇種武侠小説博覧』（副主編、上海辞書出版社、二〇一三年）などがある。

過去三十年間にわたり、中国小説テクストおよび関連著作研究の多くは登場人物・プロット・環境の「三要素」をめぐって展開してきた。前期には「登場人物」研究が優位であり、とりわけ「美術」的観点からの「写人」研究が一層輝きを増した。後期には「ナラトロジー」理論の導入に伴い、「叙事」研究が中国小説テクスト研究の主流となり、時間・視点・モードの「新三要素」がテーマとして盛んに取り上げられている。過去三十年の中国小説テクスト研究の動向を概観すると、「プロット」「登場人物」「環境」をめぐる諸要素のほか、「叙事」研究と「写人」研究が交互に台頭する局面も見られる。両者がともに妍を競いあうことにより、今後の中国小説テクスト研究は必ずや充実し、輝かしい新境地へ向かうであろう。

はじめに

小説テクストは豊富な内容を包含するが、その要素は旧来のいわゆる三大要素「登場人物」「プロット」「環境」、もしくは現在の二つのキーポイント「叙事」（一）「写人」に集約できる。「三十年河東、三十年河西（盛者必衰のことわり）」という言い回しが示す通り、過去三十年の中国小説テクスト研究の変遷と発展の回顧からは、一定の法則性と今後の展望を見出すことができる。三十年間にわたる中国小説研究の動向を論じるとすれば、おおむね「登場人物」研究優位から「叙事」研究主導への変化と言うことができる。しかし、十全な小説テクスト研究は「叙事」「写人」研究の全面的開花でなければならない。

「三要素」説を基礎とした「推陳出新」

一九八〇年代、中国小説テクスト研究はそのほかの人文社会学科研究と同様、概ね西洋の手法に沿って進められた。数度にわたる研究ブームも基本的には欧米の文学理論の浸透と影響に依拠し、「プロット」「登場人物」「環境」という旧来の三要素の概念に基づきながらも、幾分かの「推陳出新（古きを捨てて新しきを出す）」がなされた。

八〇年代初頭、マルクス・レーニン文学理論のかの「典型」論による天下一統の局面は打ち砕かれたものの、小説テクスト研究は依然として「三要素」構造を継承していた。「プロット」研究は大いに重視され、「登場人物」研究は一層勢いを増した。特にイギリスの小説家エドワード・モーガン・フォースター『小説の諸相』の影響により両者の研究は精力的に進められ、「プロット」の探求が肝要な問題として扱われる一方、小説中の「人」も殊に重視された。「立体的人物《ラウンド・キャラクター》」「平面的人物《フラット・キャラクター》」[11]といったフォースターの所説を用いた『三国志演義』『水滸伝』『紅楼夢』等の登場人物解釈が行われ、人々の耳目を一新させた。劉再復氏は魯迅が『紅楼夢』等の小説に対して行った批判「善人はどこまでも良く描かれ、悪人はどこまでも悪く描かれる」を受け継いで「人」という根源から出発することに力を注ぎ、『小説の諸相』の観点も借りて話題を呼んだ『性格組合論』を発表し、「複雑性格」理論の基礎上に小説登場人物の分析を構築した。[1] 登場人物を「善」と「悪」、「表」と「裏」にはっきりと二分するような従来の単純化に比して、こうした「性格分析」を主体とする、科学的合理性に近づいた「二重組合」説の斬新さは言を俟たない。ただしこの理論の隆盛は短命に終わり、未だ学理への昇華に至っていない。

西洋の各種文芸理論の導入、特に美学研究ブームの台頭によって人々の研究の視野は広がり、中国本土の文学理論の還元を通して小説テクスト研究を注視する研究も現れた。とはいえ、「三要素」や「典型」論の衣鉢はなお存在していた。葉朗『中国小説美学』（一九八二年）は小説の「プロット」「構造」をともに考慮しつつ、「写人」の問題にも相応の注意を払い、金聖嘆、毛宗崗、張竹坡、脂硯斎らによる「典型性格」「個性化」「人物造型の弁証法」「化隠為顕」といった指摘や、登場人物の性格の「複雑性」「缺陥美」等の考え方を検証した。呉功正『小説美学』（江蘇文芸出版社、一九八七年）もまた小説の「プロット」「構造」研究を重く扱うとともに、相当の紙幅を費やして写人理論への考察をとりまとめている。当時の小説テクストに関する研究は突破点を希求していたものの、「典型」論と小説の「三要素」の枠は超えがたく、各種の研究論著は依然「典型的環境における典型的人物」「ファミリア・ストレンジャー」といった関連術語を運用し続けていた。

　中国小説理論史に目を向けた一連の論述には、多かれ少なかれ当時の「三要素」説が刻み込まれており、特にテクストに対する批評の論考で「三要素」に貫かれていないものは皆無に等しい。敏澤『中国文学理論批評史』（一九八一年）、王先霈／周偉民『明清小説理論批評史』（一九八三年）、黄霖『古小説論概観』（一九八六年）、陳謙豫『中国小説理論批評史』（一九八九年）、方正耀『中国小説批評史略』（一九九〇年）、劉良明『中国小説理論批評史』（一九九一年）、陳洪『中国小説理論史』（一九九二年）等は、いずれも古典小説理論の変遷を概括するにあたり、自覚的にか無自覚的にか「プロット」、「登場人物」そして「典型」を枠組みとしている。この種の研究手法は時代的制約を受けていたにもかかわらず、総じて片手落ちということはなく、「プロット」と「登場人物」の両者ともに目を向けている。このほかに、中国小説テクストを「文学創作論」の枠組みの中で検討する研究者が現れ、「人物造型」研究を大きく躍進させた。張少康『中国古代文学創作論』（北京大学出版社、一九八三年）は芸術的構想、芸術的イメージ、創作方法、芸術的表現の弁証法、そして芸術的風格の五方面からプロット、登場人物を含む中国古典文学創作の基本理論について検討を行った。孫紹振『文学創作論』（春風文芸出版社、一九八七年）もまた「プロット」への充分な考察と並行して「登場人物」研究にも重点を置き、第四章「形象論」において登場人物の性格創作を集中的に論じるほか、第八章「小説的審美規範」でも「登場人物の正常な軌道外への押し出し」「性格因果律」「性格と環境の関係」等、写人に関わる問題について述べている。八〇年代後期に翻訳紹介された米学者エイブラムズ『鏡与火――浪漫主義文論及批評伝統』(iii)（北京大学出版社、一九八九年）で提唱された文学本質論、文学創作論、作品構成論、文学受容論は確実に中国の研究者を開眼させた。エイブラムズの理論に関して『以文行事――新閲読諸理論（原題 *Doing Things With Texts : Essays in Criticism and Critical Theory*）』の編者マイケル・フィッシャーは、選集の「編者前言」でその特徴を次のように指摘する。「文学とは人類としての読者に向き合い、人々が関心を抱く各方面に関わるものであり、白身の形式的あるいは構造的な要因のみに制約されない。文学作品は人に属し、人の為となり、人に関わるものである」(2)。胡経主編『中国古典文芸学叢編』（北京大学出版社、一九八八年）はその理論の枠組みを借りて「構造」「作品」の両者を大きく取り扱うとともに、「気韻」「形神」「真幻」「情理」といった写人の範疇にも言及し、その後の小説写人研究に多大な影響を与えた。当然、こうした写人に関する研究は基本的に作家の次元から論じられたものであり、写人テクストそのものへの注目はなお不十分であった。

当時、小説テクストを直視した研究の多くは「芸術」の名目を冠していた。馬振方『小説芸術論稿』（一九九一年）、張稔穰『中国古代小説芸術教程』（一九九一年）、傅騰霄『小説技巧』（一九九二年）、劉上生『中国古代小説芸術史』（一九九三年）、寧宗一等『中国小説学通論』（一九九五年）、孟昭連・寧宗一『中国小説芸術史』（二〇〇三年）等の論著では、ある種の写人効果をもたらす芸術的手段や技巧を詳細に検討し、新たな見解を打ち出している。しかしこれらの研究は多く「芸術的完成度」「芸術的特色」といった名称を冠せられたことに加え、往々にして「登場人物」「プロット」「環境」の三ブロックに分割されていたため、大きな突破口とはなりがたかった。

過去三十年の最初の十年間にわたる中国小説テクスト研究は、総じてそれ以前に西洋から輸入されていた登場人物、プロット、環境に関する「三要素」説に大きく依拠していたと言える。当時、英フォースター『小説の諸相』や本国劉再復『性格組合論』等の影響下で、小説テクスト研究はある程度「推陳出新」された。当然ながら、この種の「プロット」、「登場人物」そして「環境」をそれぞれに重んじる研究構成は、必然的にその後の「叙事」と「写人」研究が妍を競う歴史的論理となっていく。

「美術」概念主導による写人研究の輝き

「美術」とは通常、絵画、彫像、工芸美術、建築芸術等、空間の中で展開、表現され、人々の視覚に訴える一種の芸術を指す。美術という概念によって小説の「写人」研究はひとたび息を吹き返し、「人物描写」「人物造形」「人物刻画」といった一連の言葉を連綿と用いながら成果をもたらした。

中国小説における「写人」テクスト研究は無論、伝統的な「写人」論に依拠すべきである。過去三十年の最初の十年間、人々は写人理論の整理と研究の過程において、自然と「写人」テクストに関わり続けてきた。孫遜「我国古典小説評点的伝統美学観」（『文学遺産』一九八一年第四期）では典型造型の弁証法（「特犯不犯」）、芸術的創作中の「白描」や「伝神摹影」、言語の個性化（「一様人、便還他一様説話」）等の方面から中国小説評点の美学観が整理されている。さらに、人物造型理論の研究においては「写人」テクストによる実証がしばしば試みられた。王徳勇「我国古代文学評点中的人物塑造理論」(『承徳師専学報』一九八四年第一期)では古典小説評点の人物造型理論を人物の性格の「同而不同處有辨」説・性格が単純にして豊かである人物造型説・偽りの中から真実を見いだす人物造型説・「至之情」を重んじる人物造型説の四種に概括する。一九八四年『中国文芸思想史論叢』(一)には黄霖「古代中国小説批評中的人物典型論」と楊星映「中国古典小説批評中的人物塑造理論初探」の両論文が同時発表された。前者は中国古代の「人物典型理論」の総括を通して、中国の古典的写人理論の三つの重心、すなわち「形象の描写を通した精神の表現」「性格対比の強調」「実と虚の主張」を打ち出し、後者は伝統的な小説の写人理論について、「小説登場人物のイメージはどこから来るのか」「登場人物は無から作り上げられたものか」といった点を集中的に検討し、「以形伝神」「犯避」、「虚実相成」などの理論に対する系統的考察を行っている。中国小説理論史が編まれる過程では、「典型」「性格」「情理」等の強調、「叙事」を主体とする「文法作法」に対する注目と併せて、「写人」もまた伝統的な「文法作法」の有機的結合と同様であると見なす研究者も存在した。方正耀『中国古典小説理論史』では金聖嘆の「文章作法」理論を「人物造型の具体的手法と造型された人物との関係に及ぶもの」であるとし、金聖嘆の「先声奪人」説のほか、毛宗崗父子の「於無処写」説、張竹坡の「主賓対襯」説、脂硯斎の「摂総一写」説、哈斯宝の「拉来推去」「点睛」「牽線動影」等の所見が「構想、プロット、結末、また叙事等の角度から人物描写へと連なっており、小説創作理論を豊かにした」と指摘している。

特筆すべきは八〇~九〇年代、二人の「汪」氏が「写人」テクスト研究に大きく貢献したことである。汪遠平は『水滸伝』の、汪道倫は『紅楼夢』の写人にそれぞれ心血を注ぎ、当時の「西洋の理論で中国を解釈する」潮流に迎合することなく、文学理論の伝統に回帰することで新境地を切り開いた。「比興による写人」について比較的早期に系統的説明を行ったのは汪道倫である。彼が八〇年代に発表した「比興与写人」は以下の論理の説明から始まる。「中国文学史では長年にわたり、比興が詩歌の正統な表現手法とされてきた。比興の手法は『詩経』から近代の詩歌に至るまで一貫して継承されており、朱自清氏が『詩経』の賦、比、興を我が国の古代詩論における「開山の綱領」と見なしたのも無論正しい。しかし美学的角度からは、比や興は古代詩論「開山の綱領」であるのみならず、あらゆる文学が芸術的な美を創造するための重要な条件と見ることもできる。したがって、比興は詩歌の美学にとどまらず、あらゆる文学芸術において旺盛な生命力を有している。中国小説における写人の伝統は自己の民族基盤を有し、外形を描くこと、精神を伝えること、あるいは意を寓することであろうと、いずれも比興の運用と強く結びついているのである」[(3)]。「典型」論がなお健在で、誰もが西洋の方法論に心酔していた時代の中、汪氏のこうした認識は独立独行であり、いかにして写人に比興を運用するかについての透徹した論は民族的言語の伝統への回帰を含意していた。無論、人々の目が国外に向けられていた当時、充分な注目を集めたとは言い難い。実際のところ、「比興」だけでなく「賦」もまた中国文学における写人の根本的手法である。汪遠平の写人研究は独創性豊かであり、「態」というたった一語から「『水滸』的哭態描写」「論『水滸』的酔態描写」「『水滸』的怒態描写」等のテーマを導き出し、きわめて示唆に富む論を展開した。

振り返ってみると、かつての西洋「美術」の「写人」論と中国本土の「形神」論との融合貫通の試みには、やはり「隔たり」の問題が存在していた。特に、「人物描写」を議論するたびに、肖像描写、行動描写、言語描写、心理描写といった使い古された紋切り型の言説ばかりが弄されていたのである。『紅楼夢』研究の大家周汝昌は数年前、『紅楼夢』における写人の芸術性について次のように指摘している。「『紅楼』の芸術性、特に人物や世界の造型の素晴らしさを語るのに、現在流行の「イメージ造形」「心理描写」「描写の迫真性」「精密な分析」等々の文芸的概念のみで『説明』したり賞賛したりするのは困難である。なぜなら雪芹の著書は中国人の思う中国の物語であって、絶え間なく西洋と交流している現代人の文化理論とは全く異なっているからだ。現代の若者の多くは「造型」「描出」「描写」といった言葉や概念のほかにも別の考え方があることをほとんど理解していない。そうして現代の理論を『紅楼夢』に当てはめてしまうので、五里霧の中に入ったように作品の妙趣や雪芹の偉大さの所以を解さず、甚だしきに至っては中国の曹雪芹は文学的芸術を全く理解していないなどと言う始末である」。

周氏は西洋文化の概念をそのまま用いて中国の古典を解釈しようとする方法に疑問を呈し、写人研究はそれが生まれ育った土地と自身の問題に立脚すべきであると唱えている[(4)]。

叙事研究の君臨
――旧「三要素」から新「三要素」へ

八〇年代中期以降には各種のフォルマリズム、特に構造主義による「ナラトロジー」の論著が広く流入したことに伴い、「叙事」研究が一躍小説テクスト研究の中心となる。かつての登場人物・プロット・環境の「三要素」は新たに時間・視点・モードという「新三要素」に取って代わられた。中国小説の叙事研究もまた登場人物を「行動素」と見なして「写人」研究の領域に踏み入り、登場人物は「叙事」のための手段や道具、小説を物語るための機能的元素とされた。伝統的な「形神」「情理」といった写人に関する問題は傍らに退けられたのである。

まず、各種小説テクストや理論研究に関する論著は「叙事」に傾きつつあった。陳平原『中国小説叙事模式的転変』(上海人民出版社、一九八八年)は小説テクスト内外の研究を効果的に連続させ、純形式的ナラトロジー研究と文化背景を考慮した小説社会学研究とを結合し、小説の登場人物・プロット・環境という伝統的「三要素」から「叙事」だけに関する時間・視点・モードの「新三要素」へと照準を合わせた。彼の『小説史――理論与実践』もまた明確に「叙事」は小説史編撰の主要な視点であるとする。その後石昌渝が『中国小説源流論』(三聯書店、一九九四年)において小説史の研究を題材から文体へと推し広げ、「叙事」を追究することで小説史研究の視野を広げた。さらに楊義『中国古典小説史論』(中国社会科学出版社、一九九五年)ではより精密に文化学的思考とナラトロジー的解釈を用いて中国古典小説テクストの変遷が分析され、中国小説の発展と儒仏道文化や諸子文化、民間信仰、地域文化との関係が強調されている。魯徳才『古代白話小説形態発展史論』は歴史的角度から各時代の小説テクストを論述し、中国古典白話小説の芸術的形式と叙事の形態について系統的掘り下げを行う。林崗『明清之際小説評点学之研究』(北京大学出版社、一九九九年)では明清期の小説評点を系統的に整理し、現代美学の観念を用いて小説評点を文化レベルにまで高め、独自の見解を打ち出している。彼は小説評点の文体の価値を明らかにしたうえで、一貫した評点学体系を打ち立て、小説評点を構造論、論理的文章構成論、修辞論の三つの中心的階層に分割した。特に、統一的な「テクスト意識」の下でこの三階層の内包するものと意義を掘り下げ、中国と西洋の比較研究手法によって明清小説の評点が表す美学観念と西洋叙事文学中の美学観念との比較分析を行っている。そのほか、高小康『市民、士人与故事――中国近古社会文化中的叙事』が行った中国近古社会文化の叙事研究には、通俗的叙事芸術と市民文化の新たな地位、市民文学の中の士人趣味、『金瓶梅』から見る叙事意図の変遷、精神分裂の時代、清代の文人と文学といった内容が含まれる。張世君『明清小説評点叙事概念研究』（中国社会科学出版社、二〇〇七年）は「中国の特徴的叙事概念」の整理分析を通して中国ナラトロジー確立の素地を築いた。これ以外にも、王彬『紅楼夢叙事』（中国工人出版社、一九九八年）、鄭鉄生『三国演義叙事芸術』（新華出版社、二〇〇〇年）、劉紹信『聊斎志異叙事研究』（中国社会科学出版社、二〇一二年）等、「ナラトロジー」理論を用いた古典名著の研究成果が相次いで発表されている。中国小説研究における「ナラトロジー」の功績は多大であると言えよう。劉勇強はナラトロジーの中国小説研究に対する促進作用を総括するにあたり、ナラトロジーが中国古典小説研究にもたらした最大の意義は小説芸術研究の単一的思考を変革したことであると指摘した。二十世紀、思想に統轄された芸術分析は登場人物を中心としていたが、ナラトロジーによる小説研究の中心はプロットであった。ナラトロジーは中国小説研究に新たな視野を提供するとともに自身の中国古典小説研究への適応性、有効性を示し、これにより小説テクストによる叙事研究は一躍主流となったのである。

評判の学問となった西洋の「ナラトロジー」の影響下で、中国小説テクスト研究は再び叙事を中心に行われることとなった。劉勇強は小説理論研究は抽象的な問題ではなく、テクストを徹底的に検討すべき問題だとしている。中国古典小説の叙事的芸術や古人の論評は豊富な経験と規律を含有するが、こうした経験や規律を総合する過程こそが中国ナラトロジー創造の道程と言ってよい。[5] 以上を踏まえて中国小説研究動向を企図することは無論、中国と西洋の文学理論が作り上げた時代の潮流に符合し、今日の文学研究の道を切り開くとともに小説等の文体、テクスト研究の世界的転換への一助となるであろう。ただし、写人研究が欠落している限りは不完全と言えるのではないだろうか。

「写人」「叙事」研究は妍を競うべし

「文学は人学である」という示唆的かつ議論を呼ぶ命題にしろ、「文学は人が書き、人を書き、人のために書かれるものである」というほとんど使い古されたような言説にしろ、両者はともに「写人」は文学創作の要であると強調する。なかでも、戯曲小説等の文体創作は、特に「叙事」と「写人」を根本としている。にもかかわらず、「写人」は今日に至るまで、「叙事」ほどには学説として昇華していない。なぜ

「写人」問題は充分に独立していないばかりか「叙事」のための機能的要素と見なされるに過ぎないのか。なぜ「写人」理論は未だに「ナラトロジー」のような輝きを得ていないのか。「中国写人学」には真価を発揮する術がないのか。こうした問題には熟慮が必要である。

「叙事」と「写人」は古今東西の文学創作における二大要点であり、両者は常に様々な文芸作品の中に存在してきた。「叙事」と「写人」は古今を通じ、一まとめに論じられるのが常であった。金聖嘆は『西廂記』「琴心」の一文「張生待鶯鶯前来夜焼香、趁機琴挑（張生は鶯鶯が夜に香を焚きに来るのに乗じて琴を弾きかけます）」について「有時写人是人、有時写景是景、有時写人却是景、有時写景却是人（あるときは人を書いて人とし、景色を書いて景色とする。またあるときは人を書きながらも景色とし、景色を書きながらも人とする）[6]」と評し、「写人」と「写景」をともに取り上げて両者が互いに混じり合っていることを解説する。一方、伝統的な小説評点は概して「某という人物の描き方はどのようである」といった写人問題に重点を置き、「何々という事柄の描き方はどのようである」という叙事の問題とは区別して評説を加えることで写人問題の相対的独立性を示している。[7] 金聖嘆や毛宗崗父子がそれぞれ『水滸伝』、『三国志演義』の「読法」を論じる際に、「叙事」と「写人」を併せて取り上げたのは言うまでもなく、そのほかの取るに足りない小説の評点でさえ両者ともに触れるのが一般的である。「東嶺学道人」の『醒世姻縁伝・凡例』には以下の一節が見える。「本伝其事有拠、其人可征；惟欲針線相聯、天衣無縫、不能尽芟傅会。然与鑿空硬入者不無径庭（本伝が語る出来事には基づくところがあり、登場人物も実在している。伏線をめぐらせ、縫い合わせた跡が見えないと言われる天衣の如く完璧にしたかったが、こじつけの要素をすべて取り除くことはできなかった。とはいえ、何もないところから無理に話を作り上げたようなものと同じという訳ではない）[8]」。小説の信頼性を証明するべくここで強調するのは「事を伝えること」と「人を伝えること」がいずれも現実に依拠しているという点である。古人のまなざしの中では「叙事」と「写人」という二つの話題は矛盾することなく同居していた。我々とて両者の扱いに差をつけるべきではない。一九二〇年代にまで話を広げると、胡適『建設的文学革命論』でもやはり「叙事」と「写人」は同様に重視されている。彼は繁雑極まりない「描写」の方法を大きく「写人」「写境」「写事」「写情」に四分した。[9] しかし、これらは実際には「写人」と「写事」の二つに帰結しうる。「写情」は「写人」に含めることができ、「写境」は通常「写人」または「写事」のために機能し、必ずしも独立のものである必要はないためである。

二十世紀に通行した「人物分析法」は主に西洋十八世紀以来のヘーゲル、マルクス、エンゲルスらの「人物中心論」に依拠していた。英米の小説理論家の説に由来する「三要素」説は広く小説に応用され、旧ソ連ゴーリキーら理論家の影響も受けて「典型」論による登場人物分析が流行した。その後、人々の関心はプロットの分析から叙事研究へと向けられてゆく。環境は叙事の「時空」を表す要素として叙事研究の内包するところとなり、同時に、登場人物は叙事のための機能的要素へと凋落し、表に出なくなってしまった。西洋の各種フォルマリズム批評や構造主義的「ナラトロジー」の視界においては、登場人物の性格はストーリーを発生させるための単なる導線に過ぎない。人物造型は叙事を主体とする機能的手段とされ、その目的はすなわちストーリーを展開させることにあった。こうした「叙事」ばかりを強調し「写人」を軽視する研究は、いささか片手落ちと言わざるを得ない。

本来であれば、小説の写人研究は発展のチャンスを有していたはずであった。九〇年代、米学者ウェレック/ウォーレン『文学の理論』が翻訳紹介されたが、その「内部研究」と「外部研究」に二分された概念は「文学は社会生活の反映である」といった命題に対する再考を引き起こした。小説における写人は芸術的形式であるとして一連の成果を得たものの、人々の研究の焦点は形式、文章作法、構造等につらなる「叙事」の問題にあった。「写人」に特化した論でさえ、えてして「人物描写」「人物造型」といった使い古された言説を持ち出し、こうした状況は今なお根本的に変化していない。それゆえにこそ、写人研究には新たな展望が期待されているのである。

「叙事」研究の優勢に加え、「写人」研究そのものが新たな強い理論的支持を得ていない状況下にあって、中国小説テクスト研究は偏向的体勢にある。強調すべきは「ナラトロジー」にもまた中国化が必須であり、そうしてはじめて中国に根を下ろして長く続けていくことができるということである。「写人」理論もまた本土化する研究潮流の中で独立した学問となって国外へと出て行くべきであり、それこそが従属を潔しとしない考え方から出てくる当然の反応と言えよう。我々の当面の急務は言葉の還元を通した「写人学」創設への歩みを速め、「ナラトロジー」と妍を競わせることである。そのようにしてこそ二大理論体系に基づく小説テクスト研究が全面開花するといえよう。

注

（1）劉再復「関於「性格組合論」的総体構想」（『当代文芸探索』一九八五年第二期）、五十一頁。

（2）米M・H艾布拉姆斯、趙毅衡、周勁松等訳『以文行事――艾布拉姆斯精選集』（訳林出版社、二〇一〇年）、三頁。

（3）汪道倫「比興与写人」（『陰山学刊』一九八八年第三期）。

（4）周汝昌『紅楼芸術的魅力』（作家出版、二〇〇六年）、二七頁。

（5）劉勇強「小説史叙述的文本策略」（『北京大学学報』二〇〇七年第三期）。

（6）曹方人、周錫山評点『貫華堂第六才子書西廂記等十種』（『金聖嘆全集』（三）江蘇古籍出版社、一九八五年）、一一三頁。

（7）『水滸伝』金聖嘆評に言う「写出至人至性」「写李逵如画」「写魯達為人処、一片熱血直噴出来」等の語は専ら写人の問題を述べるものであり、叙事理論の枠内で分析することはできない。

（8）（清）西周生『醒世姻縁伝』（上海古籍出版社、一九八三年）、一五三七頁。

（9）『胡適文存』第一集（上海書店出版社、一九八九年）、九一〜九二頁。

訳注

（i）いわゆる叙述（narrative）に相当する語であるが、本訳では論旨を尊重し、以下原文の表記「叙事」に従う。

（ii）中野康司訳『小説の諸相』（みすず書房、一九九四年）による。

（iii）原題 *The Mirror and the Lamp : Romantic Theory and the Critical Tradition.* 日本語版・水之江有一訳『鏡とランプ――ロマン主義論と批評の伝統』（研究社出版、一九七六年）。

中国における東アジア漢文小説の整理研究の現状とその学術的意義を論じる

趙維国（千賀由佳・訳）

ちょう・いこく――上海師範大学人文与伝播学院教授。専門は中国古代文学、文献学、域外漢文文献の整理と研究。主な著書に『懲罰と教化――中国古代の戯曲・小説の禁毀問題の研究（懲治与教化：中国古代戏曲小说禁毁问题研究）』（上海古籍出版社、二〇一四年）などがある。

一九七〇年代末に、東アジア漢文小説は学術界から注目されはじめた。八〇年以降、域外漢文小説の研究は次第に中国人学者の注目の的となり、中台両岸の大勢の学者が文献整理・テキスト研究・文化研究など多方面からこの問題に取り組み、一連の注目すべき学術成果を生み出した。そこで、本稿は東アジア漢文小説の整理研究の現状を研究対象とし、三十余年にわたる東アジア漢文小説研究の進歩を整理するとともに、その研究の学術的意義について掘り下げて考察を行う。

はじめに

中国は東アジア地域で最も国土が広く、最も悠久の歴史をもつ古代文明国家である。その特殊な地縁関係のゆえに、儒家文化を特徴とする中国文化は、朝鮮・越南（ベトナム）など近隣の国々に波及して東アジアを潤し、民族文化から地域文化へと発展した。古代の東アジア地域において、中国の周辺にある日本・朝鮮・越南は、いずれも漢字を用いて自国の史書を書き記し、また漢字で詩詞歌賦などを書き記して、豊かな文化的遺産を残してきた。一八四〇年代以降、イギリスに代表される西洋列強は海軍の軍事力を盾にして清朝に貿易港の開放を迫り、次第にこうした文化構造を破壊していった。中国は零落して半植民地、半封建社会となったばかりか、地域文化の指導者としての地位を失い、これと同時に中国文化が地域文化から国際文化へと発展する可能性も失われた。漢、唐以来構築されてきた東アジアの漢文化による文化体系は西洋文化に脅かされ、中国周辺の国家における漢文化の発展は抑制され、漢文化の学術的地位は中心から周縁へと次第に追いやられていった。とりわけ日本の近代思想家である福沢諭吉ははっきりと「脱亜入欧」を唱え、西洋文明を手本として、日本をヨーロッパ型の独立した民族国家となるよう導き、中国を中心とした朝貢体制から徹底して脱却を図った。その後、韓国・越南の各国も民族の独立を追求しはじめ、相次いで独立した民族国家となった。独立した民族国家たる者は、必ず自国の文化の典籍を整理し、民族文化を発揚しなければならない。文化の典籍を整理し民族文化を振興していく過程の中で、東アジア各国における漢文化の典籍は、学術的にはきわめて苦しい立場に置かれてきた。それらはその国の文人士大夫が創作した文化の典籍であるが、その国の文字ではなく漢字で書き記されており、現地の文化に属するのか、それとも中国の文化に属するのか、にわかには決めがたく、各国の学術界から程度の差はあれ見過ごされてきたのである。実のところ、こうした漢文典籍は漢字で書き記されてはいるものの、その思想や内容はいずれも各国の民族の智慧の結晶であり、東アジア各国の文化的な宝である。一九七〇年代に、台湾の朱雲影教授が中国文化の影響下における東アジア漢文学という問題を提起したことで、中国人学者にとって域外の漢文学がはじめて研究の視野に入った。一九九〇年代から、域外漢文小説はますます学術界の注目の的となっていき、文献整理においてもテキスト研究においても、突出した成果が得られた。よって、本稿は中国における東アジア漢文小説の整理研究を研究対象とし、その研究の現状と学術的意義について略述したい。

「域外漢籍」、「漢文化の全体的研究」の提起と域外小説の文献整理

「域外漢籍」という表現をしたのは台湾の学者が最初である。一九八六年に聯合報国学文献館館長の陳先教授によって第一期中国域外漢籍研討会が主催され、爾来台湾の学術界はたびたび中国の域外漢籍に関する国際的な学術会議を開催し、学術会議の形式で域外漢籍の整理と研究を推進してきた。大陸の学者である張伯偉・王勇・孫遜の各氏は九〇年代にこの分野に足を踏み入れ、一九九〇年に出版された陸堅・王勇主編の『中国典籍の日本における流伝と影響』は漢籍研究の三つの要素、すなわち海外の佚書、中国典籍の影響、域外の典籍を提示した。張伯偉教授は域外漢籍の研究を積極的に推し進め、二〇〇〇年に域外漢籍研究所を設立し、二〇〇五年には『域外漢籍研究集刊』を主編した。長年の学問的蓄積を踏

まえて、二〇一二年に、張伯偉教授は啓蒙的意義をもった域外漢籍研究の学術専門書『域外漢籍研究入門』を執筆して世に問うたが、これは域外漢籍の整理と研究を、きわめて専門的な学術性をもつ学問として取り上げ、学術界の中で独立した地位を与えるものだった。

張伯偉や王勇は広義の「域外漢籍」の概念を採用しているが、これは中国の外に存在するか、または域外の人士によって著された各種の漢文典籍をいう。張伯偉の解説によれば、ここには「三つの分野の書物が含まれる。すなわち、(1)歴史上における域外の人士が漢文を用いて書き記した典籍。こうした人々の中には朝鮮半島・日本・琉球・越南・マレー半島といった地域の知識人、また十七世紀以降の欧米の宣教師が含まれる。(2)中国典籍の域外の刊本または抄本。たとえば大量に現存する中国古典籍の和刻本・朝鮮本・越南本など、また数多くの域外の人士による中国古典籍の選本・注本・評本。(3)域外に流失した中国古典籍。たとえば大量の敦煌文献や『永楽大典』の残本、またその他各種の典籍」[1]。広義の域外漢籍の概念は中国国内外の多数の学者の同意を得たが、具体的な学術研究においては、各学者の学術背景が異なるために、選択される研究の視点も異なっている。たとえば厳紹盪『日本所蔵漢籍善本書録』や金程宇『和刻本中国古逸書叢刊』は、日本に所蔵される古代中国人の著述した漢籍と日本で翻刻された中国典籍を主に採録している。フランスの学者である陳慶浩、大陸の学者である孫遜、台湾の学者である王三慶は狭義の「域外漢籍」の概念を採用しているが、これは中国以外の地域の人が漢字および漢文文法を用いて書き記した文献をいう。陳慶浩氏は「域外漢文小説」を解説して「域外漢文小説とは越南・朝鮮・日本(琉球を含む)および西洋の宣教師が漢文を用いて書き記した小説を指すのであり、海外における華文文学中の小説は含まれない」と述べる[2]。一九八〇年代以降、林明徳・陳慶浩・王三慶は域外漢籍研究の学術的な実践として「域外漢文小説」の研究と整理を行い、『韓国漢文小説全集』、『越南漢文小説叢刊』、『日本漢文小説叢刊』を相次いで主編した。また陳慶浩・孫遜は『越南漢文小説集成』を主編したが、以上は国別に分けて、具体的な国家の漢文小説と称するものである。そのほか、陳慶浩や孫遜は宣教師による漢文小説などにも非常に注目しているが、これらの作品の作者はいずれも西洋各国からやってきた宣教師で、同じく中国語を母語としない外国人の著した漢文小説である。中台両岸の学者による共同の取り組みがあったために、域外漢籍の整理と研究は最近の学術界において、既に最も注目される学問となりつつある。

一九九〇年代以降、陳慶浩氏は域外漢籍を漢文化研究の研究体系に組み入れ、伝統的な漢文化研究の範疇を超えて、「漢文化の全体的研究」という概念を提起したが、その研究は中国本土の漢文化研究だけでなく、域外の漢文典籍をも対象とするものだった。二〇〇一年、孫遜氏と台湾人学者の陳慶浩・王国良・王三慶は、共同で東アジア漢文小説を整理したうえ、「東アジア漢文小説の文献整理と全体的研究」という構想を提示した。東アジア各国の漢文小説は中国の小説にその深い文化的根源を有しているものの、本質的には各国現地の文学に属するもので、各国の歴史・政治・風土人情などを反映しており、その所在国の優れた文化的遺産である。東アジア漢文小説とは地域文学としての概念であるだけでなく、文化概念でもある。二千年来、支配と臣服という対等でない関係の下、各種の文化交流が行われる中で、東アジア各国は自覚的に儒家文化を尊崇し、共通な文化価値の観念を形成してきた。ゆえに、我々は東アジア漢文小説を一つの全体として研究し、テキスト・文献の整理、漢文小説史の発展、中国国内外の漢文小説の文化的根源などの側面について系統的・本質的な研究を行うのである。

中国での東アジア漢文小説の整理研究は七〇年代に始まる。台湾の学者の林明徳は韓国遊学の機会を利用し、七年間の努力を経て、漢文小説を収集して標点を付し、一九八〇年に『韓国漢文小説全集』を出版した。こうして東アジア漢文小説ははじめて中国人学者にとって研究の視野に入った。近年、域外漢文小説の整理は既に学者の最も注目する学術上の問題となっている。説明の便宜上、我々は中国の東アジア漢文小説研究の学問的力量の分布に基づき、台湾地区と大陸地区という二つの側面から論述する。まず台湾地区における東アジア漢文小説の整理についてであるが、台湾地区での東アジア漢文小説の整理は、フランスの学者である陳慶浩氏をその指導者とする。陳氏は「異本を集め、詳しい校勘を行うことによって、定本の観念を作り」、域外漢文小説について全面的な整理を進め、十年余りの努力を経て、その成果として次の三部を相次いで出版した。すなわち、陳慶浩・王三慶主編の『越南漢文小説叢刊』第一輯（全七冊、台湾学生書局、一九八七年）、陳慶浩・鄭阿財・陳義主編の『越南漢文小説叢刊』第二輯（全五冊、台湾学生書局、一九九二年）、陳慶浩・王三慶等主編の『日本漢文小説叢刊』第一輯（全五冊、台湾書局、二〇〇三年）である。ここに至って、陳慶浩氏の主編した越南・日本の漢文小説と林明徳の韓国漢文小説は、一つの全体を構成するようになった。次に大陸の学者による東アジア漢文小説の整理について、大陸の学者による漢文小説の整理の始まりはやや遅れており、また陳慶浩氏のように全体的な研究構想や安定した学術チームがあったわけでもなかった。八〇年代以降、韓国漢文小説の原典テキストに標点を付したのは主に韋旭昇や陳蒲清であり、主要な成果として以下のものがある。すなわち韋旭昇が標点を付し整理した『九雲夢』（北岳文芸出版社、一九八六年）、『玉楼夢』（北岳文芸出版社、一九八九年）、『抗倭演義』（『壬辰録』、『韋旭昇文集』第二巻、中央編訳出版社、二〇〇〇年）、『謝氏南征記』（『韋旭昇文集』第四巻）、陳蒲清と韓国の学者である権錫煥が共同で標点を付した『金鰲新話』（岳麓書社、二〇〇九年）、『三国遺事』（岳麓書社、二〇〇九年）である。二〇〇〇年以降、域外漢文小説の整理は次第に大陸の学者の注目を集め、台湾人学者の陳慶浩も域外漢文小説の整理を行う拠点を上海師範大学に移して、孫遜氏と協力し合うようになった。さらに越南・韓国・日本の学者を招いて加入させ、地域や国の別を乗り越えて、国際協力という学術発展の道を歩み出した。孫遜・陳慶浩の両氏は台湾で出版された朝鮮・日本・越南の漢文小説に対する整理の成果に基いて、域外漢文小説の異本を収集し、『域外漢文小説大系』を主編した。このうち『越南漢文小説集成』は二〇一〇年に既に上海古籍出版社から出版されており、全二十冊で、そこに収録された種類や版本は台湾版の『越南漢文小説叢刊』をはるかに超えている。まもなく『朝鮮漢文小説集成』、『日本漢文小説集成』も続々と出版されるだろう。このほか、上海師範大学の孫遜の学術チームは原典テキストの整理と伝播を非常に重視し、『九雲夢』と『壬辰録』（四種の版本を収録）を二〇一四年と二〇一六年に堂々出版して、社会上にかなり大きな学問的影響をもたらした。(3) このほか、二〇〇六年に西南師範大学と人民出版社が共同で『域外漢籍珍本文庫』を出版した。二〇一〇年に影印され校点が施されて出版された、朝鮮民主主義共和国の金日成総合大学所蔵の漢文小説集『花夢集』は、最初の二冊は影印本、三冊目は孫徳彪・周安平・趙凱の三氏による校点本であり、校点と影印を合体させた新たな版本となっている。要するに、中国の東アジア漢文小説の整理は迅速に発展しており、古典文献に対する国内の学問的力量に頼り、また漢文小説の所在国の学者をも招いて資料の収集に参与させ、国際協力という新たな道を歩んでいる。

中国における東アジア漢文小説研究の現状

中国における東アジア漢文小説の研究は七〇年代に始まる。台湾師範大学の朱雲影教授は『中国文化の日・韓・越への影響』（台湾『大陸雑誌』第五十二巻第二十一期、一九七六年二月）を著して、中国文化の影響下における東アジアの漢文学という問題を先駆けて提起し、域外の漢文学がはじめて学者にとって研究の視野に入った。八〇年代からは、中台両岸の学者による共同の推進があり、域外漢文小説の研究はきわめて突出した成果を収めた。

まず中国の台湾地区における東アジア漢文小説の研究についてであるが、朱雲影教授の唱導の下、八〇年代から、林明徳・陳慶浩・王国良・王三慶・鄭阿財といった大勢の学者が、各国の学者と連携して積極的にこの研究を推し進めた。台湾人学者は十回余りにわたり域外漢籍、域外小説などさまざまな名称の学術研討会を開催し、域外漢文小説の研究は豊かな成果を収めている。会議論文集として『古典文学』第四集（台湾学生書局、一九八二年）、『第一期中国域外漢籍国際学術会議論文集』（一九八七年）、『第二期中国域外漢籍国際学術会議論文集』（一九八九年）、『域外漢文小説論究』（台湾学生書局、一九八九年）、『第三期中国域外漢籍国際学術会議論文集』（一九九〇年）、『外遇中国——中国域外漢文小説国際学術研討会論文集』（台湾学生書局、二〇〇一年）がある。台湾における域外漢文小説研究の重要な論文は、その多くがこれらの論文集から出ており、たとえば陳慶浩「古本漢文小説と韓国漢文小説」（二〇〇一年）、王三慶「日本漢文小説研究初稿」（一九八八年）、林明徳「中国を背景とする韓国漢文小説」（一九八七年）、「韓国漢文小説の興亡とその研究」（一九八八年）、王国良「韓国抄本漢文小説集『啖蔗』考辨」（『漢学研究』一九八八年第六期）、「薛仁貴故事の演変を論じる——併せて韓国漢文小説『薛仁貴伝』を語る」（一九九〇年）、鄭阿財「越南漢文小説中の歴史演義」（一九八八年）、「仏教文学と韓国漢文小説」（二〇〇一年）などは、いずれもこれらの論文集から出ている。このほかに特筆すべきは、台湾人学者は著述して学説を立てることを重視するだけでなく、学術チームの養成にも長けていることである。陳慶浩や王三慶は八〇年代から、陳益源など第一世代の域外漢文小説の研究人材を養成してきた。陳益源教授は既に、越南漢文小説の研究に最も造詣のある専門家の一人となっており、その論著には『剪灯新話と伝奇漫録の比較研究』（台湾学生書局、一九九〇年）、『王翠翹故事研究』（台湾里仁書局、二〇〇一年）、『越南漢籍文献述論』（中華書局、二〇一一年）がある。現在、陳益源教授は第二世代の域外漢文小説の研究人材を養成し始めており、こちらも既に優れた成果を収めている。二〇〇五年、香港の『東亜文化研究』第七集特集号「越南漢文小説研究特集号」は、陳氏と十四名の博士課程学生による越南漢文小説研究の学術論文を載録した。要するに、台湾人学者はテキストや文化の伝播などの視点から域外漢文小説の研究を発展させ、また安定して活力に満ちた学術研究のチームを養成している。

次に中国大陸における東アジア漢文小説の研究について、中国大陸での域外漢文小説研究は一九八〇年代に端緒につき、その始まりはやや遅れていたが、韓国漢文小説の研究は台湾地区と基本的に歩みを同じくしていた。北京大学と延辺大学は一九四九年以来朝鮮語の学部を創立したために、比較的十分な研究基盤をもっていたのである。延辺大学の鄭判龍教授は、七〇年代から朝鮮の漢文小説の研究を始め、「朝鮮実学派文学と朴趾源の小説」(『延辺大学学報』一九七八年第三期)や「朝鮮の優れた古典名著『春香伝』」(『延辺大学学報』一九七九年第一期)を発表し、また金柄珉・金寛雄・崔雄権・李岩など大勢の優秀な学者たちを養成した。これと時を同じくして、北京大学の韋旭昇は先駆けて朝鮮の漢文学を渉猟して整理研究し、『九雲夢』、『謝氏南征記』といった漢文小説の名著を相次いで整理出版し、「朝鮮小説『謝氏南征記』を語る」(『国外文学』一九八四年第一期)、「朝鮮古典小説『九雲夢』略論」(『国外文学』一九八六年第十二期)などの学術論文を発表した。また『朝鮮文学史』(北京大学出版社、一九八六年)、『朝鮮における中国文学』(花城出版社、一九八六年)、『抗倭演義(壬申録)とその研究』(北岳文芸出版社、一九八九年)といった論著を相次いで完成させ、漢文小説の朝鮮文学史上の歴史的地位について考察するだけでなく、テキストに基づいて中韓の小説の文化的関係を検討した。八〇年代の中後期から、幾人かの若い学者たちが次第に成熟し、学問的基礎のしっかりした専著を多数執筆するようになった。たとえば金柄珉の『朝鮮文学の発展と中国文学』(延辺大学出版社、一九九四年)、『朝鮮——韓国文学の近代的転換と比較文学』(延辺大学出版社、二〇〇五年)、金寛雄の『朝鮮古小説史稿(上)』(延辺大学出版社、一九九八年)、『中朝古代小説比較研究(上)』(延辺大学出版社、二〇〇九年)、『韓国古代漢文小説史略』(北京大学出版社、二〇一一年)、李岩の『朝鮮文学史』があり、これらは小説史論と比較文学の視点から朝鮮漢文小説について検討している。二〇〇〇年以降、徐東日・馬金科・孫慧欣・李官福など、朝鮮漢文小説の若手研究者が次々と頭角を現した。孫慧欣『冥夢世界の中の奇幻叙事——朝鮮王朝の夢遊録小説とその中国文化との関連』(北京大学出版社、二〇〇八年)などの著述は甚だ洞察に満ちている。延辺大学は特別の文化的優位性をもっているため、韓国漢文小説研究の領域においてとりわけ条件に恵まれ、国内の研究をリードする立場にある。

域外漢文小説には朝鮮の漢文小説だけでなく、日本や越南といった国の漢文小説も含まれる。上海師範大学の孫遜氏は二〇〇〇年に台湾人学者との協力を開始し、東アジア漢文小説の全体的な研究ということをはっきりと提起して、「東アジア漢文小説研究――開拓の待たれる学術分野」（『学習與探索』二〇〇六年第二期）、「韓国漢文小説『倡善感義録』を論じる」（『明清小説研究』二〇〇九年第三期）、「日本漢文小説『譚海』論略」（『学術月刊』二〇〇一年第一期）、「朝鮮『三国』志伝文学中の儒家的含意とその現地的特色」（『復旦学報』二〇一五年第二期）、「韓国〝倭乱〟小説の歴史的含意と同時代的価値」（『文学評論』二〇一五年第六期）等の学術論文を著している。また二〇一〇年に主編した『海外漢文小説研究叢書』（上海古籍出版社、二〇一〇年）は、『日本漢文小説研究』、『越南漢文小説研究』、『韓国漢文小説研究』、『宣教師漢文小説研究』の四冊からなり、体系的また全面的に域外漢文小説を研究している。孫遜氏の養成の下、趙維国・朱旭強・汪燕崗・孫虎堂・任明華・朱潔など、高い学問的実力をもった中堅・若手の学者たちが現れ、次第に学術界から注目されるようになった。その論述はきわめて多く、たとえば趙維国「『三国志通俗演義』の朝鮮歴史小説の創作に対する影響を論じる」（『文学評論』二〇一〇年第三期）、「『興武王演義』の創作と『三国演義』におけるその文化的根源を論じる」（『外国文学研究』二〇一二年第一期）、「朝鮮漢文小説『林将軍伝』版本・成書考述」（『中華文史論叢』二〇一六年第二期）、孫虎堂「日本漢文小説の研究現状とその研究の筋道」（『国外社会科学』二〇一〇年第四期）、「日本人唐話学者岡島冠山とその漢文小説『太平記演義』述論」（『外国文学』二〇〇九年第一期）等々がある。上海師範大学の李時人・厳明などの教授も、比較的早くから域外漢文小説研究の分野に足を踏み入れており、「中国古代小説と越南小説の根源・発展」（『復旦学報』二〇〇九年第二期）や「東アジア漢文小説の演変と現地的特色」（『浙江大学学報』二〇〇九年第一期）といった学術論文を発表している。要するに江南地区では、孫遜氏をリーダーとして域外漢文小説の整理と研究を行うグループが既に形成されている。その漢文小説研究は、東アジア漢文小説と中国の小説の文化的関係や思想的含意を探るだけでなく、漢文小説のテクスト本体についても深く考察して論述するものである。このほか、林辰・王暁平・王宝平・王後法・夏露など大勢の学者が数多く域外漢文小説の学術論文を発表しているが、紙幅の関係から、この上一つ一つ述べることはしない。

東アジア漢文小説研究の学術的意義

近年、域外漢籍の研究は次第に衆目を集める学術分野となってきた。各分野の学術界の精鋭はこの研究に積極的に参与して、数多くの優れた学術成果を生み出した。彼らは域外漢文小説研究の進歩を促進しただけでなく、東アジア漢文小説の発展に対する中国文化の歴史的貢献と、その学術研究の意義の大きさについて、かなり客観的な評価を行ってきた。

第一に、東アジア漢文小説の整理とその研究は、多くの学術分野のために開拓された新天地である。まず中国古代小説研究の分野である。東アジア漢文小説と中国古代の小説とは近しい血縁関係にあるので、東アジア漢文小説の研究は、中国古代の小説の東アジア三か国における伝播と影響という問題のために具体的な実証を提供して、中国古代の小説の研究対象と研究内容を豊富にし深化させる。外部の世界から中国を見ることを通じて、よりしっかりと自己を認識できるのである。次に外国文学研究の分野である。東アジア漢文小説は漢字を文学の伝達手段としているものの、それらは東アジア三か国それぞれの国文学の一部であり、作者は東アジア各国の著名な文人で、小説中の人物と風土人情はいずれもその国の現実を素材としている。これらはその国の文学の重要な一部分であり、現地の文字で創作された文学作品を補足するものであって、その国の文化における歴史の細部や文化の含蓄を豊かにする。そして比較文学研究の分野である。東アジア漢文小説は等しく漢文化圏に属するため、その思想の含蓄や小説の叙事方式などはいずれも中国文化や中国の小説テキストから影響を受けている。たとえば互いに繋がりのある一連の歴史小説はいずれも、忠信仁義を核とした儒家観念を程度の差はあれ反映しているが、国家が異なれば、儒家文化を受容するときに差異が現れることになる。最後に中国語の文字学研究の分野である。東アジア漢文小説は全て漢字を使用して書かれているため、そこで用いられる文字もまた、漢字のフォントライブラリーを構成する重要な一部分である。たとえば東アジア各国の漢字の俗字や異体字、独自に作った漢字などは、漢字の文字研究のために豊かな文献資源を提供する。

第二に、東アジア漢文小説の全体的研究は、「漢文化の全体的研究」のための一つの典型的な事例、また初歩的な試みとなる。東アジア漢文小説の全体的研究は、現在あるような国別の文学研究という構造を乗り越え、個々の東アジア漢文小説を同一の時空に置いて、それらを見直し観察する。すなわち、縦の方向としてはその歴史発展の軌跡をたどり、横の方向としてはそれぞれの間にどのような源流の異同があるかを探る。そうすることで、東アジア三か国の漢文小説を一つの全体とするだけでなく、更に一歩踏み込んで中国古代の小説との文化的因縁や、そこで共通に使用されている漢字が共に従う規律とその変異について検討する。小説の文体についいて言えば、東アジア各国の小説の文体や類型と、その文体・類型の発展の差異について全体的な歴史の検討を行い、またこうした差異の形成について深く探究することができる。同時に、その他の文体や学問分野へと開拓していくこともできる。その中には東アジアの漢詩や漢文、漢文詩話を含めることができ、また域外漢文儒学・域外漢文史学・域外漢文音楽学・戯劇学・美術学などへと越境していくこともできる。その上で中国本土の漢文化に流れ込み、真に完全な意味での「漢文化の全体的研究」を形作るのである。

第三に、東アジア漢文小説の研究は、東アジア地域の調和と安定のための文化的な紐帯を提供する。東アジア漢文小説は、東アジアの人民に残された豊かな漢文化の遺産であるだけでなく、世界文化史上で賛嘆に値する優れた文化的遺産である。東アジア漢文小説の整理と全体的研究は、東アジア地域研究のメルクマールとなる学術成果であって、小説テキストの思想内容・文体形式・小説観念などの視点から考察するに、この研究は少なくとも三つの歴史的事実を明らかにしている。まず、儒家文化の政治倫理思想が東アジアの政治構造や社会的価値体系の構築に対して重要な歴史的貢献をしたということである。東アジア各国は共通して儒家文化の観念をもっていたので、調和し整然とした社会秩序を追い求めた。次に、中国における小説の創作が東アジアにおける小説の創作にプラスの影響を与え、東アジア三か国における文明の進歩を促進したということである。漢、唐の時代から、古代中国の文化は次第に周辺国家へと伝播して、自然と一つの漢文化圏を形成し、小説の創作もそれにともなって発展した。漢文小説は東アジアの各国でかつて繁栄し発展したが、それは東アジア三か国の人民の社会生活を再現するだけでなく、後人が東アジアの古代文化を研究する際の文化的根拠を提供するものであった。さらに、古代中国を源とする東アジア儒家文化圏の形成は、東アジアの人民の平和的共存や文化交流の結果である。漢、唐以来、古代中国とその周辺国家はきわめて安定した宗藩関係を築いてきた。この宗藩関係は近代の資本主義の植民地とは本質的な違いがある。中国は宗主国であったものの、藩属国は自身の独立した王権と国土を持っており、宗主国は藩属国の内政には決して干渉しなかった。こうした特殊な宗藩関係は、地域政治であったことだけが原因というわけではなく、文明先進国に対する敬慕と追随の心理も働いており、それは自覚された文化的アイデンティティであった。漢文化圏の形成は東アジアの人民が相互に尊重し、相互に学習して、長所を見習って短所を補ったことから生じた歴史的な結果だった。今日、東アジア漢文小説の整理と研究において、我々は既に東アジア協調の曙光を目にしている。我々は、政治的・経済的・文化的に調和した東アジアができるだけ早期に地平線上に現れることを期待している。

注

（1）張伯偉「域外漢籍研究——一個嶄新的学術領域」（『学習與探索』二〇〇六年第二期）。

（2）陳慶浩「域外漢文小説大系序」（『越南漢文小説集成』上海古籍出版社、二〇一〇年）。

（3）陳慶浩校点『九雲夢』（上海古籍出版社、二〇一四年）。孫遜・陳慶浩・趙維国等整理『壬辰録——万暦朝鮮半島的抗日伝奇』（上海古籍出版社、二〇一六年）。

[III　中国古典小説研究の最前線]

たどりつき難き原テキスト
――六朝志怪研究の現状と課題

佐野誠子

さの・せいこ――名古屋大学人文学研究科准教授。専門は中国古典文学（六朝志怪、唐代伝奇を中心に）。主な論文に「中国の仏教者と予言・讖詩――仏教流入期から南北朝時代まで」（東アジア恠異学会編『怪異を媒介するもの』アジア遊学一八七号、勉誠出版、二〇一五年）、「隋唐における仏教冥界遊行譚の変化――閻羅王と金剛経そして創作の萌芽」（『名古屋大学文学部研究論集・文学』六三、二〇一七年）、などがある。

六朝志怪は、テキストが書かれた当時そのままで伝わっていないがための研究上の困難がある。六朝志怪のテキスト研究に関する現状及び課題を『捜神記《そうじんき》』を例に述べる。また、日本には、まだ存在をほとんど知られていない六朝志怪の佚文がある。具体例として『天地瑞祥志《てんちずいしょうし》』と『義楚《ぎそ》六帖《りくじょう》』にみえる志怪佚文について紹介する。

一　六朝志怪研究の困難

六朝志怪をどう研究するか

中国小説研究の中にあって、文言小説の研究は、白話小説に比べて規模が小さい。また、文言小説の中でも、『聊斎志《りょうさいし》異《い》』や唐代伝奇小説と比べると、六朝志怪は、さらに研究が少ない。それは、もとの対象となるテキスト自体の分量が少ないことも関係しているであろうし、後述するように、資料自体に大きな問題があるためでもあろう。

小説を研究しようという時には、テキスト自体の成立を研究する場合もあれば、ある作者や作品について掘り下げて研究をする場合もある。また、類似した内容を取り扱った作品どうしを比較してその違いを論じることもある。

六朝志怪研究においては、常にテキストの問題がつきまとう。もちろん、これは他の時代の小説、あるいは、他の分野のテキストであっても存在する問題なのであるが、六朝志怪特有の環境が、他の時代の小説以上に、ある種の研究を行うことを困難にしている。

本稿では、六朝志怪のテキスト研究を中心に現状と課題を述べたい。

存在しない志怪原テキスト

六朝志怪のテキストは、経書や現在正史とされているもののように、原著者がしるしたものが今にそのまま伝わっているのではない。たとえば、同じ話が複数の志怪テキストに存在したらしいということがわかる。そのときに、その話が六朝に確かに存在したであろうということまでは論じられても、誰が、どのように書いたのかについて議論しようとしたとき、それは本当にその著者が書いたものなのか、また引用であったのか、そもそも本当にその書籍に存在していたのか、ということを検証しなくてはならず、一般に小説研究で行われるような、作者とテキストを結びつけての議論をすることが非常に難しい。白話小説において、版本毎に微妙な差異があり、作者論がやりにくいということと同じである。

これが、『史記』と『漢書』であれば、重要な書籍として大切にされてきたため、書かれた当時のテキストがほぼそのまま残っている。そのため、前漢創立から武帝期までの両者で重複する時代の記事について比較をすれば、『漢書』は『史記』をおそいつつ、少し文章の手直しをしていることがわかり、そこから司馬遷の、班固の記述意識を論じることができる。しかし、志怪の場合には、そのような厳密な議論をするのは困難である。

六朝志怪テキスト整理の歴史

現在、参照できる六朝志怪のテキストは、明代における再編集を経て刊行された単行本と、『芸文類聚《げいもんるいじゅう》』『法苑珠林《ほうおんじゅりん》』『太平広記《たいへいこうき》』『太平御覧《ぎょらん》』などの書籍に引用された佚文資料である。これらの書籍に複数引用されているところから、いったいどの本にあった話であるのか（時に複数の志怪に同一話がみえるということとなる。これは、類書側の引用ミスもあり得るのだが、当時、志怪は、他書から同内容を引用し出典を示さないということも行われていたことを示している）、ということをほぼ把握することができる。前者は、明代において、そのように前出の『芸文類聚』等から引用テキストを集め、場合によっては、本来関係ない話まで引用して水増しをし、書籍としての体裁を整えたものである。清代になると輯本といって、様々なジャンルの佚書について、このような類書等から佚文を収集し整理した本が多く編まれた。しかし、明末に出版された志怪は、輯本とは違い、そもそも輯本であるということを示さず、当然出処についてなども明示しない。これらが、ある程度原本を反映しつつも、他書からの類似した内容を水増ししていることは、早くには『四庫提要』においても指摘されている。

また、明代に編纂が行われなかった書籍については、魯迅が民国時代に志怪別に佚文を収集・整理し、『古小説鉤沈《こしょうせつこうちん》』として刊行した。それによって、ある程度、その志怪の個性を伺うことができる。

魯迅の志怪テキストの整理は、その後の志怪研究に非常に大きな貢献をしたが、当時魯迅が参照できた書籍の版本の問題などもあり、いくつかの遺漏や、あやまりはある。そのような問題については、富永一登や、台湾の王国良などが『古小説鉤沈』を補う基礎的なテキスト整理を行っている。

六朝志怪のテキスト問題
――『捜神記』を例に

三種類の『捜神記』

ここでは、干宝《かんぽう》『捜神記』のテキスト問題について取り上げたい。東晋で史官の経験もある干宝が著した『捜神記』は、その分量が多く、成書時期が、志怪の中でも早期に属することもあり、六朝志怪を論じる上で無視することができない重要な書籍である。また、原本は篇別になっていたことを示す資料があり、その篇の総論が断片的に残っていることから、干宝がなぜ『捜神記』を書いたのか、という問題を多くの研究者が論じてきた。

この『捜神記』であるが、明末に刊行された二十巻本がある。その他、同じく明代には内容・構成が異なる八巻本も出版されており、さらには、敦煌からも『捜神記』の書名を持つ文書が出現した。

これら三種類の『捜神記』の中で、どれが、干宝の原著に一番近いかという考察は、早くから行われ、二十巻本であるという結論はでている。しかし、だからといって、二十巻本に書かれている内容すべてを干宝が記述したとみなすわけにはいかないのである。

『捜神記』テキスト整理の歴史

これら三種『捜神記』について、慎重な視点を提供したのが、一九七八年に出版された汪紹楹《おうしょうえい》の『捜神記』（中華書局、以下汪紹楹本と略）である。この校訂本は、二十巻本『捜神記』を主とし、附録として八巻本『捜神記』、敦煌本『捜神記』のテキストまでも収める。二十巻本の各条については、類書に『捜神記』からとして引用があるかどうか、また、『捜神記』からと示していないが、同じ内容が他書にみえる場合は、その情報も示している。これにより、とりあえず、類書に『捜神記』からとして引用があるものは、干宝の原著にあった可能性が高いとみなすことができるのである。もちろん、類書に引用されていれば、本当にその書に存在したことが保証されるわけではない。時に、類書により、その出処の書籍名が違う場合などもある。ただ汪紹楹本がこのような一覧できる資料を提供した功績は大きく、『捜神記』を扱う場合、これまでは、汪紹楹本を用いるのが一般的であった。

そこに、さらに過激なテキスト整理を進めたのが、李剣国である。李剣国は、『唐前志怪小説史（修訂本）』（天津教育出版社）、『唐五代志怪伝奇叙録（増訂本）』（中華書局）、『宋代志怪伝奇叙録』（南開大学出版社）といった、漢魏六朝から唐宋代にかけての小説の基礎的な研究を網羅的に行っている重要な研究者である。その李剣国が、『捜神記』研究の集大成として、二〇〇七年に『新輯捜神記』（中華書局）を刊行した。これは、現行二十巻本の『捜神記』は干宝の原著ではないということを前提に（それは正しい）、各種類書等に『捜神記』よりとの引用がある条のみを採用し（それも正しい）、その上で、干宝の原著の分類に沿い、『隋書』経籍志が三十巻と著録することにしたがって全三十巻に仕立て直すという方法で、現行二十巻本とは全く違う排列を行っている。この排列の試みは、一部分について行うのであっても、あくまでも推測の域を出ないものであるのに、(1)全篇に渡って適用するのは無理があった。結果、分類がうまくいかなかったものは、第二十一巻以降に、特に篇名も附されずに配置されている。近年、特に文学以外の研究者が『捜神記』について言及する際には、李剣国本を利用している場合もあり、その時には、二十巻本と出処の巻数が違うため、混乱を来たしてもしまっている。

また、李剣国のテキストの整理は、複数の文献に引用されている場合、なるべく文字の情報を多くとるといったものであり、それが必ずしも正しいとは限らないだろう。

テキスト整理を研究にどう生かしていくか

『捜神記』の研究史を紐解くと、日本においては、一九九〇年代頃から、『捜神記』を論じる際に、そのテキストが、本当に干宝の原著にあったのかに注意をして研究を行おうという機運があった。(2)また、中国においても、語料（コーパス）の視点から、類書引用のみに頼らず、どこまでが干宝の原著かを考えた研究もある。(3)その点では、研究をするというときに、李剣国本の正文部分を見れば、そこが一応干宝の著作だとある程度保証されていることは、いいことなのかもしれない。

しかし、中国、日本を問わず、二十巻本『捜神記』をそのまま干宝の著作として議論するような論考も未だ多くあり、(4)この三、四十年ほどの研究史の展開の中で、共通の見解とまで至っていないことは残念でならない。

すなわち、たとえば干宝の『捜神記』を論じようとして、二十巻本に収められているある話を取り上げたときに、それが『捜神記』に本来存在せず、他の書籍のものからの水増しだったとしたら、干宝の『捜神記』の意図を論じることはできないのである。

『捜神記』以外の六朝志怪についても、状況は、ほぼ似たり寄ったり、どちらかといえば、他の志怪は『捜神記』以上に研究上の関心が払われていない。もちろん、その書籍毎の傾向というものはあり（仏教志怪の場合、それは顕著である）、それを踏まえることは可能だが、全体としてより慎重に議論を行うべきであろう。

ある書籍に関する単なる基礎整理でもない、モチーフ研究でもない、別途の視点からの六朝志怪研究も待たれる。その場合も、テキスト研究自体は必須の作業としてゆるがせにできないのである。

日本残存典籍中の六朝志怪の佚文資料

日本残存典籍について

先に、志怪佚文の収集成果として魯迅『古小説鉤沈』をあげた。魯迅が当時みられなかった資料にも、いくらかの六朝志怪の佚文がある。それらの資料とは、日本にのみ残っている中国の典籍である。ここでは、残存典籍と呼ぶことにする。

『文選集註《もんぜんしっちゅう》』など、日本には、中国では散逸してしまった資料が多く残っている。文言小説についても唐臨『冥報記』や張鷟《ちょうさく》『遊仙窟』は、よく存在を知られており、白話小説に関しても、三言二拍や『金瓶梅』など、重要なテキストが日本に残っていた例がある。また、版本研究では日本の所蔵本はかかせない存在である。

六朝志怪に関しては、京都青蓮院《しょうれんいん》に残る『観世音応験記《かんぜおんおうけんき》』の抄本は、日本で再筆写されたものであり、誤字も多いが、構成は、陸杲《りくこう》らが書いた原本そのものを保存している（『観世音応験記』中に含まれる梁・陸杲『繫観世音応験記』は、『法華経』普門品等の応験の別に仏教応験譚を集めている）という点で貴重な資料である。(5)

残存典籍中の六朝志怪引用

前項では、書籍としての残存典籍について説明した。それ以外に、残存典籍中に、志怪のテキストが引用されており、それが、他にみられない貴重な資料であることもある。もちろん、残存典籍でないものにおける引用もあるが、ここでは論じない。

この先駆的な仕事として、書籍刊行はすでに半世紀前、輯佚作業自体は、八十年以上前に行われた『本邦残存典籍による輯佚資料集成（正・続）』（京都大学人文科学研究所、以下『本邦残存』と略）がある。これは、残存典籍から、すでに失われてしまっている書（経部・史部・子部の書籍に限られ、集部については行われていない）の引用を探し出し、書名別に整理した、日本で行われた輯佚作業の成果である。もとの整理者新見寛が、出征して戦死したことにより、編集作業が中断していたが、一九六八年に鈴木隆一によって原稿が整理され、出版された。現在では、京都大学人文科学研究所武田時昌研究室のサイトにおいて、ウェブ上でもそのほぼ全容（一部の難字が表記できていない）を伺うことができるようになっている。(6)

『天地瑞祥志』に引用される志怪佚文

日本にのみ残る天文類書『天地瑞祥志』

『本邦残存』の中で、志怪の引用を多く行っているのが『天地瑞祥志』である。『天地瑞祥志』は、唐・薩守真《さつしゅしん》によって編纂された天文をテーマとした類書である。中国においては、目録等の著録がないが、日本では『日本国見在書目録』天文家に著録され、陰陽師の家で代々利用されてきた。現在では、全二十巻本であったうちの九巻分が残り、前田尊経閣文庫と京都大学人文科学研究所で所蔵されている。

『本邦残存』は、佚書であるかどうかの判断を『四庫提要』の著録の有無を基準にしているため、同書では史部雑伝類に分類されている六朝志怪の輯佚は、『幽明録』『冥祥記』など、明末に単行本が出版されていない書に限られ、『捜神記』『捜神後記』『異苑』などといった明末の版があり、四庫全書に入れられているものは、輯佚の対象となっていない。しかし、実際には、これらの書籍からの引用であっても、現行本にはみられない文章が『天地瑞祥志』に引用され、残っているのである。筆者が調査したところ、『天地瑞祥志』における六朝志怪とみなせる書籍からの引用は全部で五十条、うち十一条は、他書に引用がない志怪の佚文であった。(7)

『天地瑞祥志』が引用する志怪資料（一）――歌い骸骨の源流

十一条あるうちの『天地瑞祥志』志怪佚文の中でも興味深い例を一つ紹介しよう。『天地瑞祥志』第十四鬼の項目に引用される『列異記』からとされているものである。『列異記』は、魏の曹丕が書いたかとされる『列異伝』を指すものと考えられる。

常山の人が道中髑髏をみかけた。その人は、髑髏を埋葬してやり、持ち合わせていた食料と道具で祀りをしてやった。その後、半年ほどたった。ある人が常山の人に、自分についてくるように求めた。常山の人が誰なのかを聞いたところ、「私は昔、埋葬していただいた髑髏です。

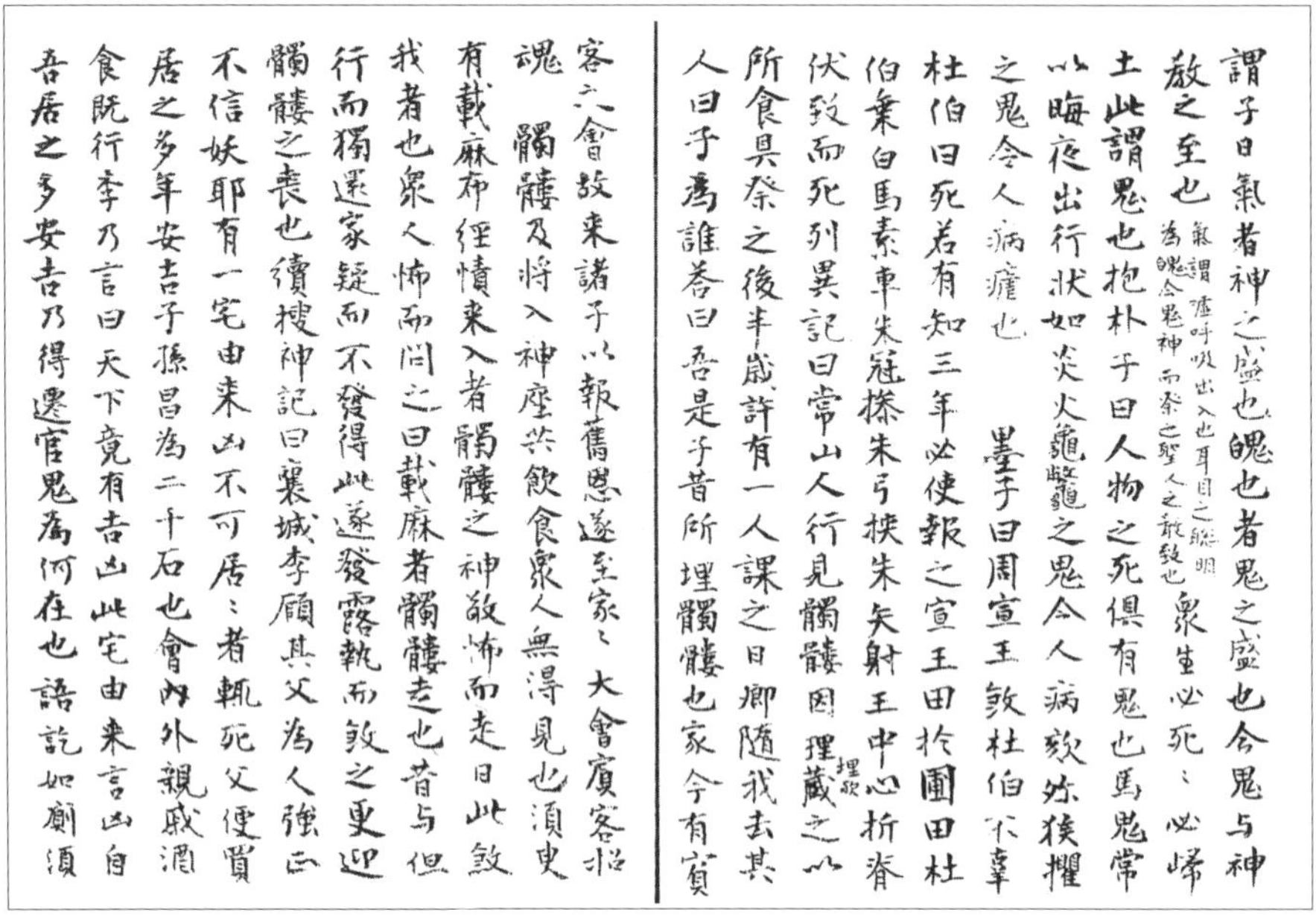
謂子曰氣者神之盛也魄也者鬼之盛也合鬼与神
敎之至也氣謂嘘吸出入也耳目之聡明為魄合鬼神而祭之聖人之敎致也衆生必死〻必歸
土此謂鬼也抱朴子曰人物之死俱有鬼也馬鬼常
以晦夜出行狀如炎火龜鼈之鬼令人病欬疥猴攫
之鬼令人病癰也　墨子曰周宣王殺杜伯不辜
杜伯曰死若有知三年必使報之宣王田於圃田杜
伯乘白馬素車朱冠㨖朱弓挾朱矢射王中心折脊
伏弢而死　列異記曰常山人行見髑髏因埋藏之以
所食具祭之後半歲許有一人課之曰卿隨我去其
人曰予爲誰答曰吾是子昔所埋髑髏也家今有賓
客〻大會故来諸子以報舊恩遂至家〻大會賔客招
魂　髑髏及将入神座共飲食衆人無得見也須臾
有戴麻布幘来入者髑髏之神敬怖而走曰此殺
我者也衆人怖而問之曰戴麻者髑髏走也昔与伹
行而獨還家疑而不發得此遂發露執而殺之更迎
髑髏之喪也　續捜神記曰襄城李頤其父為人强正
不信妖耶有一宅由来凶不可居〻者輙死父便買
居之多年安吉子孫昌為二千石也會内外親戚酒
食既行李乃言曰天下竟有吉凶此宅由来言凶自
吾居之多安吉乃得遷官鬼爲何在也語訖如廁須

図1　京都大学人文科学研究所所蔵『天地瑞祥志』第十四より、中央部に『列異記』の佚文が引用されている

今我が家で、魂を招いているため、来たのです。そこで、あなたの旧恩に報いたいのです」と答えた。そして二人は、髑髏の家にやって来た。家では客人を多く招き、招魂の儀式を行っていた。髑髏が神座に入り、一緒に飲み食いをしたが、周囲の人からは髑髏の姿は見えていなかった。そこにすぐさま、麻の帽子を被った人が入ってきた。髑髏の幽霊は、怖がって逃げて言った。「あれは私を殺した人です」。客人達はこわくなって誰なのかを聞いた。「麻の帽子を被った人です」。そして、髑髏は逃げてしまった。昔、髑髏になってしまった人と帽子を被った人物とは、二人一緒に出立したのだが、帽子の人が一人で帰ってきて、みな疑わしいとは思ったけれども、暴けなかったのである。この告発があって、真相が明らかになり、帽子の人は捕らえられて殺された。そして、改めて髑髏の葬儀をしたのであった。

この話は、民話の分類で「歌い骸骨」と呼ばれる、世界的に分布する一類型の祖型といえる。中国では、『幽明録』（『太平広記』巻三二〇所引「任懐仁」）に類話があり、敦煌本『捜神記』にある侯光・侯周兄弟の話は、この『列異記』佚文により類似した内容になっている。また、日本においても『日本霊異記』上巻第十二縁に「人畜所履髑髏救収示霊表而現報縁」がある。この『天地瑞祥志』が引用する『列異記』の話は、これらよりもさらに古くに例があったことを示す資料なのである。(8)

『天地瑞祥志』が引用する志怪資料(二)
──出典確定の参考資料

蒋子文《しょうしぶん》は、呉の時代より六朝全般にわたって広く信仰された軍神である。(9)『天地瑞祥志』第十四神の項目では、蒋子文に関する文が二条連続して引用される。一条目の『捜神記』からとなっている蒋子文神誕生に関する話は、現行二十巻本『捜神記』巻五にみられる同内容の話とテキストに重大な違いはない。そして、二条目は、『続捜神記』からとして陳郡の謝玉という人物が、琅邪内史の時、虎に襲われ、蒋子文神に祈ったところ、助けてもらえた、という話である。この陳郡謝玉の話は、現行二十巻本『捜神記』巻五にみえ、現行十巻本『捜神後記』(続捜神記)』にはない。しかし、原本の『捜神記』に掲載されていたか否かについては、以前から疑問が持たれていた。なぜなら、この文を『捜神記』より、と明記して引用している類書等がないためである。

そもそも、この謝玉の話を引用する書籍は、『天地瑞祥志』の他は、『太平広記』しかない。『太平広記』巻二九三「蒋子文」は、蒋子文に関する話をまとめて七条引用し、「出『捜神記』『幽明録』『志怪』等書」としている。このはじめ二条が、ちょうど『天地瑞祥志』と重複しているのである。そして『太平広記』は、一条ずつに出所をしるしていないために、どの本が出所なのかを確定させられないでいた。

謝玉は、出身地が陳郡とあることから、名門陳郡謝氏の一員ではないかと考えられる。しかし、現在残る資料に、謝玉という人物は見当たらない。このことについて、汪紹楹本の校勘記は、謝玉は陳郡謝氏の謝琰(?~四〇〇)のことではないかとの推定を述べる。謝琰は、東晋の有力者であった謝安の息子である。『晋書』の伝によると、謝琰は会稽内史にはなっているが、琅邪内史にはなったことはない。そのため、李剣国『新輯捜神記』校勘記は、汪紹楹の謝琰説を紹介するも、判断を保留している。この人名は、『天地瑞祥志』引用のテキストでも謝玉ではあった。ただ、謝琰ではないかもしれないが、玉へんをもつ同一世代の謝氏の一員であったと考えるのならば、事件は四世紀後半に起きたこととなり、四世紀前半に亡くなっていた干宝の死後のことである。そのため、出処は、『天地瑞祥志』が示す『続捜神記』が正しいのではないかと考えられるのである。このような出処を特定する資料としても『天地瑞祥志』を活用することができる。

『義楚六帖』が引用する志怪資料

日本にのみ残る仏教類書『義楚六帖』

もう一書、『本邦残存』の志怪の部分で出処として目立つのは、五代・義楚《ぎそ》が編纂した仏教類書『義楚六帖』（『釈氏六帖』とも）である。『義楚六帖』は、中国では失われてしまい、『大蔵経』などにも収録されていないが、日本では東福寺に南宋時代の刊本が残り、また江戸時代には和刻本が刊行されて、かなり流布していた。[10]『義楚六帖』は、分類別に、さまざまな項目が四字句を中心とした見出しとしてたてられており、割り注として関連する内容が出典を示して（時に出典を示さないで）引用されている。そこに、『宣験記』『冥祥記』といった仏教志怪のみならず、『捜神記』などの仏教色のない六朝志怪も引用されている。それでは、そこに注目すべき佚文はあったのだろうか。

孫引きの悲しみ

『本邦残存』は、前述のように『捜神記』などについては佚文を収集していない。『義楚六帖』には引用書索引があり、[11]筆者は、それを頼りに、また、全篇を目視によって改めて志怪の引用状況について調査を行った。その結果、時に、出処が示されず引用されている文で志怪に文章を求められるものもあった。しかし、『義楚六帖』における引用は、『捜神記』や『幽明録』といった書については、『義楚六帖』に先立つ『弁正論《べんしょうろん》』や『法苑珠林』などと配列、文章が一致するものばかりであった。つまり、五代を生きた義楚は、志怪のテキストそのものを見て引用したわけではなく、孫引きをしていたのである。そのため、純粋な佚文とみなせる資料は、『集異記』『感応伝』などのごく少数に留まった。[12]

引用の混乱と博物学への関心

ただし、『義楚六帖』は、『漢武洞冥記《かんぶどうめいき》』については、孫引きではなく、独自に引用を行っていたようである。『漢武洞冥記』は、著者不詳の漢武帝に関する逸話を集めた書であり、類似した漢武帝の逸話集『漢武内伝』『漢武故事』よりも、漢武帝の周辺にあった物について博物学的な情報を多く載せることが目立つ。現在二種類ある『漢武洞冥記』の版本は、巻数は違えども配列はほぼ同じで、共に輯本であると考えられている。

『義楚六帖』の『漢武洞冥記』引用は、他書の記述が混じっていることもあり、純粋な『漢武洞冥記』の佚文は見いだせなかった。しかし、一部現行本『漢武洞冥記』にはみえない名詞の情報がしるされていたり、現行本『漢武洞冥記』にみえる文章で、他類書には引用されず、『義楚六帖』にの

み引用されていたりする文もあった。(13)

義楚は、博物学への関心があり、仏典ではない『漢武洞冥記』を直接参照して引用していたようである。

おわりに

資料の限られた六朝志怪のテキストではあるが、多少は、まだよく検討されていない資料がある。それらは、新たな佚文を含むことが時にあるばかりではなく、他に文献資料がある引用であっても、このように、六朝志怪の原貌を探る資料となり得るのである。

このような地道な積み重ねにより、たどりつきがたき原テキストへ一歩でも近づくこととなり、着実な研究が進められていくこととなるだろう。

注

(1) 小南一郎「干宝『捜神記』の編纂(下)」(『東方学報(京都)』七〇、一九九八年)が、『法苑珠林』の『捜神記』引用が、『捜神記』変化篇、妖怪篇、鬼神篇の構成を反映しているのではないかとの推測を載せる。李剣国本は、小南論文の推定には従わず、独自に分類を行っている。

(2) 雁木誠「【書評】大橋由治『『捜神記』研究——併せて『捜神記』研究の歴史的変遷について』(『中国古典小説研究』第二〇号、二〇一七年)は、日本における『捜神記』研究の歴史も詳述している。

(3) 周俊勛「二十巻本『捜神記』的構成及整理」(『西南師範大学学報』二〇〇八年五期)。

(4) 注(2)前掲雁木誠書評は、大橋由治著が、そのような原『捜神記』テキストを想定しないで研究を行っていることへの批判である。筆者も雁木氏の見解に賛同する。さらにいえば、中国においても、そのような無批判に二十巻本を利用した研究はまだある。

(5) 牧田諦亮『六朝古逸観世音応験記の研究』(平楽寺書店、一九七〇年)など参照。

(6) http://www.zinbun.kyoto-u.ac.jp/~takeda/edo_min/edo_bunka/syuitu.html

(7) 佐野誠子「『天地瑞祥志』所引志怪資料について」(『名古屋大学中国語学文学論集』第二九輯、二〇一五年)参照。

(8) 佐野誠子「含怨髑髏——《天地瑞祥志》所見的《列異傳》佚文的紹介和分析」(『中國文哲研究通訊』二六—二、二〇一六年)参照。

(9) 蔣子文信仰については、論考が多数あるが、林富士「中国六朝時期的蔣子文信仰」(林富士・傅飛嵐主編『遺跡崇拝与聖石崇拝』允晨文化公司二〇〇〇年所収)が網羅的である。

(10) 南宋刊本の影印本は『禅学典籍叢刊』第六巻下(臨川書店、二〇〇一年)にあり、江戸時代刊本の影印本は『義楚六帖』(朋友書店、一九七九年)である。

(11) 牧田諦亮校閲・山路芳範編『義楚六帖引書名索引』(朋友書店、一九九一年)。

(12) 佐野誠子「研究ノート——『義楚六帖』所引志怪資料について」(『和光大学表現学部紀要』一五、二〇一五年)参照。

（13）佐野誠子『『義楚六帖』所引『漢武洞冥記』について』（『名古屋大学中国語学文学論集』第三〇輯、二〇一七年）参照。

付記　本稿は、公益財団法人豊秋奨学会「日本残存典籍等による中国六朝志怪研究」及び科学研究費助成事業基盤研究（B）（一般）「前近代東アジアにおける術数文化の形成と伝播・展開に関する学際的研究」（課題番号16H03466研究代表者水口幹記）の助成を受けた研究成果の一部である。

「息庵居士」と『艶異編』編者考

許　建　平（大賀晶子・訳）

きょ・けんぺい――上海交通大学人文学院教授。専門は中国古代小説、明清文学など。主な著書・編著に『許建平解説金瓶梅』（東方出版社、二〇一〇年）、『王世貞与「金瓶梅」』（河南人民出版社、二〇一二年）、『王世貞書目類纂』（鳳凰出版社、二〇一二年）などがある。

明代の文言短篇小説集『艶異編《えんいへん》』の編者は一般に王世貞《おうせいてい》とされているが、これまでのところ決め手を欠いており、「艶異編小引」の作者「息庵居士《そくあんこじ》」の正体についてもいまだ定説はない。本論では、王世貞の友人范守己《はんしゅき》が王世貞編『艶異編』を購入した後王世貞に送った書簡「王元美先生に与う」という新発見の資料と、王世貞が『艶異編』を徐子玉《じょしぎょく》に贈り「覧に附し」た際の書簡「徐子玉」に基づき、さらに王世貞の同時代人である駱問礼《らくもんれい》の『蔵棄集』に、王世貞が『艶異編』を買い戻したとする記事が見える点、また『澹生堂蔵書目』『明史』『千頃堂書目』等の書目が全て『艶異編』を王世貞編としているという間接的証拠を加えることにより、『艶異編』の編者が王世貞であること、また「息庵居士」が王世貞の号であり、「艶異編小引」が王世貞の手になるものであることを証明する。

はじめに

明代の文言短篇説集『艶異編』の編者に関しては、一般に王世貞だとされてきたが、[1] その証拠は今までのところ十分とは言えない。仮に王世貞が徐子玉（中行）にあてた書簡の中で「『艶異編』を御覧に入れる（艶異編附覧）」と言うその『艶異編』が他人の著作であったら、即ち友人に他者の作品を推薦したものであったならば（その可能性はある）、王世貞を編者とする結論は成立しえない。従って、『艶異編』が王世貞の手になるものかどうかについてはさらなる考証が必要である。『艶異編』および『広艶異編』『続艶異編』の諸版本はいずれもはじめに「息庵居士」による「小引」を載せるが、この「息庵居士」とは何者であろうか。王世貞の号だとする説もあれば、それを疑う論者もあり、また張大復《ちょうだいふく》のことだとする説もあるが、「息庵居士」が結局のところ誰であるのかを証明するに足るだけの研究はいまだ見られない。筆者が『王世貞全集』を整理する過程でいささかの発見があったので、この点について考証を進めてみよう。

『艶異編』編者考

『艶異編』の編者については、徐朔方《じょさくほう》氏が二つの証拠を示しておられる。一つは直接証拠、即ち王世貞から徐子玉にあてた書簡である。いま一つは間接証拠で、駱問礼の文集に見える、王世貞が書簡を送って『艶異編』を回収したとする伝聞である。編者に関する以後の言及の多くはこの二つを出ない。しかしこれら二点のみによって『艶異編』の編者が王世貞であることを最終的に証明することは困難である。なぜなら、王世貞が『艶異編』を徐子玉に贈ったからといって、必ずしも王世貞が『艶異編』を編纂したことにはならないからである。即ち、「艶異編附覧」には、別人の編纂した書物を友人の閲覧に供したという、もう一つの可能性も考えられる。この可能性を排除しない限り、王世貞を編者とする結論は成立しない。そこで、『艶異編』が王世貞の手になることを証明するには、他の人間が王世貞に向かって自分はあなたの『艶異編』を読みました、といった類のことを述べていることが必要となる。それにより、王世貞は『艶異編』を友人に贈り、友人のほうでは世貞に向かって彼の『艶異編』を評するという双方向での証明となり、別人による編纂の可能性を消去することができよう。まさしく、今日までこの証拠が見つからなかったために、『艶異編』の編者に関する研究は最後の決め手を欠いていたのである。

この意味での直接的証拠が見つかったことによって、『艶異編』の編者は王世貞であることを確実に考証できることとなった[2]。

明代の著名な天文学者であり史学者であった范守己（隆慶四年挙人、万暦二年進士。官は兵部侍郎、太僕寺卿に至る。三度にわたり江南郷試に主考をつとめた）には、『皇明粛皇外史《こうみんしゅくこうがいし》』の著書がある。世宗（嘉靖帝《かせいてい》）朝の史実を記録し、『世宗実録』には無い資料も多く、甚だ貴重である。范守己は書き終えた後、王世貞にこの書を進呈し、あわせてその誤りを批評・訂正してくれるよう依頼しており、両者が親しい関係にあったことがうかがえる。范守己の『御龍子集』には、彼が王世貞にあてた書簡「王元美先生に与う（与王元美先生）」が収められ、そこでこの一件が述べられている。

昨春、あなたが舟で松江に来られた折はおともすることができ、お顔を拝見したこと、喜びにたえません。すでにして『艶異』『清裁《せいさい》』などの書物を渉猟し、恵施の五車の書のたとえといえどもほとんど書物の多いうちに入らないほどだと思いました。続いてまた『四部稿《しぶこう》』を購入して読みふけり、思わず驚きのあまり汗が流れました。

（去春、仙舲遊雲間、不佞得随輿隷、後竊覿龍光、不勝忻慰。既而得猟艶異、清裁等帙、以為恵子五車、殆不足多。継又購得四部稿、然藜嘿誦、不覚駭汗淫淫然下也）(3)

　范守己が言及している『艶異』『清裁』『四部稿』とは、『艶異編』『尺牘《せきとく》清裁』『弇州山人《えんしゅうさんじん》四部稿』のこと。全て王世貞の著作で、そのうち『尺牘清裁』六十巻は歴代の書簡の選集である。もともと楊慎《ようしん》『尺牘清裁』十一巻が存在し、先秦から唐までを扱うが、やや精選されていないので王世貞が内容を削減し、あわせて唐以後から明代までを補った（「尺牘清裁序」）。それにより六十巻となったもので、編集がなされたのは嘉靖三十七年三月である。(4)『弇州山人四部稿』は賦・詩・文・説の四部からなる文学作品集で全百八十巻、万暦四年六月に初版が刊行された。(5)第一に、この三部の書のうち後二者が世貞の作である以上、『艶異編』もまた王世貞の作と考えられる。第二に、范守己は書簡の中で王世貞に対して彼の三つの著作を読んだ感想を述べているのだから、おのずとこれら三部は全て王世貞の著作ということになり、別人の著作を王世貞のものと誤認したとは考えられない。さらに重要なのは范守己がこの私信で王世貞の著作への敬意を表していることで、まっさきにそのスケールの大きさを讃えている（「以為恵子五車、殆不足多」）。さらに三部の書について時期の先後によらず、巻数の少ないものから多いものへという順（五十四巻、六十巻、百八十巻）で挙げられている。故に、『艶異編』が王世貞の作であることは、王世貞の友人から王世貞に対して述べられていることになる。この書簡は范守己から王世貞にあてた私信であり、また范守己の文集『御龍子集』に収められていて信頼度は高い。これと、王世貞から徐子玉にあてた書簡とによって、『艶異編』が王世貞の手になることは確実に証明できるのである。王世貞は親しい友人であった徐中行（子玉）にあてた書簡で次のように述べている。

　九月に陽羨の山に遊びました。……洞を出ると瘡が再発し、家に着いたところでまたひどく悪化して、衰弱しているうちに、人事異動の通知をもたらした者がありました。貴方に山東への赴任の命が下ったことを知り、思わず寝床を打って歓喜しました。……『艶異編』を御覧にいれますが、罪作りをなさらないで下さい。目は病むし手は震えるしで、多くは書けませんが、ご理解下さい。

（九月中、遊陽羨諸山。……出洞、瘡復発、抵家、復大発、委頓間有致除目者。見足下山東之命、不覚搥床大喜。……艶異編附覧、毋多作業也。目眵手戦、不能多及、亮之亮之[6]）

王世貞はこの書簡で、編纂を終えた『艶異編』を徐中行に贈るとともに、「毋多作業」つまり新たな問題を付け加えないよう戒めており、この書に対する慎重な態度が見て取れる。

これら二つの直接的証拠の他に、さらに二つの傍証が存在する。一つは明末の、王世貞や李贄《りし》と同時期の人物である駱問礼（一五二七～一六〇八、嘉靖四十四年進士。官は南京工部主事、福建湖広副使に至る）[7]がその『蔵棄集《ぞうきしゅう》』に載せた、王世貞が『艶異編』を他人に贈った後でまた買い戻したという記事である。「たまたま王鳳洲《おうほうしゅう》先生が人に『艶異編』を贈って、またそれぞれ買い戻したと聞いた。きっとやむを得ないことだったのだろう（会聞王鳳洲先達以艶異編饋人、而復分投（頭）贖帰、亦必有不得已者）[8]」。駱問礼は博学と剛直で知られ、その著述は「精確で根拠がある（精核有拠）」と評判であったから、王世貞が『艶異編』を回収したということは信じるに足る。また王世貞が徐中行にあてた書簡で「毋多作業」と頼んだ慎重な態度ともよく符合する。いま一つの傍証は、祁承《きしょう》燦《ぎょう》『澹生堂蔵書目』、万斯同《ばんしどう》『明史』、黄虞稷《こうぐしょく》『千頃堂書目』、杭世駿《こうせいしゅん》『訂訛類編』、『販書偶記続編』などが全て『艶異編』を王世貞の著作としていることであり、根拠のないこととは言えないであろう。

「息庵居士」考

『艶異編』十二巻、四十巻、四十五巻、五十四巻、『広艶異編』三十五巻、『続艶異編』十九巻は、いずれも始めに、落款を「息庵居士書」とする「小引」一篇を載せる。王世貞は「息庵居士」なる号を用いたことはないのでこの落款の真実性は疑わしいとする意見もある（王世貞の著作『陽羨諸遊稿《ようせんしょゆうこう》』では本文第一頁の左下の行に「天弢居士王世貞撰」とあるが、天弢居士という号はこの一度しか用いていない。息庵居士も一度きりの使用であったとしてもそれほど疑わしいとは言えまい）。また張大復の住居が息庵であったことから、息庵居士とは張大復なのではないかと推測する論者もいる。故に、息庵居士が何者であるかという点については、もう一歩深く考証してみる必要があろう。

この「小引」は三百字あまり、主人と客の対話形式で博引旁証、艶異の故事は児戯に等しいようでいながら「色即是空」の仏教的哲理を含んでいると説明する。徹底して理を説き、簡にして要を得ている。分析の便のため、以下に原文を引用する。

この編が完成すると、ある客が居士に向かって言った。「まさにいま三大部の書をもって無明の網を破り、児戯のようなことをしでかそうというのですか」。居士は笑って言う、「簡単には言えません。六欲界を極めても、いまだ梵天に至らない。それに色は身の根本、愛は色の根源であって、色は身を生じ、身はまた愛を生じ、浮沈し展転として、どうして解脱がなりましょう。今、生命を持ち活動している者たちは、情においてばかりなぜ熱心なのでしょうか。極端な場合、千古の英雄に至っても、それはきっと劉邦《りゅうほう》・項羽《こうう》ということになるでしょうが、その智力は天下を掌握するに足るけれども、虞《ぐ》美人や戚《せき》夫人への情を切り捨てられなかったのです。また極端には鹿苑仙に至っても、永劫の時を重ねた修行の身をもってしても宮女を見ればとたんにその神通力を失うのですから、他の者は言うまでもありません」。「あなたはそれを断ち切れずじまいというのであればそれまででしょうに、何のためにそれを導きいれようというのですか」。「私は酒の肴にして会話を盛り上げようというだけですよ。とはいえ、やはり言わんとするところはあります。昔、馮当世《ふうとうせい》が王安国《おうあんこく》に『并州の美女たちを目をつぶって見ず、ただ日々禅を語るのを事としております』という手紙をやったところ、王は『もし言われるとおりなら、いまだ禅理に到っておられませんね。目を閉じて見ないというのは、一つの禅の公案です』と返しました。この書はまことに火宅ですが、蓮華もなくはないでしょう。色即是空という語を、私は西方の師匠から教わったのです」。客は不明をわびて引き下がった。

(是編成、客或謂居士。方持三大部、破無明網、忍為是児戯哉。居士笑曰、難言也。尽六欲界、未抵梵天。且色為身本、愛為色根。色生身、身復生愛、浮沈展転、寧有解脱。今夫物有含生而嚅動者、其於情抑何専篤也。極而至于千古之雄、必指劉項、其智力足以籠決一世、而不能割之于虞戚。又極而至于鹿苑仙、以累劫之功見宮綵、一旦而失其神足、況其他哉。曰、子不能絶之廼已、則何為導之。曰、吾以佐杯酌、資抵掌耳。雖然、亦復有説。昔馮当世書、謂王安国并門妙麗、閉目不覩、但日以談禅為事。王(安国)曰、若如所言、未達禅理。閉目不覩便是一重公案。是書誠火宅也、不無有蓮花在乎。色即是空、此語吾受之西方老師。客謝不敏、退。)

王世貞の書きぶりに似ているというより、彼が意図的に著者が自分であることを隠そうとした序文であるというほうが適切であろう。隠したのは自分がこの書を書いたことを他人に知られたくなかったためであり、親友である徐中行（子玉）にあてて書簡を書いたのは、恐らく相手から特にこの書を求められたのであろう。やむなく人にことづけて送ったものの、かさねて「毋多作業」と言い、すぐさま「買い戻した」。序の末尾にある落款では時期、場所、姓名を記さず印章も無く、つまり意図的に序文における落款の通例を無視して、後人に錯覚を起こさせることを狙っている。また王世貞は序を書くにあたり実を重んじて虚飾を嫌うが、この「小引」では本書の執筆過程という実情を避けており曖昧な表現が多い。単にこの二点からすれば王世貞は作者ではないと言えようが、その巧妙な偽装にくらまされてはならない。この偽装の下にはやはり王世貞の筆の痕跡が残っているのである。たとえば篇幅の短さであるが、王世貞の書いた序文は多くが短いものであり、これは『弇州山人四部稿』巻七十、七十一に載せる序を見れば一目瞭然である。第二は議論の中にある博引旁証の習慣の痕跡である。第三は仏教的哲理を称揚する（仏理によって情色を解き、情色によって仏理を説く）ことに意を用いている点であり、これは王世貞の他の著作にはあまり見られないこととはいえ、まさしく彼のこの時期における関心のありどころを写生したものである。第四には――これが最も重要だが――序の落款にある「息庵居士」を「中国基本古籍庫」で調べてみると、この号はこれ一つしか発見されない。号を「息庵」という高僧が宋代と元代および近代に計三人いて、南宋の杭州霊隠寺第一任主持であった息庵禅師（名は達《たつ》観《かん》、号は息庵）、元代の少林寺主持であった息庵（字は義譲、号は息庵）、近代の弘一大師《こういつだいし》（本名は李叔同《りしゅくどう》、号は息庵）であるが、全て「息庵」の号であり、「息庵居士」は一人もいない。「息庵」と「息庵居士」とは同じとは言えない。

　張大復が『梅花草堂筆談』巻五において「私の住居息庵（余所居息庵）」と述べていることから、「息庵居士」は張大復ではないかとする意見もあるが、その可能性はほぼないと言える。理由は三つあり、一つは住居の名を「息庵」というからといって、号が「息庵居士」とは限らないということである。住居に「息庵」と名付ける例は他にも見られ、宋の陳田《ちんでん》夫《ふ》「南岳総勝集序」には「五峰霊跡」について述べ「南有祝融廟」「東有息庵」「西有青玉壇」とあり、[9]「仏祖統紀通例」では「釈師名」の中で法師の名の由来を八つに大別し、「諸師の名を列挙して考えてみるにその例は八種類ある。国号によるもの……山の名によるもの……自らの号によるものもある、例えば草堂息庵などである（列諸師之名、考其例有八。或従国号……或従山名……或従自号、如草堂息庵）」と述べる。[10]寺社で息庵を称する例が珍しくないことが分かる。しかしなお「息庵居士」を名乗る例は一つもない。第二に、張大復は晩年病気になった時に病居士と号し、「病居士自伝」をあらわして、その庵を「息」と名付け「息庵老人」と称したが、「息庵居士」とは自称しなかった。第三に、『艶異編』は嘉靖四十五年十月に上梓されており、王世貞は嘉靖五年生まれなのでこの時四十歳であるが、張大復は嘉靖三十三年生まれ、当時わずか十二歳であったから、彼が『艶異編』とその序を書いたということは考えられないし、十二歳の少年が情色をもって仏理を説き仏理をもって情色を明らかにするていの色空論をものしたなどは、なおさらありえないことである。故に張大復が序の「息庵居士」である可能性は排除され、おのずと『艶異編』編者の候補からも除外される。

では「息庵居士」とは結局何者であろうか。ここで二つの問題に行き着くことになる。一つ目は、「艶異編小引」の作者は『艶異編』の編者と同一人物であるかという問題である。仮に別人であれば、常識的に言って序文では作者に言及し、あわせてその書物の価値について肯定的評価を下すものである。作者自身による場合は、往々にして謙遜してみせ、あるいは読者の疑問を呼び起こすかもしれない問題について説明を加えたりするものであろう。「艶異編小引」は三つの点において注目すべき特殊性を有する。まず作者について述べず、作品の内容や価値についても触れていない。第二に全体にわたり主客の問答形式（実際には自問自答である）を取っており、序文としては独特のものである。第三にその問答が、『艶異編』に書かれた情色という内容に対する弁明（低俗淫猥にあらず、「児戯」にあらず、内において仏性に合しているのだ）に終始している。この種の弁明の背後には、淫や欲を奨励しているとの批判を招くのではないかという序の作者の不安が隠されている。そこで一方では姓名を伏せ、一方では主客問答の形式によって自己防衛しているわけである。この三点からは、自己弁護しているのは作者本人に他ならないという結論が導かれる。従って「艶異編小引」の作者は『艶異編』の編者すなわち「息庵居士」であると考えられる。次に、「小引」の作者が『艶異編』の編者と同一人物であるなら、『艶異編』の編者は王世貞なのだから「小引」の作者「息庵居士」もまた王世貞でしかありえないことになる。

王世貞はなぜ息庵居士と号したのか、またなぜ仏禅の道理を論じたのか。王世貞は嘉靖三十九年、処刑された父の喪に服しており、隆慶元年に父の冤罪が晴れて明くる隆慶二年に任官するまでの八年間、一貫して太倉の実家に隠居していた。出世の望みを絶ち、仏典を買い集めて高僧と交際し、閑雅な書院「離薋」を増築して居士を名乗った。息庵とはこれのことであり息庵居士は号であった可能性が高い（王世貞の号は「天弢居士」のようにしばしばその版本の中に記されているが、書簡の中で言及される例は極めて少ない）。王世貞から徐中行へ第九信（『艶異編』に添えて送ったもの）の前に送られた第七、第八信と「敬美行状」を取りあげるだけでも、この間の消息をうかがうことができる。

拙宅のそばに茅を刈り取って小園を造り、「離騒」の語を取って「離薋」と名付けました。俞仲蔚が古体詩一章を作り、友人諸君にも唱和する者がありましたから、あなたも作って下さらなければいけません。張氏の新刊本をお目にかけます。近頃一、二人の僧侶と行き来があり、禅に精通しており多くの仏書を読んでいて、仏門中の雄です。

（第七信）寒舎傍誅茅、構一小園、取騒語、名之曰離薋。仲蔚為古体一章、諸君亦有和者、足下不可無作。張氏新刻附覧。近与一二僧徃返、甚精禅那、多覧仏書、法門中龍象也[11]）

私は最近仏蔵経を購入しました。既に空いた土地に一つの建物を建ててそこにおり、水竹の景勝を極めています。家の蔵書三千巻のうち、金石が十分の一、名筆が百分の一、いつも紙魚となってその間をぶらぶらしており、死なずにおれば満足です。実際、二、三の兄弟諸君から慰めてもらいたいとも思いません。

（第八信）僕近贖得仏蔵経、已就隙地創一閣居之、頗極水竹之勝。家蔵書三千巻、金石十之一、名蹟百之一、老作蠹魚、優遊其間、不死足矣。実不願二三兄弟見憐也[12]）

弟は父上の冤罪がはれないので、私とともに出世の望みを絶った。小さな畑を家のわきにいとなみ、私はそれに「離薋」と名付けた。一つの建物があり「鷃適」といって、経書・史書や各種の書籍のたぐいをその中にいっぱいに収蔵していた。一日といえどもともにいないことはなかったと思う。

（敬美行状）弟既以大司馬公冤不白、与不穀皆絶意進取。治小圃居第之左、余名之曰離薋。一軒曰鷃適。庋経史古文図籍之類充牣其中、蓋又無一朝夕而不形影偕也

（「亡弟中順大夫太常寺少卿敬美行状」）

「息《や》む」の意味するところは「絶意進取」「老作蠹魚、優遊其間、不死足矣」にある。「庵」とは仏教者の住居であり、世貞が仏教に傾倒するようになったのは実にこの時からであった。「僕近贖得仏蔵経、已就隙地創一閣居之」、また「近与一二僧徃返、甚精禅那、多覧仏書、法門中龍象也」とあるのが「庵」の名の由来である。それのみならず、この文章には王世貞の、交際のあった僧たちへの信頼や敬慕の情がにじ

み出ている。おそらく王世貞はその影響を受けて仏典を購入し、建物も建てたのであろう。

どういった影響を受けたのかという点では、南宋人で息庵と号した達観禅師が思い出される。この息庵禅師（一一三八～一二一二）は杭州霊隠寺（皇家功徳香火院）の住持で、江浙一帯に影響力を持っていた。我々はまずこの禅師の偈頌を通してその禅宗思想の精髄を理解したうえで、その思想と王世貞の思想上の変化との関係性を考えることで、その奥深いところを窺い見ることができるであろう。明州雪竇《めいしゅうせっとう》の大歇《だいけつ》仲謙《ちゅうけん》禅師は幼少のうちに出家し、初めて息庵禅師のもとを訪ねたおり、息庵が「汝は儒者の習性が抜けていない、どうして道を学べようか。虚無の境地に到り、木偶のようにならねばならぬ（汝儒者習気不除、焉能学道。要到大休大歇田地、如木偶人去）」と言ったので、大いに悟るところがあり「大歇禅師」と名乗った。「大歇」は即ち「息」の意味である。元代の僧普会が続集を編纂した『禅宗頌古聯珠通集』は、「祖師機縁」に息庵禅師の偈頌を載せる。「趙州に修行者が問うた『仏門に入ったばかりですので、先生のご指示を頂きたいのです』。そこで師は『粥を食べたか』と言った。『粥を食べました』と言うと、師は『鉢を洗っておけ』。僧は忽然として悟った。頌にいう……『鶴は立つ松梢の月、魚は行く水底の天。風光都《すべ》て占断し、一文銭を費やさず』（趙州（息庵禅師は俗姓を趙といった）（一）。因学人問、乍入叢林、乞師指示。師曰、喫粥了也未。曰、喫粥了也。師曰、洗鉢盂去。其僧忽然省悟。頌曰、……鶴立松梢月、魚行水底天。風光都占断、不費一文銭）」。べつの偈頌にいう「良玉は雕せず、美言は文せず。烟村三月の裏、別に是れ一家の春（良玉不雕、美言不文。烟村三月裏、別是一家春）」。さらに「村に飲み夜帰り来たり、健倒すること三四五。摩挲す青苺苔、瞋る莫かれ汝を驚着せしを（村飲夜帰来、健倒三四五。摩挲青苺苔、莫瞋驚着汝）」。これらの例からは、もって生まれた性のあるがままに任せることを主張する息庵禅師の姿が見いだされる。仏理は全て、意識を持たぬあるがまま、というそのあるがままの内に存在しており、もって生まれた性のあるがままの姿は一切のあるがままということの根本なのである。粥を食べ鉢を洗う、鶴が松の梢に立ち魚が水底を行く、不離の玉と不文の言、いずれもあるがままの極致であり、酔って転倒し青苔に接吻するような天真爛漫な態度である。これらはみな学ばず教えずしてなしうる本性のあるがままの姿であり、人はみなこのあるがままの性を持っているがゆえに「人人皆仏性有り」と言うのである。自然の真性を保っていれば仏になれるのであり、故に人はみな仏になれる。問題は、人が自然の真性を保てるとは限らないことであり、名利に満ちた環境の中で自由自然に生きられる者はあまりに少ない。故に仏道を学ぶことはこの道理に到達し、この性を会得しようとすることである。息庵禅師のこの道理を明らかにしたところで、再度息庵居士の「艶異編小引」をよく見てみると、「色為身本、愛為色根」というのは情色が人の天性であることを言い、「色生身、身復生愛」とは通時的変化によって、色・愛・身の間でやむことなく生じる「浮沈展転」の自然の理を説明しているのである。そして「含生」の「専篤」の情に対して大いに賞賛を加える。ただ、肉体は多くの因縁から成るものなので、単独で成り立つものではなく、性と色と肉体もまた時とともに移ろいゆくものであって固定したものではなく、「空」となるものである（仮に真の空があるとして）。この「色即空」はあるがままの天性の内に打ち立てられるものであるがゆえに、おのずと「蓮花在」となるのである。このような見方は息庵祖師のそれと極めて似ており、同じ源から出ていると言ってよい。王世貞の文学観はこれ以後、次第に自然をたたえ真を求める方向へ向かうが、恐らく仏教の影響を受けたものであろう。具体的には禅師の影響と密接な関係がある。そうでなければ、その私邸の庭園を「離薋」「弇山院」と称して「息庵」とは称さないのに、なぜ自らの号を「息庵居士」とするであろうか。

おわりに

ここまで述べたことを総合してみると、王世貞は編纂した『艶異編』を徐中行に送り「覧に附した」が、触れ回らないよう戒めた。范守已は王世貞の『艶異編』を購入し、王世貞にあてた書簡で感想を述べた。王世貞は個人的に制作した小説が既に多くの人に知られていることを知り、厄介事が生じるのを避けようと友人に手紙を出して『艶異編』を回収した。『澹生堂蔵書目』『明史』『千頃堂書目』等の書目はみな『艶異編』を王世貞制作としている。これらにより、『艶異編』の編者は間違いなく王世貞であることが分かる。息庵居士は王世貞の号であり、「艶異編小引」を書いたのも王世貞である。当時、王世貞は仏教に傾倒しており、恐らく南宋の息庵禅師（達観）とその後継者の「自然真空」説に影響を受け、息庵居士と号したのであろう。

注

（1）明人王圻の『続文献通考』巻一八三・経籍考は、「『艶異編』『両山墨談』、陳霆著」と記し、編者を陳霆としているが根拠は不明である。陳霆（一四七七～一五五〇）はその生涯に多くの著述をなし、『両山墨談』十八巻があるが『艶異編』は見あたらない。

（2）徐美潔は、『皇明粛皇外史』における王世貞の書き込みを研究する過程で范守己の文集を系統的に読み、『御龍子集』の中で范氏が王世貞にあてた書簡「与王元美先生」を発見した。この書簡は范氏が王世貞の『艶異編』と『尺牘清裁』を読んだ感想に言及しており、『艶異編』の作者問題についてさらなる直接的証拠の発見となるものである。

(3) 范守己『御龍子集』巻四六、『四庫存目叢書』集部第一六三冊、万暦十八年侯廷珮刻本影印。

(4) ハーバード大学燕京図書館所蔵、西爽堂板刻本『尺牘清裁』。冒頭の序には「時戊午三月東呉王世貞元美甫撰」とあり、編集時期が嘉靖三十七年三月かその少し後の頃と分かる。

(5) 万暦四年六月、王世貞の弟王世懋は鄖陽において王世貞から贈られた『弇州山人四部稿』を受け取っている。王世懋「遺家兄元美書」には「丙子の歳六月に、鄖陽の旅宿で『四部稿』を受け取りました。一年中奔走していて、舟や車のうちで読み終えたので、いまだ作者の深意をうかがういとまがありません(世懋以丙子歳六月、受四部稿于鄖邸。奔走終歳、卒業舟車間、未遑窺作者之奥也)」とあるから、これが『四部稿』の上梓された最初の時期に違いない。

(6) 王世貞『弇州山人四部稿』巻一一八「徐子與」十一、国家図書館蔵万暦五年世経堂本。

(7) 明人駱問礼は一五二七年生、一六〇八年没。李贄と同い年で王世貞よりは一歳若いが、二人よりも長生きをした。

(8) 駱問礼『蔵棄集』巻五「與葉春元」。徐朔方『徐朔方集』巻二「王世貞年譜」(浙江古籍出版社、一九九三年、五八六頁)に見える。

(9) 宋・陳田夫『南岳総勝集』巻上・五峰霊跡「祝融峰」。『正統道蔵』「洞玄部記伝類」に見える。北京白雲観蔵明刊本。

(10) 宋・志磐『仏祖統紀』巻首・仏祖統紀通例「釈師名」。明刊本。

(11) 王世貞『弇州山人四部稿』巻一一八「徐子与」七、国家図書館蔵万暦五年世経堂本。

(12) 王世貞『弇州山人四部稿』巻一一八「徐子与」八、国家図書館蔵万暦五年世経堂本。

訳注

(i) ここにいう趙州とは、唐末の禅僧趙州従諗(七七八〜八九七)のことではないか。『禅宗頌古聯珠通集』におけるこの対話部分(「洗鉢盂去」まで)は、『趙州録』巻中に見える二つの公案をつなぎ合わせたもののようである。なお、この後に引用される息庵の偈のうち、「村飲夜帰来……」は唐の盧仝の詩「村酔」をほぼそのまま用いたものである。

虎林容与堂の小説・戯曲刊本とその覆刻本について

上原究一

うえはら・きゅういち――東京大学東洋文化研究所准教授。専門は中国文学、書誌学。主な論文に「明末の商業出版における異姓書坊間の広域的連携の存在について」（『東方学』第百三十一輯、二〇一六年）などがある。

杭州の容与堂は李卓吾の批評を謳う章回小説『水滸伝』及び五種の戯曲の刊行者として名高い書坊だが、このうち『水滸伝』には覆刻本があることが知られている。今回新たに五種の戯曲の方にもそれぞれ複数の覆刻本があることが判明したので、その状況を紹介して、未知の点が多い容与堂の刻書活動の様相を把握するための出発点としたい。

はじめに

虎林（杭州の別称）の容与堂といえば、瞿冕良『中国古籍版刻辞典（増訂本）』（蘇州大学出版社、二〇〇九年）七四八頁に、

明の万暦年間（一五七三～一六二〇）の杭州の著名な書坊。戯曲や小説をとても多く刊行しており、『李卓吾先生批評忠義水滸傳』百巻、『李卓吾先生批評北西廂記』二巻、『李卓吾先生批評紅拂記』二巻、『李卓吾先生批評幽閨記』二巻、『李卓吾先生批評玉合記』二巻、『李卓吾先生批評琵琶記』二巻がある。（原文中国語、筆者訳）

とあるように、章回小説や戯曲を多数刊行したことで有名な書坊（出版業者）である。

だが、容与堂の名が刊行者（版木の製作者）なり蔵板者（版木の所有者）なりとして明記されている刊本は、李卓吾のものと称する批評と徽派版画の美麗な図とを備えた右の章回小説一種（『水滸伝』）と戯曲五種（『北西廂記』『紅払記』『幽閨記』『玉合記』『琵琶記』）の計六種の他には、一つも知られていない。右の戯曲刊本五種と良く似た特徴を備えた十種ほどの戯

曲刊本も容与堂刊本ではないかという説もあるが[1]、それらには容与堂の名が明記されている訳ではなく、容与堂が関わった確証は無い。更に、容与堂は主人の姓すらも不明である。こうした状況は、やはり万暦年間に多くの章回小説や戯曲を刊行した金陵唐氏世徳堂・金陵周氏万巻楼仁寿堂・建陽余氏双峰堂三台舘などの書坊が、他にも挙業書・通俗史書・日用類書・医書などといった売れ筋の書物を大量に刊行していることや、いずれも数十種が現存する各書坊の刊本の刊記や序跋によってそれぞれの歴代主人の名・字・号や活動時期がある程度明らかになっていることとは、全く対照的である。

ところで、容与堂の名が見える『李卓吾先生批評忠義水滸傳』百巻百回は、多くの先行研究を経て、現存諸本が異なる二種の版に分類出来ることが判明している[2]。つまり、容与堂が最初に製作した版木で刷られた「容与堂刊本」の他に、それを覆刻(かぶせ彫り)して作られた第二の版木で刷られた「覆容与堂刊本」(容与堂刊本の覆刻本、という意味。版木を製作したのは容与堂とは限らない)があるということだ。

一方、容与堂の名が見える戯曲刊本各種については、複数の版があるという指摘は、管見の限り見当たらない。しかし、それぞれの現存諸本の調査を進めたところ、五種の全てに複数の版が存在することが判明した。しかも、『琵琶記』には二種の版しか確認していないが、『玉合記』『紅払記』『幽閨記』には三種ずつ、『北西廂記』に至っては何と四種もの版が見つかった。本稿ではその状況を紹介して、未知の点が多い虎林容与堂の刻書活動の様相を把握するための出発点としたい。

一『水滸伝』の容与堂刊本と覆容与堂刊本

最初に『水滸伝』の二つの版につき、先行研究の成果を整理しておこう。

容与堂刊本と見られる方の版は、中国国家図書館請求記号善本一七三五八(高島注2書の「北京B本」、以下その呼称に従う)、国立公文書館内閣文庫蔵本、中国社会科学院文学研究所蔵本(筆者未見)[3]、上海図書館蔵残本が知られる。このうち内閣文庫蔵本は、より印刷の早い北京B本と比べると、多くの箇所で埋木改刻によって本文の文字が改められている。最も印刷の遅い上海図書館蔵残本では、それに加えて巻首題・巻尾題・版心題・批評から李卓吾の姓名や字号が全て削り取られている。更に、氏岡注2論文と小松注2論文では、この版木が作られた時点と比べると、北京B本も既に本文の一部に修正が施されているのではないかとの見解が示されている。また、小松注2論文は、北京B本と内閣文庫蔵本の中間的な修訂度合で印行された本もあった可能性が高いことを指摘する。要するに、この版は複数回の修訂を受けつつ印行が重ねられていたようだ。

一方、覆容与堂刊本の方は、天理大学附属天理図書館蔵本と中国国家図書館請求記号善本〇五二六三（高島注2書の「北京A本」、以下その呼称に従う）が確認されている。この版は、ごく一部の版心題や巻尾題で、批評者名が「李卓吾」ではなく「諸名家」になっている。どの程度修訂を受けた段階の容与堂刊本を覆刻したものなのかは、氏岡注2論文や小松注2論文で検討されているが、状況が複雑なので本稿では立ち入らないでおく。

どちらの版も本文は半葉十一行二十二字で、稀に行間に傍批があるほか、上匡郭の外側に行三字の眉批が数多く刻されており、各巻末に数行程度の総評が置かれる。

容与堂刊本は、北京B本から上海図書館蔵残本までどの段階の印本でも、本文全葉の表面の版心下部に小字で「容與堂藏板」とある。覆容与堂刊本ではそれが約一・六％の葉にしかない。また、容与堂刊本では北京B本、覆容与堂刊本では天理図書館蔵本にのみ図が残るが、北京B本の図のほぼ全葉の版心下部には、表裏にまたがる大きな字で「容與堂」と記されている。対して、天理図書館蔵本の図の版心にはそれが一切見えず、代わりに北京B本の図には無い丁付がある。

どちらの版でも図は半葉の全面を使った図が毎回一葉二幅ずつだが、北京B本では各回の本文の前に一葉ずつ配するのに対し、天理図書館蔵本では目録の後に全てまとめてある。両者の図柄は基本的に同じだが、細部の意匠はしばしば異なる。北京B本の図には、第二回表と第五十八回裏の各右端に「黄応光」、第六回表の版心魚尾直上に「以貞」、第三十四回表左下に「呉鳳臺刊」という刻工署名が見える。天理図書館蔵本の図には署名は全く見えない。

容与堂刊本『水滸伝』の刊行時期

版の異なる内閣文庫蔵本と天理図書館蔵本とが共通して備える楷行書写刻の序文「忠義水滸傳叙」の末尾に、「温陵卓吾李贄撰」という仮託と思われる序文の撰者の署名に続けて、もう一つ「庚戌仲夏日朿林孫樸書／扵三生石畔」という署名がある。この庚戌は万暦三十八（一六一〇）年に比定されており、容与堂刊本『水滸伝』はこれによって万暦三十八年序刊と看做すのが通説であった。しかし、小松注2論文は、李卓吾の没した万暦三十（一六〇二）年から大きく降る日付を記すのは不自然だとして、北京B本には無いこの序文が修訂の過程で後から加えられたものである可能性を視野に入れ、容与堂刊本を刊年不詳としている。

だが、北京B本の図に刻工として署名する黄応光は、刻工一族として知られる徽州歙県の黄氏の族譜である道光十（一八三〇）年刊本『虬川黄氏宗譜』[4]に、第二十六世の一人として「万暦壬辰（二十年、一五九二）の年に生まる。呉氏を娶る。杭州に遷る」と記されている。この生年が正しければ彼は万暦三十八年に数えで僅か十九歳なので、彼が署名する北京B本がそれより何年も前の印行だという可能性は低かろう。李注4書二四三頁は黄応光が刻工を務めた刊本十一種を挙げており、そのうち容与堂刊本『水滸伝』以外に刊年の分かるものは、万暦三十九年から四十四年にかけての五種である。

この黄応光の活動年代と、李卓吾批評を銘打つ小説・戯曲が刊行されるようになったのは万暦三〇年代の中頃以降と考えられることとを[5]踏まえれば、容与堂刊本『水滸伝』が万暦三十八年序刊というのは至極適当な時期である。小松氏が疑問を抱いた孫樸の署名は、「庚戌の年の旧暦五月に、虎林出身の孫樸が、三生石畔という場所で字を書いた」という意味に取り、版下を書いた筆耕の署名だと解釈すべきだろう。章回小説刊本の序文に筆耕の署名がある事例は珍しいが、詩文集の序文や画譜や墨譜の賛などでは、撰者が生きていても別の筆耕（進士級の著名人のこともある）が署名を添える例が間々見られる。[6]まして、版下の作成時に序文の撰者が既に没しているとなれば、筆耕が起用されるのは当然だ。序文の撰者が故人であるというのも、先行版本の序文を踏襲した場合や、序文を請うてから版木を作るまでに時間がかかってしまった場合などに起こることであり、特別珍しいという訳でもない。従って、この署名は特に怪しむ必要はあるまい。むしろ、故人に仮託した序文なればこそ、年月を入れた筆耕の署名を添えることで真実味を出そうとしたのではあるまいか。

よって、この序文は北京B本ではたまたま伝来の過程で失われただけで、容与堂刊本の版木が最初に作られた時からあったと考えた方が良いだろう。要するに、容与堂刊本『水滸伝』は通説の通り万暦三十八年序刊であり、それ以降に幾度かの修訂と印行が繰り返されたと見るべきである。

また、上海図書館蔵残本に施されている李卓吾の名を版木から全て削り取る処置は、天啓五（一六二五）年の李卓吾著作への禁令への対策と考えられる（注2・5各拙稿参照）。従って、内閣文庫蔵本は天啓五年以前に、上海図書館蔵残本は天啓五年以降に刷られたはずだ。してみれば、この版木の製作から内閣文庫蔵本の印行に至るまでの数次に渡ると思しき本文の修訂は、十五年以内に済まされていたことになる。

容与堂の戯曲五種の共通点

容与堂の名が見える戯曲刊本に目を移そう。いずれも行三字の眉批を記す欄を上層に設けた上下二層本で、下層の本文は半葉十行二十二字、行間に稀に傍批があり、齣によっては末尾に数行の総評を附す。眉批まで匡郭で囲われている点、半葉ごとの行数が一行少ない点、総評が無い齣が多い点などは容与堂刊本『水滸伝』（及びその覆刻本）とは異なるが、本文の字様は『水滸伝』も含めて互いに似通っている。また、五種のいずれも上下二巻になっており、各巻冒頭にそれぞれの目録を置き、続けて双面連式（見開きで一幅の形式）の図を各巻に十幅ずつ配する。これらの点は、各々に複数ずつある版の、どれにおいても変わらない要素である。

五種いずれも序と図以外の葉の版心下部に表裏にまたがる大きな字で「容與堂」と記すが、これがある葉の比率は、どの戯曲でも版によって異なる。また、『北西廂記』を除く四種はどの版でも巻上の巻首題の次行に「虎林容與堂梓」とあり、これによって容与堂は杭州の書坊だと知れる。『北西廂記』の巻頭にはどの版でも刊行者名は記されず、五種のいずれも、どの版にも上記以外に刊行者名や蔵板者名を記す箇所は無い。

『李卓吾先生批評琵琶記』の二種の版

『琵琶記』は次の二種の版を確認しており、他に中国歴史博物館蔵本を未見である。

①中国国家図書館請求記号善本A〇一八四八、同請求記号善本一六一八九

②上海図書館蔵本

①②とも、巻上図第三葉裏に「無瑕寫」、巻上図第十葉裏に「由拳趙璧模」と画工署名が見える。「璧」に「瑕が無い」というのは名と字（または号）の対応として自然なので、「由拳（嘉興の古称）の趙璧」と「無瑕」とは同一人物と見て良さそうだ。

また、①の巻上図第二葉表に「新安黄応光鐫」という刻工署名がある。②の上海図書館蔵本はこの位置を破損しているが、「鐫」らしき字の右上半分ほどは残っているので、②の版木も同じ位置に何らかの刻工署名があったようだ。

①は本文全葉の版心下部に「容與堂」とあるが、②はそれがある葉は五割弱に止まる。

本文や眉批には稀に文字の異同がある。例えば、巻上第三葉裏の眉批は②では「正當行／楽忽及／憂愁固／老人之／言亦家／門衰兆／也」だが、①では「言」が墨格になっている。

逆に、巻上第五十三葉裏第十行本文は、①では「……如今爹爹苦」だが、②では行の最後の字「苦」が墨格になっている。また、巻上第四十一葉裏眉批で①「會做詩」に対して②「会做詩」など、②だけが略字を使う箇所も間々見られる。

図の細部の意匠にも相違が見られ、例えば巻上図第五葉裏の木の葉や雲気は、①の方が②よりも細かく描き込まれている。一方、それと見開きで繋がる第六葉表では、②だけが山の上を飛ぶ三羽の鳥を描く。よって、どちらか片方の図が一方的に簡略化されているという訳ではない。

版心下部に「容與堂」が見える葉の比率や略字の使用頻度から見て、②は最初の容与堂刊本ではなく、覆刻本であろう。しかし、①の墨格が②では意味の通る文字になっている箇所や、①の図の細部が②より簡略な箇所もあることを踏まえると、①を覆刻したのが②だと断ずるのもためらわれる。他の四種の戯曲には全て三種以上の版があることを念頭に置けば、未発見の第三の版こそが容与堂刊本で、①②はどちらも覆容与堂刊本であった、という可能性を想定すべきかもしれない。

『李卓吾先生批評北西廂記』の四種の版

『北西廂記』は次の四種の版を確認済みで、中国社会科学院文学研究所蔵本を未見である。

①宮内庁書陵部蔵本
②上海図書館請求記号善T三四〇三〇六―七
③アメリカ国会図書館蔵本
④中国国家図書館蔵本、上海図書館請求記号善八五九六八三―四

①②③④のいずれも、巻下図第八葉表に「庚戌夏日模于呉山／堂　無瑕」、巻下図第十葉表に「絳雪衜人」と画工署名が見える。絳雪道人は無瑕こと趙璧の号かと推測されるが、確証は無い。また、①②④には「李卓吾先生批評會真記」七葉と「李卓吾先生批評蒲東詩」二十三葉が附録されている。

図に見える刻工の署名は各版で異なっており、①では巻上図第一葉裏に「黄応光鐫」とある。②はそれが無い反面、巻上図第八葉裏に①には無い「陳高洲」が見え、更に巻下図第十一葉表の①では破損している位置に「応光」とある。③では「黄応光鐫」は欠葉、「陳高洲」は破損でいずれも有無が確認不能だが、巻下図第十一葉表には署名が無く、他にも刻工の署名は見えない。④の図は中国国家図書館蔵本に巻下が残るのみなので巻上の署名の有無は確認不能だが、巻下には刻工の署名は見えない。

①に『水滸伝』『琵琶記』と同じ黄応光の署名が見え、②の「応光」も黄応光であろうから、その活動年代に照らして、

無瑕の署名の「庚戌夏日」は『水滸伝』の序文の署名と同じ万暦三十八年の夏に相違あるまい。『北西廂記』の最初の容与堂刊本の刊行時期は、『水滸伝』のそれとほぼ同時期であったと考えて良さそうだ。

版心下部の「容與堂」は、本文だけでなく附録にも見え、これが見える比率は、①④は一〇〇%、②は約七割、③は六割強（附録を欠くため本文のみで測定）となっている。

眉批には稀に細かな異同がある。例えば、巻上第二十三葉裏の眉批は①②③では「他要你／屍櫬做／甚麼」（奴は君の死体入りの棺桶なんか貰っても仕方がなかろうに）だが、④は「屍」を「屁」に誤る。また、巻上第十七葉の眉批は①③④では「秀才們／都如此／過了日／子」（受験生たちはみんなこうして暮らしてきたのだ）だが、②は「們」を「大」に作り、「受験生の殆どがこうして暮らしてきたのだ」と若干ニュアンスが変わっている。おそらく「們」が元の形で、②は覆刻の際に底本の「們」が判読不能だったために憶測で「大」を補ったのであろう。更に、①②④の巻上第一葉裏にある眉批「便有態」（色っぽいなあ）を、③のみ「便有能」（有能だなあ）に誤る。

してみれば、もし①〜④の中に最初の容与堂刊本があるとすれば、それは黄応光の署名を備え、本文と附録の全葉に容与堂の名が見えて、眉批に明らかな誤刻も見当たらない①であろう。但し、①が本当に最初の容与堂刊本なのかどうかは、別系統の諸版本も含めての本文の対校を経た上で判断すべきであるから、ここでの断言は控えておく。②③④の三版は、どれにもその版独自の誤刻が見られる点を踏まえると、いずれも最初の容与堂刊本を覆刻して作られた、言わば互いに兄弟に当たる関係にあるのではないだろうか（もっとも、①も覆刻本だった場合は、②③④の中には最初の容与堂刊本の覆刻本と、①の覆刻本とがあるという可能性もある）。

『李卓吾先生批評玉合記』の三種の版

『玉合記』は次の三版を確認した。なお、北京故宮博物院蔵本と中国国家図書館請求記号善本四五一六を未見である（後者は保存状態が悪く、二〇一七年三月現在閲覧不可）。

①宮内庁書陵部蔵本、中国国家図書館請求記号善本一二四三二、同請求記号善本〇〇五六一

②台湾国家図書館蔵本

③東洋文庫蔵本

①②③とも、最初に行書写刻の「玉合記序」二葉を備える伝本があり、その末尾に「温陵卓吾李贄譔」と見える。③のみこの序の各葉表の版心下部に小さく「玉」とある。

また、①は巻下図の第九・十・十一葉の表にそれぞれ「応光」とある。これは『水滸伝』『琵琶記』『北西廂記』と同じ黄応光の署名と見て良いだろう。この三箇所の「応光」は②でも全て見えるが、③では一つも見えない。どの版も図に他の署名は無い。

眉批には稀に異同があり、例えば巻下第三十八葉表の眉批②では五割強の葉にしかない。

版心下部の「容與堂」は、①と③では本文全葉にあるが、「真」は①にしかない。

もし①②③の中に最初の容与堂刊本があるとしたら、黄応光の署名があり、本文全葉の版心下部に容与堂の名が見えて、②③には無い眉批を備える①がそれに相応しかろう。また、①と同じ位置に黄応光の署名がある②が、それが無い③を底本とする覆刻本だということはまずあり得まい。一方、巻下図第一葉裏の図中の文字「九嶷如黛隔湘川」（晩唐・李群玉「過二妃廟題」詩の末句）を、②だけが「品嶷如黛隔湘川」に誤る。従って、③が②を底本とした覆刻本だということもないだろう。すると、『北西廂記』の場合と同じく、②と③はそれぞれが独自に容与堂刊本を覆刻したものということになりそうだ（①が最初の容与堂刊本とは別物だった場合にはその限りではないのも『北西廂記』と同様）。

『李卓吾先生批評紅拂記』の三種の版

『紅払記』は以下の三版を認めた。他に中国歴史博物館蔵本を未見である。

①宮内庁書陵部蔵本、上海図書館請求記号善七八六九七一―二、中国国家図書館請求記号善本A〇一八五五、同請求記号善本〇四一一七

②上海図書館請求記号善T三四〇三〇五

③中国国家図書館請求記号善本〇〇八二三、同請求記号善本A〇一八五三

①②③とも、最初に行書写刻の「紅拂序」一葉がある伝本があり、その末尾には「温陵卓吾李贄撰」と署名が見える。図中の署名は、黄応光の署名があるものはなく、①では巻上図第二葉表に「姜體乾刻」のみ、②ではそれと同じ位置に「鮑鳳梧刻」のみで、③には全く見られない。

版心下部の「容與堂」は、①では本文全葉に見え、②でも巻上第二十四葉で「　與堂」、同第二十五葉で「　堂」となっているのを除けば本文全葉に見えるが、③では本文の六割弱の葉にしか見えない。

また、巻上第十葉表と巻下第二十四葉裏とで眉批の第一行が②のみ墨格になっている。一方、③の眉批には、巻上第二

十葉裏で①②の「…／説出來／…」を「…／説由來／…」とし、同第二十三葉表で①②の「叙事逼／真」（真に迫った叙事だ）を「叙事逼／其」とするなど、字形の類似による誤刻が散見される。

してみれば、この中に最初の容与堂刊本があるなら①だろう。『北西廂記』や『玉合記』の場合と同様に、②③はそれぞれ別個に容与堂刊本を覆刻したものである可能性が高い。

『李卓吾先生批評幽閨記』の三種の版

『幽閨記』も三版を確認している。他に中国歴史博物館蔵本を未見である。

①宮内庁書陵部蔵本、中国国家図書館蔵本
②台湾故宮博物院蔵本
③台湾国家図書館蔵本

①②は最初に行書写刻の「拜月亭序」二葉があり（書陵部蔵本では欠）、第二葉表末行に「温陵卓吾李贄撰」とある。続く第二葉裏は①では無字だが、②では右下隅に「謝茂陽刻」と刻工署名がある。③の台湾国家図書館蔵本ではこの序は鈔補で、②と同じ署名があるが、②の台湾故宮蔵本そのものを書き写した可能性があり、③の版木でどうなっていたかは分からない。

図中の署名は①には見えず、②では巻上図第一葉裏にやはり「謝茂陽刻」とある。③にもそれがあるが、序と同じく鈔補であり、版木でどうだったのかは不明である。

版心下部の「容與堂」は、①②では本文全葉に見え、③でも全てにこれが書かれた鈔補の葉を除いても九割以上の葉に見える。

巻下第四十七葉裏第八行の傍批「不象」と、同第四十八葉表第一行の傍批「有恁假」は、いずれも①と③にはあるが、②にだけは無い。また、巻上第十四葉裏第三行本文「傳聖旨……」は、②のみ行頭の「傳」が墨格になっている。一方、巻上第三十七葉裏第十行から同第三十八葉表第一行にかけての傍批は、①②では「未〇〇必〇〇／也〇是〇」（〇は本文への傍圏）だが、③では「未〇〇〇〇〇／也〇是〇」に誤る。

以上から、この中に最初の容与堂刊本があるなら①だろう。共に独自の誤刻や欠落がある②と③とは片方がもう一方の覆刻本だとは考えられない状況なので、やはりそれぞれが最初の容与堂刊本に依拠しての覆刻本である可能性が高そうだ。

小結と今後の課題

覆刻本というと、従来は直ちに海賊版だと決めつけられがちであった。しかし筆者は、金陵の唐氏や周氏の書坊の刊本を建陽の余氏の書坊が数年以内に覆刻または翻刻した事例が明末に多数ある（その中には複数の章回小説刊本が含まれる）ことを指摘し、余氏がその大部分で唐氏や周氏の名と自らの名とを両方ともどこかには明記していることから、唐氏・周氏が金陵で営む書坊と、余氏が建陽で営む書坊の間には地域を超えた継続的な提携関係が存在し、それに基づいて正規の覆刻・翻刻が行われていたと考えるべきだと提唱した。[7] また、金陵の唐氏・周氏の書坊は、建陽の余氏とだけではなく、建陽の熊氏の書坊や、蘇州の葉氏の書坊とも連携があった可能性がある（注7拙稿参照）。

それを念頭に置きつつ容与堂刊本の覆刻状況をまとめてみると、三種以上の版が確認出来た『北西廂記』『玉合記』『紅払記』『幽閨記』では、覆刻本であろうと思われる二種ないし三種の版は、どれも最初の容与堂刊本を覆刻したものである可能性が高かった。また、二種の版しか確認出来ていない『琵琶記』も、その二種がどちらも最初の容与堂刊本を覆刻したものである可能性が窺えた。つまり、これら五種の戯曲は、いずれも最初の容与堂刊本に直接依拠した覆刻本が複数作られていたものと思しい。このうち『北西廂記』以外の四種の戯曲では、どの版でも巻上首に「虎林容與堂梓」と明記されている上に、版心下部に「容與堂」と見える葉の比率が最低でも四割を超える。容与堂の名が版心下部にしか見えない『北西廂記』も、どの版でも六割以上の葉にそれが見える。このように、五種の戯曲のどの覆刻本も、本来は消す方針だった容与堂の名が手違いで一部に残ってしまったとはおよそ考えにくい状況なので、全て意図的に容与堂の名を残して作られたと見て良いだろう。

してみれば、これらの覆刻本は、容与堂と提携を結んだ別地域の異姓書坊が、容与堂刊本を刊行直後に覆刻したものだったのかもしれない。但し、金陵の唐氏や周氏の章回小説刊本各種の場合は、数年以内に出たと思われる覆刻本は建陽での一種しか見つかっていないので、その点は覆刻本が二種または三種ある容与堂の戯曲刊本各種とは異なる。容与堂は異なる二地域なり三地域なりの異姓書坊と提携していたということなのだろうか？ また、容与堂刊本の覆刻本は、どれも容与堂の名だけが見えて、覆刻を行った書坊の名がどこにも見えない。これも金陵唐氏・周氏刊本の覆刻本の大部分とは異なる点である。この点に関しては、容与堂の名が見える刊本は所見の伝本の全てが封面を欠いているので、覆刻を行った書坊の名は封面にだけ記載されていたのかもしれない。しかし、容与堂自身が覆刻本の刊行者であったから容与堂の名しか見えない、という可能性も当然あり得る。そう考える場合には、容与堂が杭州で二度も三度も覆刻を行ったのか、それとも二地域ないし三地域に容与堂の支店があってすぐに覆刻を行っていたのか、或いは別地域の支店がすぐに覆刻したものと本店が時間を置いて杭州で覆刻したものとが両方あるのか、という疑問が生じることになる。また、異姓書坊による覆刻本と容与堂自身による覆刻本とがどちらもあったという可能性もあり得るだろう。これらは今後の検討課題である。

なお、容与堂刊本『水滸伝』の覆刻本は、前述の通り版心下部に「容與堂藏板」を記す比率が二％にも満たないので、戯曲五種の覆刻本とは明らかに傾向が異なる。本来全て無くすつもりであった容与堂の名を、ごく稀にうっかり底本通りに彫ってしまったという可能性を想定した方が良いかもしれない。これは『水滸伝』の覆容与堂刊本の刊行者が戯曲五種の覆容与堂刊本各種のいずれの刊行者とも違っていたということなのか、それとも戯曲五種の覆容与堂刊本のどれかと同じ刊行者ではあったけれども『水滸伝』の時だけ方針が違ったということなのか、気になるところである。気になると言えば、戯曲五種のうち『北西廂記』だけ覆刻本の種類が他より多かったのか、それとも他の戯曲にも未発見の第四の版があったのかも問題である。また、異なる戯曲の覆刻本同士の間で、同じ刊行者による覆刻だと認められるような共通の特徴を持つ組み合わせが見つかるようであれば面白い。そして、本稿で『北西廂記』『玉合記』『紅払記』『幽閨記』の各①として紹介した版が、果たして最初の容与堂刊本そのものだと考えて良いのかどうかも重要な問題として残っている。

虎林容与堂が複数の地域の異姓書坊と提携していたにせよ、或いは各地に支店を持っていたにせよ、はたまた杭州で何度も自らの刊本の覆刻を繰り返していたにせよ、いずれの場合も、それほど多角的に経営を行っていた、或いは長期に渡って活動を続けていたということになる容与堂の名が見える刊本が、全て李卓吾批評と銘打つ章回小説一種と戯曲五種の他には知られていないというのは何とも不思議な話である。もしかすると、容与堂はその主人が李卓吾批評を謳う章回小説と戯曲を刊行する時に限って使った書坊名で、他ジャンルの書物は別の書坊名なり主人の本名なりを使って刊行していた、というような可能性もあるかもしれない。元々分かることが少なかった虎林容与堂についてますます謎が深まった感もあるが、その活動実態の解明が進めば、明代後期の商業出版の発展につれて章回小説というジャンルがどのようにして定番商品として根付いていったのか、その際に章回小説と戯曲とでは扱いや受容層に違いがあったのかどうか、などといった問題を考える上で重要なサンプルになりそうだ。今後も研究を進めたい。

注

（1）廣澤裕介「明末江南における李卓吾批評白話小説の出版」（『未名』第二十四号、二〇〇六年）参照。

（2）大内田三郎「『水滸伝』版本考──「容与堂本」について」（『ビブリア』七十九号、一九八二年）、馬蹄疾『水滸書録』（上海古籍出版社、一九八六年）、高島俊男『水滸伝の世界』（大修館書店、一九八七年）、拙稿「『李卓吾先生批評西遊記』の版本について」（『日本中国学会報』第六十三集、二〇一一年）、荒木達雄「〝嘉靖本〟『水滸伝』と初期の『水滸伝』文繁本系統」（『日本中国学会報』第六十四集、二〇一二年）、氏岡真士「容与堂本『水滸伝』3種について」（『中国古典小説研究』第十九号、二〇一六年）、小松謙「『水滸伝』諸本考」（『京都府立大学学術報告・人文』第六十八号、二〇一六年）等参照。

（3）馬注2書が北京B本や後述の北京A本とは区別して内閣文庫蔵本と同じ項目に入れ、北京B本と同版の後印本だとしている。『中国古籍總目・子部』（上海古籍出版社、二〇一〇年）でも北京B本・上海図書館蔵残本と同版としており、北京A本とは項目を分けている。

（4）李国慶『明代刊工姓名全録』（上海古籍出版社、二〇一四年）附録の排印によった。

（5）注2拙稿及び拙稿「もう一つの『李卓吾先生批評西游記』──「傳奇四十種」所収『楊東來先生批評西游記』及び『一笠菴批評玉簪記』の書名改刻をめぐって」（『日本中国学会報』第六十九集、二〇一七年）参照。

（6）祁小春『中国古籍の板刻書法』（東方出版、一九九八年）参照。

（7）拙稿「明末の商業出版における異姓書坊間の広域的連携の存在について」（『東方学』第百三十一輯、二〇一六年）参照。

付記　本稿は平成二十九〜三十年度科学研究費若手研究B（課題番号：M17K134310）の助成を受けた研究成果の一部である。

未婚女性の私通——凌濛初「二拍」を中心に

笠見弥生

かさみ・やよい——東京大学大学院人文社会系研究科博士課程。専門は中国古典文学。主な論文に「『初・二刻拍案驚奇』における挿入句」（『東京大学中国語中国文学研究室紀要』一九、二〇一六年、五三～七八頁）、「凌濛初『拍案驚奇』にみる運命観——「一飲一啄、莫非前定」考」（『中国俗文学研究』二四、二〇一七年、八七～一〇七頁）などがある。

明末の文人凌濛初《りょうもうしょ》の短編白話小説集、「二拍」こと『拍案《はくあん》驚奇《きょうき》』及び『二刻拍案驚奇』には、未婚の男女が私通の末に結婚という幸せを手に入れる作品がある。女性の貞節が極端なまでに尊ばれた時代にあって、未婚女性の私通を問題視しない凌濛初の姿勢は些か不自然である。そこで本論では私通を描く複数の作品を比較し、凌濛初がなぜ不貞行為を咎めなかったのかを考察した。

はじめに

「二拍」とは明末の短編白話小説集『拍案驚奇』（一名『初刻拍案驚奇』、以下『初刻』と称す）及び『二刻拍案驚奇』（以下『二刻』と称す）の総称である。湖州の文人凌濛初（一五八〇～一六四四）が、馮夢龍《ふうぼうりゅう》（一五七四～一六四六）が編纂して評判を博した「三言」こと『古今小説《ここんしょうせつ》』（『喩世明言《ゆせいめいげん》』）、『警世通言《けいせいつうげん》』、『醒世恒言《せいせいこうげん》』に倣って編んだものである。色情描写が比較的多いともいわれるが、全体としては道徳的訓戒を繰り返すなど読者を教化しようとする姿勢が強く見られる。しかし「二拍」の中には、不義密通の末に幸せになる女性や、いわゆる婚前交渉の末に結婚して幸せになる女性など、女性の不貞行為が問題視されていないように見える作品がある。「二拍」が編まれた明末という時代は、後述するように女性の貞節が非常に尊ばれたという。にもかかわらず、作者はなぜ彼女たちを非難しないのか。不義密通の末に幸せになる女性についてはすでに別稿で扱ったため（『日本中国学会報』第六九集、二〇一七年)、本論では未婚女性の恋愛、特にもっとも問題視されたであろう私通を描いた作品について考えてみたい。

「二拍」研究と明末における未婚女性の私通

「二拍」研究と未婚女性の私通

凌濛初の「二拍」は、日本と深い関わりを持っている。というのも、『初刻』『二刻』とも中国には完全な版本が残っておらず、日本で発見された経緯をもつからである。『初刻』の場合、一九四一年に豊田穣・王古魯両氏によって日光の輪王寺で崇禎元年に尚友堂刊行の四十巻本が発見された(尚友堂の後印本である三十九巻本も広島大学にある)。『二刻』の場合も、小説三十九巻(但し巻二十三は『初刻』巻二十三に同じ)に加え第四十巻に戯曲一巻を有する内閣文庫所蔵の尚友堂刊本が知られている。その後、王古魯氏、章培恒氏ら来日した中国の研究者によって影印や研究が進められ、同じく日本で発見された馮夢龍の「三言」とともに「三言二拍」と並び称されて明末の短編白話集の代表作とされた(尚、本論では、これらを用いたゆまに書房「白話小説三言二拍」所収の影印本(出版年は『初刻』一九八六年、『二刻』一九八五年)を底本に用いた)。

しかし一時期農民反乱を批判する記述等が反動的とみなされたこともあり、「二拍」そのものを対象とした研究は少なく、しかも「二拍」に当時の社会状況がどのように反映され、それが「進歩的」であるか否かが焦点になることが多かった(章培恒「試論凌濛初的「二拍」」『文芸論叢』第十七輯、上海文芸出版社、一九八三年。Patrick Hanan "The Nature of Ling Meng-Ch'u's Fiction," in Andrew H. Plaks Edit, *Chinese Narrative: Critical and Theoretical Essays*, Princeton University Press, 1977)。現在では、特に中国において研究が増えつつあるものの、「三言」の付属物であるかのように扱われ、「二拍」そのものを対象とした研究は「三言」と比べて明らかに少ない。また依然として「進歩的」な側面を探して評価しようとする傾向があり、物語の細部や描写の手法にはあまり目が向けられていない。

未婚女性の恋愛や私通が描かれている点についても、「二拍」の進歩的な一面としてたびたびとりあげられてきた。たとえば曹亦冰氏は婚姻が当事者同士によって決められるものになりつつあったという社会の変化の指標だと指摘した(曹亦冰「従「二拍」的女性形象看明代後期女性文化的演変」『明清小説研究』二〇〇〇年第三期)。これに対して姚玉光氏は、むしろ作者である凌濛初自身の進歩的な考えの象徴だと反論する(姚玉光「凌濛初婚恋観的再認識　兼与曹亦冰先生商榷」『明清小説研究』二〇〇二年第三期)。しかしながら従来の多くの研究では、未婚女性の私通が咎められていないという事実のみをとりあげて表層的な議論が行われているような印象を受ける。凌濛初が私通、或いは私通を行う人々をどのように描いているのか、より詳細に分析する余地があるのではないか。そこで、本論では具体的な作品を通して凌濛初が未婚女性の私通をどのように描いているのかを分析し、凌濛初にとっての「貞節」がいかなるものであったのかを考察する材料としたい。

明末における未婚女性の私通

そもそも「二拍」が編まれた明末における未婚女性の私通が、いかなるものであったのかを見ておこう。明末は貞節観念が異様なほどに強調された時代だったという（合山究『明清時代の女性と文学』第二篇「節婦烈女論」（汲古書院、二〇〇六年））。当然自由な恋愛は認められず、婚姻は必ず媒酌人を介して行われ、娘と引き換えに多額の結納金を手に入れる商品取引と化していた（小川陽一「姦通はなぜ罪悪か――三言二拍のばあい」『集刊東洋学』二九、一九七三年）。

馮夢龍が蘇州地方の歌謡を集めて編んだとされる『山歌』の巻一「私情四句」の「睃」（色目使い）という歌にも、

思えばずいぶんあなたにのぼせあがったみたい。（あなたと一緒になるために）仲人なんか必要ないし、財産なんかも必要ないわ（思量同你好得場騃。弗用媒人弗用財）。
［原文、訳ともに大木康『馮夢龍『山歌』の研究　中国明代の通俗歌謡』第二部訳注編巻一私情四句（2）、勁草書房、二〇〇三年、三九三頁］

という一節がある。この歌は婚姻の制約を無視して意中の相手と添い遂げたいと願う少女の気持ちを好意的に詠む一方で、結婚に際しては媒酌人と結納金が不可欠だったことを示している。

また同じ巻には未婚女性の私通をあけすけに詠んだ「学ぶ（学様）」という次のような歌もある。

向かいや隣のあの子たち、みんな男とできている。わたしだってその気になるわ。まわり中の桃の花がどんなだか、わたしはたくさん見てきました。藍の池で身体を洗ったら全身真っ青、どうして清らかな身でいられましょうか。このようなことは、あいにくちょっと学べばすぐにできるようになる（対門隔壁箇姐児儕来搭結私情。郍得教奴弗動心。四面桃花我看子多少箇様。郍教我靛池豁浴一身青。偏是此様一学就会）。
［同前（6）、四〇五頁］

この歌には、未婚の少女たちが私通にあこがれる大胆な気持ちが表現され、それを実行に移す少女も少なからずいたのではないかと疑わせる。しかし同時に未婚女性の私通があくまでも禁じられたものだったことが読み取れよう。つまり、「二拍」に描かれた未婚女性の恋愛や私通は、あこがれの対象でこそあれ、許容される行為ではなかったはずである。

尼僧と科挙受験生の私通

物語の主題

　なぜ凌濛初は私通を犯した女性に幸せな結末を用意したのか、実際の作品を見ていこう。まず「二拍」の中でも最もスキャンダラスな作品の一つ、若い尼と科挙受験生が関係をもつ『初刻』巻三十四「聞人生野戦翠浮庵　静観尼昼錦黄沙衖」に注目しよう。この作品はそのスキャンダラスな内容にもかかわらず、前世から婚姻の縁が定まっていることを悟らずやたらと女に手を出そうとする男たちへの次のような戒めにはじまる。

　　どうしようもないことに世間の人は美しい女性を見ると、たちまち密通しようとし、燃え上がると永遠の夫婦になろうとまで妄想する。奇々怪々に、知恵をめぐらせ、少々の便宜を得て、他人の家門を汚す。露見すれば、十中八九ろくな死に方をしない（奈何平人見個美貌女子、便待偷雞弔狗、滾熱了又妄想永遠做夫妻。奇奇怪怪、用尽機謀、討得些寡便宜、枉玷辱人家門風。直到弄将出來，十個九個死無葬身之地）。

そして「男が女に化け、姦通の挙句身を滅ぼした話（男仮為女，姦騙亡身的故事）」として、両性具有の僧侶が尼のふりをして尼庵で近所の婦女たちと通じた挙句、それが発覚してとらえられる話をする。この話を枕に、

　　これは男が女に化けた話でしたが、今度はある女が男に化けて、私通ののちによい結果を得た話があります（這是男粧為女的了、而今有一個女粧為男、偷期後得成正果的話）。

といって語られるのが、今回の本題となる話である。

あらすじ

　主人公は湖州出身で杭州の翠浮庵で静観《せいかん》と名乗る十六歳の尼僧である。もともとは湖州で父に先立たれて母子二人で暮らしていたのだが、十二歳のときに母を訪ねてきた庵主がその美しさに目をつけ弟子にしたのである。そしてその相手となるのは、同じく湖州出身の青年、聞人生《ぶんじんせい》である。彼は容貌麗しく才智にもあふれた十七歳の青年だが、母一人子一人で家が貧しいため、妻を娶れずにいた。

　ある日聞人生は杭州を訪れて翠浮庵のそばを通る。中から聞人生を見た静観はその美しさに一目惚れするも、仏門に入ってしまったがために結婚がかなわないことを嘆く。数か月後、聞人生が科挙の準備のため杭州の親戚の家に向かおうと船を仕立てて出立の準備をしていたところ、若く美しい和尚が杭州まで同乗したいと願い出たため了承した。船中で聞

人生が寝ていると、横に寝ていた和尚が体を触ってきた。しかし和尚は陽物に驚いて手を引っ込めて寝てしまった。それで目を覚ました聞人生が男色に興味を抱き和尚の体をまさぐってみると、なんと女であった。尼僧が道中の安全のために男装していたというのである。喜んだ聞人生は行為に及び、尼僧もそれを受け入れた。その後尼僧は自分が杭州の翠浮庵の静観という尼僧で、以前一目惚れした聞人生と偶然同じ船に乗り合わせたと明かす。お互い未婚であることを確認して将来を誓い、ひとまず二人で翠浮庵に行くことにする。

翠浮庵の他の三人の尼たちは皆好色で、聞人生の来訪を喜び代わるがわる相手をさせる。聞人生は仕方なくそれに付き合い、静観も黙って尼たちの好きなようにさせていた。ひと月後のある日、他の尼たちが全員出はらったため、その隙に静観は庵を抜け出す。聞人生は彼女の正体を偽って親戚の家に預け、髪を伸ばさせることにした。そして自身は駆け落ちだと思われぬよう一度尼庵に戻って数日を過ごし、科挙を機に姿を消した。尚、その後尼庵には美しい和尚がやってきて尼たちは再び淫欲の日々を過ごしたが、間もなくいずれも不幸な結末を迎えたことが記されている。

聞人生は見事会試で好成績をおさめ、急いで湖州に帰って髪の伸びた静観を娶った。両家の母親は最初はひどく驚いたが、どちらも相手を気に入って喜んだ。その後聞人生は出世に時間がかかったが、最後には大官になり、二人で仲良く暮らした。

私通を問題視しない姿勢

婚姻前の私通という罪を犯した二人が幸せな結末を迎える理由について、前述のように語り手は、前世で定められた縁であったからだと明言している。このことから山口建治氏は、「奇」を追求する以上封建道徳にこだわっていられなかったのであり、正式な手続きを踏まえない結婚が実際にあることを事実として描いたに過ぎないと述べている（山口建治「『拍案驚奇』に描かれた女性――聞蛮蛾の場合」神奈川大学人文学会『人文研究』八八、一九八四年）。

しかし、作者は単に結末に団円を用意しただけではなく、そもそも彼女たちの行為を咎めようとしていない。そのことは尼僧に対する態度との違いから明らかである。語り手は淫行を働く他の尼僧たちのことは厳しく批判している。それなのに結婚前に、しかも尼の身で男性と通じた静観についてはまるで批判しようとしないのである。物語の最後に作者は占い師を登場させ、聞人生がなかなか出世できなかった理由を説明する。

このあと聞人生の官途には少々つまずきがあり、あまり思い通りではなかった。五十歳になってようやく大官の位を得て故郷に帰り、楊氏の娘は恭人に封じられ、二人仲良く静かに添い遂げた。聞人生はあるとき有名な占い師に会い、官途が思うようにいかない理由を尋ねたことがある。占い師は「若い時に色欲におぼれて、些か陰徳を損なったために、このようになったのです」と言った。聞人生も翠浮庵で若い時に愚かな行いをしたことを心から悔い、常々人に尼庵の敷居はみだりにまたいではいけないといって、これを戒めにした（此後聞人生在宦途時有蹉跌、不甚像意。年至五十方得腰金而帰、楊氏女得封恭人、林下偕老。聞人生曾遇着高明的相士、問他宦途不称意之故。相士道「犯了少年時風月、損了些陰徳、故見如此」。聞人生也甚悔翠浮庵少年孟浪之事、常与人説尼庵不可擅居、以此為戒）。

占い師に若い頃色欲に溺れたことを指摘された聞人生は、尼僧たちの淫行の相手をしたことを思い浮かべるが、静観との行為についてはまったく考えない。つまり作者は単に道徳を放棄したというよりも、聞人生と静観の行為にのみ同情的な姿勢を示しているのである。

なぜ私通が咎められないのか

正式な婚姻ができない境遇

物語中から、作者が聞人生と静観の行為に同情的な理由をいくつか推測できる。まず、静観が自らの意思に関係なく尼僧になったことである。そもそもこの作品は、枕となる話でも尼庵を舞台に淫行を描いており、尼庵と尼僧を批判することのほうがむしろ作品全体の主題であったかのようにもみえる。静観の母が娘を出家させることを決めると「これはみな楊家の母が考えなしだったからである（這多是楊媽媽没生意）」などといって大いに気の毒がる。静観自身も「母の過ちによって、私は仏門に入れられてしまったのです（為母親所誤、将我送入空門）」と出家そのものが誤った選択だと述べている。また、深い仲になった二人はひとまず尼庵で過ごすが、苦労して尼庵から逃げ出し、静観は髪を伸ばして普通の少女に戻る。いわば不幸にして尼庵に入れられた美しい少女が、意中の青年と協力しあってそこから逃げ出し幸せになる物語なのである。初めて聞人生を見た静観は、「一度きりの人生、もしもこんな人に、一生を捧げられたら、間違いなくよい夫婦の縁でしょう。でも私はこの中に陥ってしまっているのだから、このことはもう考えません（人生一世、但得恁地一個、便把終身許他、豈不是一対好姻縁？奈我已墮入此中、這事休題了）」と嘆く。このセリフにも、尼僧という身分だったばかりに正式な婚姻ができなかったのだという作者の意図がこめられていよう。

男装中の私通

次に、情交に及んだ際に彼女が男装していたことである。未婚の男女、しかも尼僧が独身の男と二人きりで密室にいるというのは考えにくいシチュエーションだろう。しかし彼女は道中の安全のために男装し、和尚のふりをして聞人生と同船していた。だからこそ私通に至ったのである。彼女がやむを得ない状況下で男性と同じ部屋にいて、あくまでも受け身の展開で情交に及んでしまったように描くことで、実際には貞節な女性が成り行きで一線を越えてしまったようにみえよう。

愛情ゆえの不貞

そして、静観が一途に聞人生を愛しているからこそ相手の求めに応じて身を任せたことである。彼女は初めて姿を見かけた時から聞人生に思いを寄せ続けている。未婚のまま体を許してしまった彼女は、直後に言う。

今年の正月、ちょうど門のあたりを歩いていたら、あなたが門のところに立っているのを見て、お姿の立派さに、心がかき乱され、久しくお慕いしておりました。思いがけず今日偶然出会えたことは、魚が水に出会ったかのよう、まさに本望でしたから、拒めなかったのです。私が淫蕩だからではありません。どうか浮草のような偶然の出会いと思わず、私のために一生のことを考えてくださいませ（今年正月間、正在門首閑歩、看見相公在門首站立、儀表非常、便覚神思不定、相慕已久。不想今日不期而会、得諧魚水、正合夙願、所以不敢推拒。非小尼之淫賤也。願相公勿認做萍水相逢、須為我図個終身便好）。

彼女は聞人生への一途な思いがあったからこそ拒まず彼の要求に応えたのである。愛情の深さ故に貞節を敢えて犠牲にしたといってもよい。他の尼僧たちが相手かまわず男を求めているのとは対照的な描かれ方である。

男装の秀才と学友の私通

『二刻』巻十七の「同窗友認仮作真　女秀才移花接木」も同じく未婚の女性が婚姻を経ずに身を許した相手と幸せな結婚をする話である。

あらすじ

この女性主人公は、成都の武官の娘で聞蜚娥《ぶんひが》という、美しく武芸にも秀でた十七歳の少女である。彼女は父の意向で男装して男として学校に通い、魏撰之《ぎせんし》、杜子中《としちゅう》という二人の青年と親しくなる。女に戻った暁にはどちらかと結婚しようと考え、天に采配を任せるべく矢を射て拾ったほうが運命の人と考えることにした。すると杜子中が矢を拾ったが、魏撰之に渡してしまった。魏撰之が矢を持っているのを見て、内心杜子中に好意をもっていた蜚娥は残念に思ったが、運命を受け入れようと心に決めた。その後も男として過ごしていたが、あるとき杜子中に女であることを見破られ、しかも矢を拾ったのは杜子中であったと聞いて、求めに応じて身を任せた。その後正式に結婚し、杜子中は高官になった。また魏撰之も別に妻を娶って高官となり、子供同士が結婚して代々付き合いが絶えなかったという。ここでも作者は、聞蜚娥が婚姻も決まらぬうちに杜子中に身を任せてしまったことをまったく責めようとしないし、正式に結婚して夫が高い地位を得て、子供も授かるという幸せな結末が描かれている。

咎められない私通　その二

この物語における私通も先に挙げた作品とよく似た設定で描かれている。最も明らかな共通点は、聞蜚娥が男装して男として杜子中と接していることであろう。男性同士であるがゆえに、未婚の男女であれば考えられない距離で接する。そのために不用意に男性と二人きりになり、一線を越えてしまうのである。

また、彼女も正式な結婚ができない身の上である。常に男装して過ごし、意中の相手にも女であることを明かせないのである。聞蜚娥は「私は長いこと男性と親しくしていて、すでに宜しくないのだから、他日この二人の学友を捨て、別の相手を探すなんてことできるはずがない。やはりこの二人のどちらかだ（我久与男人做伴、已是不宜、豈可他日捨此同学之人、另尋配偶不成？　畢竟止在二人之内了）」といずれ二人の学友のどちらかに嫁すことを心に決める。父の命により男装して男と近しく過ごす「不宜」な状況にあるからこそ正式な手順を踏まずに結婚相手を自ら選ぼうとしているのであり、貞節であろうとする心情が表現されていよう。

そして聞蜚娥も意中の相手を一途に思い続けている。彼女は最初から杜子中を気に入っているにもかかわらず、敢えて矢を射て相手を決めようとする。もちろん作者が故意に波乱を起こしているのであるが、彼女の思いは終始変わらない。そうして思い続けた相手だからこそ、「拒むことができず（推拒不得）」に身を許してしまう。あくまでも愛情の深さ故の行為として私通を表現しているように見受けられるのである。山口建治氏は、彼女の心中で結婚相手が二転三転していることから、彼女の杜子中に対する愛情が心もとないものだと言い、ひたむきな女性の愛情を描いた「三言」の馮夢龍とは対照的だと指摘する（山口氏前掲論文）。たしかに矢を射る趣向から考えても、凌濛初は団円に至るまでをいかに複雑に仕立てるかに腐心している。しかし終始彼女が杜子中を一途に思い続けていたことも繰り返し述べられており、紆余曲折の中でも相手を思い続ける一途な女性に仕立てようとしたことは認めてよいのではないだろうか。

幼馴染の令嬢と貧乏な科挙受験生の私通

男装した女性の話を二つ見てきたが、やや趣向の違う作品も見ておこう。『初刻』巻二十九「通閨闥堅心灯火　鬧囹圄捷報旗鈴」に描かれているのは、貧しい役人の息子張幼謙《ちょうようけん》と隣に住む金持ちの娘羅惜惜《らせきせき》の幼馴染同士の私通である。

あらすじ

張幼謙と羅惜惜は幼い頃、羅家の両親の意向でともに張家の書堂で勉強し、密かに書面をしたためて一生を誓い合っていた。十四歳になった二人は情交に及ぶようになったが、十五歳になると羅家の両親が年頃の娘を張家に勉強に行かせるのをやめたため、二人はしばらく会えなくなってしまった。その後張家から正式に結婚を申し込むが、貧乏さを厭われ断られてしまう。しかも羅家の父は科挙に合格したら娶らせると言ったにもかかわらず、はなからその気はなく間もなく別の金持ちの婿を探してきた。そのことを悲しんだ二人はたびたび密会するようになった。そして科挙受験を終えたある日、密会しているところを羅家の両親に見つかり、張幼謙は捕らえられてしまう。しかしその後張幼謙の科挙合格の通知が届いたため、釈放されて無事結婚することができた。

咎められない私通　その三

この物語は先に挙げた二つの物語とは異なり、女性が男装する設定はない。その代わり、彼らは幼い頃から親の指図で一緒に勉強をしていたために、情交に至る。幼さゆえの無分別が私通につながったことを語り手は次のように強調する。

二人は幼い年頃で、まだ大したおもしろみもわかっていなかったのだけれど、ただ二人とも相手を好いていたので、戯れとしてしたのである（両個小小年紀、未知甚麼大趣味、只是両個心裡喜歡、作做耍笑）。

過ちを犯しやすい状況におかれていたこと、そして幼いために安易に一線を越えてしまったことが描かれており、先に挙げた二作品において女性が男装し男として男性と接していたために過ちにつながったという設定と、根底で相通じるものがあるのではないか。

そして彼らは正式な結婚を試みるが、理解のない親によってそれを阻まれてしまう。張幼謙が結婚を申し込むが、貧乏さを嫌った羅家から断られ、しかも科挙に合格すれば結婚させてくれるという口約束まですぐに破られてしまう。この作品は、科挙に合格しなければ出世は望めず、世間で科挙が過度に重視されていることを嘆く講釈で始まる。科挙合格を目指す青年に読者は同情し、二人が隠れて密会するのもやむを得ないことと共感したであろう。

そしてもちろん二人は深い愛情で結ばれている。彼らは一線を越えた時点ですでに一生を誓い合った仲であり、またのちに金持ちの息子との結婚が決められた際にも羅惜惜は一途に張幼謙を思い続け、嫁入りの日には自死すると宣言する。彼女は結婚相手を裏切って別の相手と私通するという明らかな不貞行為を犯しながら、ひたすら張幼謙に対して貞節であろうとしているのである。

こうした共通点を見ると、やはり作者は敢えて彼女たちの私通を咎めなかった、或いは敢えて許容できるように描いたように思われないだろうか。『初刻』巻三十四の冒頭で語り手として読者に語ったように、作者は私通そのものを許容しているわけではない。しかしここに描かれたように愛情を伴ったやむを得ない状況下での私通については、許容されてしかるべきだと考えていたのではないか。

同時代の関連作品

実はこうした傾向は同時代の別の作者にも認められる。そもそも上に挙げた『初刻』巻二十九の張幼謙と羅惜惜の話は、馮夢龍編纂の『情史類略』巻三の「張幼謙」を敷衍したものとされ、『情史類略』に収められた時点で私通を経た男女が結婚に至る筋書きができている。また「三言」にも「閑雲庵阮三償寃債」（『古今小説』巻四）という未婚男女の私通を扱ったハッピーエンドの作品がある。未婚の男女の私通の最中、男性は腹上死してしまい、女性は宿した子供を一人で産み育て、子供は将来状元及第を遂げる。女性も節婦として朝廷から表彰される。この話はより古い小説集である『清平山堂話本』中の「戒指児記」という小説をもとに作られており、しかももともとは美貌の女性の大胆な行動が男の死を招き、自らも役所にとらえられるなどして身を滅ぼすという悲劇だったらしい。それを馮夢龍がわざわざ状元及第、節婦表彰というハッピーエンドに作り替えたものである（山口建治「「戒指児記」と「閑雲庵阮三償寃債」——話本の恋愛物語研究ノート」『集刊東洋学』二九、一九七三年。大木康『明末のはぐれ知識人』第二章「すべては科挙へ通ず」講談社、一九九五年）。但しここでは男性が行為の最中に死亡していることを考えると、男女が紆余曲折の末に幸せになる話を複数編んだ凌濛初は、未婚の男女の私通に対してより寛容な態度を示しているともいえよう。

おわりに

「二拍」における未婚女性の私通をいくつか見てきた。「二拍」の場合、いずれの作品も男女が団円を得るまでの紆余曲折を「奇」として描くことに中心があり、彼女たちの行為を美化することが主目的だったとはいえない。しかし彼女たちは私通という明らかな不貞行為を働いているにもかかわらず、意中の相手に「貞節」を貫こうとしているため、ある種の純愛物語であるかのような印象を受ける。凌濛初にとっての「貞節」の本質は女性が意中の相手に対する一途な愛情を持ち続けることにあり、その過程でやむを得ず私通に至ることは、さほど目くじらを立てることではないと考えていたのではないだろうか。前述の通り、「二拍」に収録された個々の物語を詳細に分析しようとする研究はあまり多くない。しかし、物語の細部にまで分け入っていくことで、凌濛初という一人の作家をよりよく知ることができるように思われる。

［III 中国古典小説研究の最前線］

明代文学の主導的文体の再確認

陳 文新（柴崎公美子・訳）

ちん・ぶんしん——武漢大学文学院博士指導教授、長江学者特別招聘教授。専門は中国小説史、明代詩学と科挙文化。主な著書に『集部視野下的辞章譜系与詩学形態』（商務印書館、二〇一五年）、『韓国所蔵中国文言小説版本目録』（共著、武漢大学出版社、二〇一五年）などがある。

明代文学の主導的文体は、明代前中期について言えば、ただ詩文を主とするしかなく、おそらく章回小説早期の名作である『三国演義』『水滸伝』が嘉靖《かせい》初年に至ってようやく正式に文壇に登場したのである。後期について言えば、晩明のエリート文人たちの白話小説の規範意識が、ついに画期的な学術的用語である「四大奇書」に凝集し、その詩文と白話小説とのそれぞれの趣味が重なり合う部分がますます多くなり、白話小説は疑う余地もなく詩文の主導的地位に取って代わった。

はじめに

明代文学の主導的文体は、一体詩文であるのかそれとも白話小説であるのか？　この問題についての回答は、基本的な文学史の事実認定に関係するのみならず、明代文学史の叙述スタイルの見直しと現在の叙述スタイルに対する評価にも関係する。換言すれば、この研究は文学史的意義を有するのみならず、学術史的意義をも有しているのである。

問題提起——『白話文学史』から『ケンブリッジ版中国文学史』まで

詩文が明代文学中の主導的地位にあることは、明清代の人間からすればあたかも「一足す一は二」のように、この上なく簡単な事実であった。民国初年に至って、この一「事実」は、とりわけ胡適《こてき》の『白話文学史』出版以降に、ようやく実相と合致しないと注目されるようになった。一種の新しい文化形態と文学形態が、必然的に歴史事実に対する新たな叙述と評価をもたらしたのである。

胡適の『白話文学史』は一九二七年に書かれ、一九二八年に新月書店から出版された。もとは上中下三巻として書くつもりであったが、最終的に上巻だけが完成したという、胡適の有名な未完成の著作の一つである（もう一つの未完成の著作が『中国哲学史大綱』である）。

五四時期には「文選学の妖孽《ようげき》、桐城の謬種《びゅうしゅ》」という言説が流行した。いわゆる「桐城の謬種」とは、唐宋八大家の流れをくむ古文に焦点を絞った言葉で、この脈流の古文とは、言語形式は文言で、内容は周公《しゅうこう》や孔子《こうし》の道のことをいう。「打倒孔子一家」という標語と白話文運動の潮流が中国社会を席巻していた時代、古文が全面的に打倒されたことは決して驚くべきことではない。いわゆる「文選学の妖孽」とは、辞賦や駢文および辞賦駢文と同じく声律《せいりつ》や対偶《ついぐう》、辞藻《じそう》を追求した律詩に焦点を絞った言葉で、この種の作品は、明確で明白な内容がなく、社会的意義もなく、ただ「応制」や、「応酬」に適しているのみと見なされたものである。伝統的な集部作品の主体に「文選学の妖孽」や「桐城の謬種」と審判を下すことはまた、「文言の死文学」と審判を下すことでもあった。「文言の死文学」を打ち倒し、「白話の活文学」を推し崇めることも当然の成り行きだったのである。よって胡適は『白話文学史』「引子」の中で、次のように意気揚々と断言した。「白話文学史はすなわち中国文学史の中心部分である。中国文学史がもし白話文学の進化の歴史を除外したとしたら、中国文学史とはならず、ただ『古文伝統史』と称されるしかないであろう」(1)、「まさに明朝期に、李夢陽《りぼうよう》や何景明《かけいめい》が秦漢の文を模倣しようと励み、唐順之《とうじゅんし》や帰有光《きゆうこう》が唐宋の文を復興させようと努めていた時に、『水滸伝』も現れ、『金瓶梅』も世に出た。考えてみよう、あの偽りの骨董めいた古文を時代の代表とするか、それとも『水滸伝』や『金瓶梅』を時代の代表とするか？――このように遡ると、明朝の伝奇、元朝の雑劇と小曲、宋朝の詞はみなかくの如くである」(2)。

『白話文学史』は、白話小説、とりわけ章回小説が明代文学の中で主導的地位を確立したことに対して大きな訴求力をもっており、これと同等に論ぜられる他の文学史著作はほとんど存在しない。『白話文学史』の出版後、似たような見解が瞬く間に広がり、随所で見られるようになった。例えば、胡《こ》雲翼《うんよく》が一九三二年に初版を発行した『新著中国文学史』では、明代文学に論及する際、一方では「進化論」を用いて全体的な中国文学史における明代詩文の地位を否定し、また一方では明代小説と戯曲を唐詩、宋詞、元曲と並ぶ高いレベルにまで引き上げ、胡適の発言よりもさらに詳しく次のように「論証」している。「これまで文学史を語ってきた面々は、みな明代を中国文学が衰微した時代であると認識してきた。もし、明代における伝統文学——詩文や詞賦などについて語るなら、それは間違いではない。しかし、我々は明代文学を研究し、明代が実は一種の新文学の時代であり、新興文学が伝統文学を圧倒した時代だったことを認識すべきである。明代では真に価値のある文学は詩文詞賦ではなく、すなわち伝奇と小説なのである。我々は、多くの明代文人が才力を尽くし命がけで詩文の復古を求めたものの、結局『虎を描いて犬に似る』羽目になり、全く成果を得られずに終わってしまったのを目の当たりにしている。しかしながら、当時の他の一部の文人は復古の道を歩まず、新興の伝奇と小説を創作し、唐詩や宋詞、元曲と並び称され得て、明代文学に無限の輝きを与えたのであった。よって明代文学を語るのであれば、新興の伝奇と小説を明文学の基幹と認めるべきであり、明文学には多くの特色があり、文学史においてそれ自身が進歩性を有しているのだと考えるようになるのだ」(3)、「伝奇と小説とは等しく明代の代表的文学であり、小説はまた一代の文学的精華であって、それは我々明代文学を研究する者が特別な注意を払わないではいられないものなのである」(4)。胡雲翼の見解は、新しい慣例がまさにその時確立されたという例証の一つである。

明代文学の「白話小説主導論」は、とりわけ二十世紀の六〇年代初めに統一的に編集された教材が執筆され使用されたことにより、国民教育において一種の常識となった。一九六一年、中国共産党中央委員会宣伝部と中央人民政府高等教育部は、共同で高等院校文科教材編集計画会議を招集し、編集計画事務室を設立して、大規模な文科教材編集プロジェクトの実行を開始した。会議では三部の公布教材が確定された。一部は游国恩《ゆうこくおん》が主編と編集委員会招集者となった『中国文学史』であり、一部は中国科学院文学研究所が編集した『中国文学史』であり、もう一部は劉大傑《りゅうだいけつ》の単著である『中国文学発展史』である。そのうち、游国恩編『中国文学史』が最も多く利用された。

若干の海外における中国文学史の著作もまた「白話文学主導論」を叙述の基調として選んでいる。例えば、吉川幸次郎（一九〇四～一九八〇）の『中国文学史』である。この書籍は一九七四年に日本の岩波書店から初版が出版され、一九八七年に四川人民出版社が中国語訳を出版した。その第八章「近世文学（下）」の基本的な結論は以下の通りである。「明の文学で重要なものは、詩文であるよりも、口語で記された庶民文学である小説である」(5)。その叙述の基調に呼応して、この文学史では、明代詩文について述べているのはわずか九頁だけであるが、明代小説について述べているのは全部で二十二頁あり、分量の違いは明白である。日本の学者である前野直彬主編の『中国文学史』は一九七五年に完成し、駱玉明、賀聖遂らが一九八一年版に基づいて中国語訳をしたものが、二〇一二年に復旦大学出版社から出版された。その明代部分は全部で三節あり、詩文（約九頁）、小説（十二頁）、戯曲（七頁）と分けて叙述され、その紙幅から見ると、小説がやはり首位を占めている。

これまでに述べたことを総合すれば、胡適の『白話文学史』が出版されて以来、白話小説を明代文学の主導的文体であるとする文学史の枠組みは、急速に確立したと共に圧倒的優勢を占めたと容易に見て取る事ができる。これに対して異議を唱え、拮抗しうるものは、二十世紀以来最も分量がある著述であり、孫康宜《そんこうぎ》、宇文所安《うぶんしょあん》主編となる『ケンブリッジ版中国文学史』である。孫康宜は二〇一二年十二月十三日に脱稿した「中国語版序言」の中で一つの事実を指摘している。「現代の読者は総じて明朝に流行した主要な文学は、例えば『三国志演義』や『水滸伝』、『西遊記』、『金瓶梅』といった長編通俗小説だと認識しているが、実際には、もし我々が真剣にその時代の各種文学・文化の作品を読んだなら、当時小説は決してそれほど重要なものではなく（少なくともそれほど重要なものにはなっていなかった）、詩文が依然として最も主流のジャンルであったことに気づくだろう。これらの小説の名声は、後世のその文体を愛する読者たちの援助が特別に大きかったおかげなのである」[6]。その章節の構成は非常に個性的である。明代前中期の文学は三つの部分を扱っている。第一部分は「明初から一四五〇年までの文学」で、「政治的迫害と文字の獄」、「宮廷戯曲とその他の文学形式」、「永楽朝の台閣体文学」を扱う。第二部分の「一四五〇―一五二〇：永楽朝以降の文学の新たな変化」は、「旧地点、新視野」、「戯曲と民歌」、「八股文」、「一四五〇年以降：台閣体文学の新たな変化」、「復古運動」、「蘇州の復興」を扱う。第三部分の「一五二〇―一五七二：明の中期晩期の文学」は、「左遷文学」と「女性の形象の再確立」、「小説における英雄主義の改変」、「戯曲の改編と創作」、「後期の復古派：後七子」を扱う。『三国演義』、『水滸伝』、『西遊記』は等しく中晩明にあたる嘉靖、隆慶《りゅうけい》年間の部分におかれ叙述を加えられているが、わずか六頁を占めるのみであり、詩文の主導的地位は一目瞭然である。

晩明の文学も三つの部分に区分される。第一部分の「エリート文人の形式」は、「文学結社」、「李贄《りし》：職業作家」、「詩歌と詩歌理論」、「詩歌と職業文人」、「非公式な文章創作」を扱う。第二部分の「小説と商業エリート」は、「引言」、「『金瓶梅』」、「小説の評注」、「叙事の生態」、「馮夢龍《ふうむりゅう》と凌《りょう》濛初《もうしょ》」を扱う。第三部分の「戯曲」は、「南方戯曲の勃興」、「『牡丹亭』と〝情教〟」、「みせかけと真実尊重」、「尾声」を扱う。詩文と小説と戯曲とは一見平等に扱われているが、戯曲が実際には比較的重視されている。その執筆者は「その他のジャンルと比較すれば、戯曲が晩明の『心象世界』を支配している」(7)と認識しているのである。

『ケンブリッジ版中国文学史』の立論は、さして奇抜なものではなく、二十世紀の「旧派」の学者と見なされた銭基《せんき》博《はく》のような多くの人々の考えと大体一致している。銭鍾書《せんしょうしょ》の父親である銭基博（一八八七～一九五七）は、一九三八年に湖南藍田国立師範学院教授、中文系の主任に着任した。彼の『中国文学史』は一九三九年から湖南藍田国立師範学院の教材として陸続と印刷され、一九九三年には中華書局から出版された。銭基博の『中国文学史』は、「詩文を主とし、賦と詞を含めた文学史」を叙述し、また中国小説と戯曲の発展の過程を整理した。例えば、「晋代文学の中では干宝《かんぽう》の『捜《そう》神記《じんき》』に言及し、唐代文学では張説《ちょうえつ》の『虬髯客伝《きゅうぜんきゃくでん》』と段成《だんせい》式《しき》の『酉陽雑俎《ゆうようざっそ》』の小説に言及し」、「明代文学ではさらに南曲と、高則誠《こうそくせい》の『琵琶記《びわき》』、徐渭《じょい》の『四声猿《しせいえん》』に言及し」(8)た。

しかし、銭基博は基本的に班固《はんこ》と紀昀《きいん》の小説理念を継承していたので、依然として小説を子部に分類させていた。よって、彼は『捜神記』や『酉陽雑俎』等の子部の文言小説は重視したが、『三国演義』や『水滸伝』等の白話小説を決して重視はしなかった。白話小説は、銭基博の文学史観には存在していなかったのである。特殊な学術背景のために、銭基博の『中国文学史』の二十世紀中後期における影響は非常に小さいものにとどまった。だが、『ケンブリッジ版中国文学史』が出版されたことで、ようやく「詩文主導論」と「白話小説主導論」の双方の叙述が明代文学の領域で並立し相互に影響する状況が形成され、その学術史の意義がこれにより明らかとなった。本稿は、明代文学を主導する文体を重ねて確認するものであり、まさにこうした学術をめぐる環境から生み出されたものなのである。

明代前中期の文学は詩文を主導とする

「詩文主導論」と「白話小説主導論」は、一体どちらの判断がより明代文学の実状に符合しているのだろうか。

本稿の答えは以下の通りである。明の前中期の文学は詩文が主導的であるが、明後期文学は白話小説が主導的である。ここではまず明代前中の期文学について論じていく。(9)

明代文学はおおよそ三つの段階に区分できる。洪武《こうぶ》から天《てん》順《じゅん》年間が第一段階、成化《せいか》から嘉靖年間が第二段階、隆慶から崇禎《すうてい》年間が第三段階である。明代文学の主導的文体を論ずるには、明代前中期と後期とを区分して詳しい考察を加える必要がある。その理由は二つある。第一に、明代白話小説を代表する主要な成果は「四大奇書」であり、「四大奇書」の比較的早期の作品の二種類である『三国演義』と『水滸伝』がまさに文壇に躍り出たのが嘉靖初年、すなわち明代の中期と後期の境界であったこと。第二に、明代のエリート文人たちが大量に白話小説に参入し、かつこのジャンルの品格を向上させることに成功したのが万暦《ばんれき》以降、すなわち明代後期であったこと、である。この二つの事実は、明代文学の主導的文体には、前中期について言うならば、詩文だけがなりえ、白話小説には不可能だったことを明らかに示している。

白話小説を明代文学の主導的文体だと見なす学者は、通常『三国演義』と『水滸伝』を明初の作品あるいは元末明初の作品と見なしている。このような時間軸の置き方は、効果的に一つの認識を伝えてくれている。白話小説は明初あるいは元末明初に隆盛し、このジャンルは明代前期にはすでに主導的地位にあったのだと。例えば、游国恩らが主編した『中国文学史』の、「元末明初は、過去の話本を基盤としていくつかの長編章回小説を生み出し、その中の『三国演義』と『水滸伝』の二部の巨編は、思想、芸術のいずれにおいても高いレベルで完成している。中国小説はここから一つの新しい歴史的時期に突入したのである」[10]といった具合である。このありきたりな言説は、長きにわたって常識と見なされてきたが、実際には、決して適切なものではなかった。

『三国演義』の伝播状況からすると、これまで、元末明初のどのような文献にも『三国演義』が著録されたものは発見されておらず、『三国演義』の稿本や抄本、あるいは刻本の伝播に関する情報も発見されていない。『三国演義』の現存する最も早い時期の刊本は、嘉靖元年本（一五二二）の『三国志通俗演義』である。ただし、この刊本の巻首には庸愚子《ようぐし》（蔣大器《しょうだいき》）が弘治《こうち》七（一四九四）年に書いたとする序文が付されているが、この序言はただ弘治七年にすでに『三国演義』の抄本があったことを説明できるにすぎず、その抄本がすでに今日の読者がよく知るところの成熟した状態を有していたということの説明にはならない[11]。今見られる嘉靖元年の刻本の様相は、弘治年間の抄本とは大きく異なっている。かつまた、嘉靖元年以前は『三国演義』は抄本の状態にあり、伝播する価値のあるテキストとして完成していなかったため、なおさら文壇の気風を「主導」することは不可能であった。実際の状況は以下の通りである。嘉靖元年に司礼監《しれいかん》が『三国志通俗演義』を刊刻した後、翻刻を競い合う盛況状態がようやく出現した。武定侯郭勛家刻本、南京国子監刊本、福建建陽葉逢春刊本らはみな嘉靖年間に出版されたものである。万暦年間に至ると刊本はさらに多くなり、イギリスの学者である魏安（アンドリュー・ウェスト）の『三国演義版本考』（上海古籍出版社、一九九六年）の統計によれば、国内外に現存するものは二十種類あまりになるという。確実に言えることは、『三国演義』の文壇生命は嘉靖元年刻本から始まったということである。明人が最も早く『三国志通俗演義』について記録したものに次の二例がある。一つは高儒《こうじゅ》の『百川書志』であり、嘉靖十九（一五四〇）年に成立した。もう一つは郎瑛《ろうえい》の『七修類稿』で、最初の刊行は嘉靖四十五（一五六六）年である。これもまた、嘉靖というこの期間が『三国演義』にとって画期的な意義を持つということをはっきりと示している。そして嘉靖年間は、明代の中期と後期の端境期であった。

『三国演義』の状況と同じく、これまでに、未だなお嘉靖以前のいかなる『水滸伝』の刊本、抄本も発見されておらず、関連する記録、引用、評論もない。『水滸伝』に関する最も早い閲覧記録も、嘉靖初年のものである。「崔後渠《さいこうきょ》、熊南沙《ゆうなんさ》、唐荊川《とうけいせん》、王遵巌《おうじゅんげん》、陳後岡《ちんごこう》は『水滸伝』は委曲を尽くし、一貫性があり、『史記』の次に位置付けられるのはこの本であるという。かつ、古来一事に二十冊をついやすという書籍は更に無かった。悪人や詐欺師の物語であるといってこれを咎めるのは、叙事や史学の面白さを知らぬ者である」[12]。李開先《りかいせん》の『詞謔《しぎゃく》』が挙げた五人の中で、崔銑《さいせん》（一四七八～一五四一）の年代が比較的早く、弘治十八（一五〇五）年の進士であり、その他の四人はそれぞれ嘉靖五（一五二六）年、嘉靖八（一五二九）年の進士である。「二十冊」というのは、まさしく百回文繁本のことであり、唐順之らがこの本を読んだ時は、おおよそ嘉靖十（一五三一）年くらいのことである。嘉靖年間の百回文繁本『水滸伝』の流伝の状況はやはり晁瑮《ちょうりつ》（一五四一年の進士）の『宝文堂書目』や高儒の『百川書志』（序に一五四〇年と記載）などの文献に見える。現存する最も早期の百回文繁本は武定侯郭勛の主宰によって刊刻されたもので、時期はおよそ嘉靖二十九（一五五〇）年頃である。万暦年間に至り、天都外臣序本『忠義水滸伝』や容与堂刻本『李卓吾先生批評忠義水滸伝』などの百回文繁本が陸続と出版された。

「白話小説主導論」を堅持する学者は、『三国演義』と『水滸伝』の成書年代を明初あるいは元末明初に置く他に、通常、明代の詩文作家が白話小説を愛好し、多くが白話小説に手を染めたという時風を強調するだろう。「伝統的な観念ゆえに、詩文はなお高尚な文学とされ、作者が心血を注いで作るべきものとされた一方、通俗小説などは遊戯的な文学と見られる傾向はあったが、前の時代までに存在した高い障壁は、せいぜい生け垣程度のものとなり、相互の間は、その意志さえあれば自由に往来できるようになったのであった」[13]。前野直彬のこの見立ては、大まかに見ると間違ってはいないようだが、詳細に検討すると問題を見出し得る。全体的な文学時風について言えば、この「生け垣」の超越は、せいぜい晩明を時間の指標とするのがやっとである。明代の前中期の詩文作家にも白話小説を愛好する者はいたが、それは一般的なことではなく、多数がそれに与ったとは言いきれない。

　明代初年、小説の領域は瞿佑《くゆう》による『剪燈新話《せんとうしんわ》』や李昌《りしょう》祺《き》による『剪燈餘話《せんとうよわ》』などのわずか数種の文言小説に限られており、その作者が主に得たものはネガティブな評価であって、李昌祺は『剪燈餘話』を編んだばかりに郷賢祠に祀られなかった。『三国演義』や『水滸伝』は多くの人々から元明交代期の作品であると見なされているが、実際には、いかなる流伝の記録も残ってはいない。天順、成化年間には、小説や戯曲の創作、刊行、上演はようやく徐々に増加してきたが、詩文と同等に論ずるには足らない。成化七年から十四年（一四七一～一四七八）に、北京永順堂が刊行した『花関索出身伝』や『薛仁貴跨海征遼故事』、『包待制出身伝』などの十数種の詞話は、明初から弘治年間に至るまでの白話小説作品である。正徳末年から、俗文学はようやくほんとうにエリート文人たちに重んじられるようになり、嘉靖初年の『三国志通俗演義』の刊行がその一つの指標となる。これより以前は、明代の文壇は「雅」の文学を主体とし、台閣体派や茶陵派、前七子が「雅」文学の中心的位置にいた。これより後、「雅」と「俗」文学は轡を並べる状態に突入し、一方では唐宋派と後七子が隆盛し、もう一方では『三国演義』や『水滸伝』の刊行と伝奇の上演が勃興するという状況であった。万暦年間に至り、白話小説の発展はその絶頂期に入り、文人が長編小説と戯曲作品を改訂、出版することが文化生活における麗しい光景となり、詩文の創作と評論もまた俗文学の洗礼を受けた。詩評、文、小説、戯曲全てに長じていた作家、例えば李開先や徐渭《じょい》、汪道昆《おうどうこん》、屠隆《とりゅう》、湯顕祖《とうけんそ》、馮夢龍、凌濛初などは、みな嘉靖年間あるいは嘉靖以降に活躍した。晩明の小説批評と戯曲批評もまた小説、戯曲の大量刊行と上演にともない日に日に繁栄し、李贄や袁宏道《えんこうどう》、湯顕祖、金聖嘆《きんせいたん》ら著名なエリート文人たちが前後してそれに参与した。李贄はその時代にはその時代の文章があると考え、『西廂記』も『水滸伝』も同様に「古今の至文」[14]であるとし（『焚書』巻三「童心説」）、万暦中葉に『西廂記《せいしょうき》』と『水滸伝』に評点を施した。袁宏道は『觴政《しょうせい》』で詞、曲、小説を『荘子《そうじ》』、『離騒《りそう》』、『史記《しき》』、『漢書《かんじょ》』と共に扱い、『水滸伝』や『金瓶梅』らを「逸典《いってん》」と称した。(15)まさしく晩明において、白話小説は優れた作者を有し、あるいはエリート文人が次々と、前野直彬が言うところの「生け垣」を飛び越え、詩文作家が多く白話小説に与る新しい時代を作り出したのである。

『三国演義』、『水滸伝』の成熟したテキストが明の嘉靖初年に生み出され、晩明のエリート文人がようやく多く白話小説に与るようになった。こうした二つの事実は、一つの結論を支持するに足る。つまり、明代前中期について言えば、その主導的文体はただ詩文のみであると言え、白話小説ではあり得ないのだと。

明代後期の文学は白話小説を主導とする

明代後期の文学が白話小説を主導としていることを確認する根拠は、二つある。一つ目は、晩明のエリート文人たちは明確に白話小説の規範意識を持っており、「四大奇書」という学術用語は、この種の規範意識を集中的に体現しているものだということである。二つ目は、晩明のエリート文人たちの手の中で、詩文と白話小説のそれぞれの趣味がますます重なり合い、白話小説がその卓越した表現力によって詩文の中心的地位に取って代わったということである。

明代白話小説の全面的な繁栄は万暦年間から始まったのであり、エリート文人たちが白話小説を高く評価したということも、またこの時期の極めて瞭然たる事実である。三つの相互に関連する状況が、万暦、崇禎年間に集中的に発生した。その一、『金瓶梅詞話』の手抄本がまずエリート文人集団の中で伝わり始めた。その二、李贄らエリート文人たちが『水滸伝』などの旧来のテキストに熱心に評点を施し、自分の名とそうした文学作品とが一つに結びつけられることを期待した。(16)『水滸伝』のあらゆる評点の中で、金聖嘆が手を入れた『水滸伝』はとりわけ創造性に富み、ほとんど彼個人の創作のようであり、心血を注いだ個人の作品ようにも見なせる。その三、凌濛初らエリート文人が自分の名前で白話小説の執筆、出版に携わり、それによって生計を立てた。凌濛初は非常に多くの科挙試験に関連する書籍を整理、編校し、少なからぬ歴史著述にも評注を施した。彼がおこなった、四書五経に関連する書籍の著述・出版と、『拍案驚奇《はくあんきょうき》』の著述・出版は、その評注様式は基本的には同じであり、その評注の視点にもすでにジャンルを超越する特徴が見えている。

晩明のエリート文人の白話小説に対する重視は、ついには明確な規範意識、すなわち「四大奇書」の選択と認定へと結びついていった。「四大奇書」とは、明代の四部の長編章回小説『三国演義』『水滸伝』『西遊記』『金瓶梅』の総称である。明末の天啓《てんけい》、崇禎年間には、この四部の本は常に小説を論じる者によって並列されてきた。清初の李漁《りぎょ》の言によれば、「四大奇書」の概念は馮夢龍が提唱したものである。李漁は両衡堂刊本『三国志演義』の序文で次のように述べる。「かつて呉郡の馮子猶《ふうしゆう》が海内の四大奇書だとして、『三国』『水滸』『西遊記』及び『金瓶梅』の四種を賞賛しているのを耳にした。私はその賞賛が自分の評価と近いことを喜ばしく思う」[17]。李漁以後、「四大奇書」は小説を論じる者が常に用いる学術用語となった。

「四大奇書」の概念は、特定の文化的な深意をはらんでいる——なぜなら、「四大奇書」はその実「四書」に照らして命名されているからである。『大学』『中庸』『論語』『孟子』が「四大正書」であり、『三国演義』『水滸伝』『西遊記』『金瓶梅』がすなわち「四大奇書」である。「正書」が代表するのは「経邦済世」の伝統であり、「奇書」が代表するのは「文彩風流」の伝統である。これ以前の「文彩風流」の伝統は、通常詩文によって支えられてきたが、ここにおいて白話小説によって支えられることとなった。「四大奇書」というこの学術用語が体現する規範意識は、章回小説というジャンルがすでにエリート文人たちに注目されていたということを明らかに示している。

「詩文の小説化」は晩明文学の大きな趨勢であり特色である。もし、「小説の詩文化」は詩文作家が小説の執筆に介入した自然な結果だと言うのならば[18]、「詩文の小説化」はすなわち詩文がすでにその文壇の中心的地位を喪失し、白話小説に明け渡してしまったことを示しているだろう。これは白話小説の時代であり、正統的文人(詩文作家)と正統的文体(詩文)はいずれもその影響を拒むことができなかった。こうした影響は、万暦年間になって盛んになり、公安派の「独り性霊を抒べ、格套に拘らず」という標語は、つまり「詩文の小説化」の産物だったのである。袁宏道は『浪歌』詩で次のように言う。「朝は朱塗りの門並ぶ大通りを歩き、夕べには緑たなびく川べの橋のあたりをぶらつく。歌楼にほろ酔うこと十日、舞姫に千銭を費やす。鸚鵡《オウム》はまどろみのなか語りたがり、良馬は鞭打たずとも健脚を誇る。私の願いは巫山の一夜、緱嶺の千年などお断り」[19]。放蕩児を自負し、心ゆくまでその「青娥」の「癖」を見せつけるのである。彼は『小婦別詩』の四首、『湖上遅陶石簣戯題』、『艶歌』などのように、等しく「人の喜怒哀楽や好みや愛欲に通じる」[20]ことを主旨とした。これらの詩を一読すれば、袁宏道の「董思白《とうしはく》に与う」にみえる『金瓶梅』についての論評を想起することは難しくない。彼が『七発』を『金瓶梅』と比較したのは、まさしく両者が欲望の世界を集中的に描き出しているからである。袁宏道の詩は、実のところ人生の欲望の率直な表現なのである。

袁宏道らの小品文も、あるいは「詩文の小説化」のさらなる成功の例証であるかもしれない。

中国歴史上の小品文には、繁栄した三つの時期がある。魏晋南北朝、両宋と晩明である。魏晋南北朝の小品文は玄学趣味的な生活情緒をその主旨とし、その代表作がかの威名赫赫たる『世説新語《せせつしんご》』である。両宋の小品文は日常的な情緒や味わいを描き出すこと中心とし、蘇軾《そしょく》の『東坡志林《とうばしりん》』が特に名高い。晩明では少なからぬ小品文の名作家、例えば陳継《ちんけい》儒《じゅ》、袁宗道《えんそうどう》、袁宏道、袁中道、鍾惺《しょうせい》、譚元春《たんげんしゅん》、劉侗《りゅうどう》、王思《おうし》任《じん》、徐弘祖《じょこうそ》、祁彪佳《きひょうか》、張岱《ちょうたい》などが出現し、なかでも袁宏道と張岱の功績がずば抜けている。名門の子弟である張岱の前半生は、「豪華」を基調とする。彼は『自為墓誌銘』を書き、極めて精確に彼の「豪華」な人生を描き出した。「少くして紈絝の子弟たり。極めて繁華を愛す。精舎を好み、美婢を好み、孌童を好み、鮮衣を好み、美食を好み、駿馬を好み、華灯を好み、煙火を好み、梨園を好み、鼓吹を好み、骨董を好み、花鳥を好み、加えて茶や柑橘に耽溺し、本の虫で詩の虜。あくせくと半生を過ごしても、全て夢幻のごとくなり」[21]。紅楼夢研究者の中にはこの文章を読み、思わず『紅楼夢』の賈宝玉を連想する者もままいる。また、張岱が偏愛したこの種の「豪華」な過去は、その小品文の主な内容となっており、実は晩明の人情小説の主な内容ともなっている。むしろこのように言うべきであろう。張岱らは、人情小説の一部の内容を小品文中に移したのだと。

『世説新語』や両宋の随筆と比較すると、晩明の小品文にはさらに多くの白話小説の趣きが見える。一つは、「個人生活を送る上での小さな喜びを得々と語る」[22]こと、もう一つは作家個人のだらしなさや、気ままで親しみやすい一面を描き出すことに力を注いでいることである[23]。古文は言語形式上は小品文とは一向に違うところはないのだが、小品文のこうした描き方は、中国の伝統的な古文とは相容れない。古文は「載道」であり、その内容は儒家の「治国平天下」の需要に基づき、格調は荘重であることが求められる。しかし、小品文は白話小説の洗礼により、内容は日常生活に基づき、情調にはとりわけ親しみ深さが求められた。「士大夫風」は、小品文が大きく忌むものであったのだ。

晩明の知的エリート文人の白話小説の規範意識とは、「詩文の小説化」であり、この二つがはからずも合わさったという事実は、一つの結論を示している。晩明は白話小説の時代であり、詩文はその主導的地位を既に失ってしまっていた、あるいは、詩文は既に白話小説の範疇に入ってしまっていたのだと。

注

(1) 陳文新主編『中国文学史経典精読』（高等教育出版社、二〇一四年）、四九～五〇頁。
(2) 陳文新主編『中国文学史経典精読』（高等教育出版社、二〇一四年）、五〇頁。
(3) 胡雲翼著、劉永翔、李露蕾編『胡雲翼重写中国文学史』（華東師範大学出版社、二〇〇四年）、一六五頁。
(4) 胡雲翼著、劉永翔、李露蕾編『胡雲翼重写中国文学史』（華東師範大学出版社、二〇〇四年）、一七一頁。
(5) 吉川幸次郎著、陳順智、徐少舟訳『中国文学史』（四川人民出版社、一九八七年）、二〇九頁。
(6) 孫康宜、宇文所安主編、劉倩等訳『剣橋中国文学史』（生活・読書・新知三聯書店、二〇一三年）、四頁。
(7) 孫康宜、宇文所安主編、劉倩等訳『剣橋中国文学史』（生活・読書・新知三聯書店、二〇一三年）、九二頁。
(8) 周振甫「対銭子泉師〈中国文学史〉的審読意見」（『中国出版』一九八七年第一期）、四五頁。
(9) 明代前中期の文学の主導的文体に関しては、例えば清末民初の黄人のような、伝奇劇と八股文に偏愛を注いだ一部の学者が存在する。その『中国文学史』の第四章は、洪武から万暦に至るまでの文学を新旧両類に分け、「旧」がすなわち「普通の詩、古文、詞」であり、「新」がすなわち「伝奇と八股」であるとした。その判断とは以下の通り。「前者は踏襲であるが、後者は多く創造されたものである。すなわち、精神や思考は、多くは後者に向かっていたのである」。黄人著、楊旭輝点校『中国文学史』（蘇州大学出版社、二〇一五年、二七二頁）。黄人によって代表される観点は学界の支持者が比較的少ないため、これ以上述べない。
(10) 游国恩等主編『中国文学史』第四冊（人民文学出版社、一九六四年）、八五九頁。
(11) 中国科学院文学研究所中国文学史編集委員会編による『中国文学史』は、嘉靖元年刻本について注をつけ、これを「弘治本」と称するのは妥当ではないと判断している。何故ならば、この刻本は弘治抄本に多くの改編を加えたものだからである。これには、単に嘉靖壬午（一五二二）の修髯子の引言を有する原刻本であるばかりでなく、巻二十一『孔明秋風五丈原』の節に『後に尹直孔明を賛して曰く』云々ともある。案ずるに、尹直には『名相賛』の一書があり、この賛は当該書の巻二『丞相武侯諸葛公』の条に見える。尹直は明の景泰五年（一四五四）の進士であり、『名相賛』は弘治甲子（一五〇四）春二月の自序を有し、弘治甲寅（一四九四）庸愚子序と比較すると十年遅い。どうして十年前に書かれた小説が、十年後の著作を写し取ることができようか？　よって、世に弘治序刻本として伝わるものは、実際には、嘉靖期の人の手による修改本なのである。（中国科学院文学研究所中国文学史編集委員会編『中国文学史』第三冊、人民文学出版社、一九六二年、八四一頁）

(12) 陳文新編注『快談四書』(湖北辞書出版社、一九九八年)、八三～八四頁。
(13) 前野直彬主編、駱玉明、賀勝遂等訳『中国文学史』(復旦大学出版社、二〇一二年)、一七四頁。
(14) 李贄著『焚書・続焚書』(中華書局、二〇〇九年)、九九頁。
(15)「傳奇則『水滸傳』、『金瓶梅』等爲逸典」、袁宏道著、銭伯城箋校『袁宏道集箋校』(上海古籍出版社、二〇〇八年)、一四一九頁。
(16) 袁中道『游居杮録』巻九記載による。「萬歴壬辰(一五九二)夏中、李龍湖(即李贄)方居武昌朱邸、予往訪之、正命僧常志抄寫此書(指『水滸伝』)、逐字批点」。袁中道著『珂雪斎集』(上海古籍出版社、一九八九年)、一三一五頁。李贄は書簡『与焦弱侯』の中でもこのことに言及している。「『水滸傳』批點得甚快活人」。李贄著『焚書・続焚書』(中華書局、二〇〇九年)の『続焚書』、三四頁。
(17) 黄霖編『〈金瓶梅〉資料匯編』(中華書局、一九八七年)、二三六頁。
(18) 龔鵬程は一つの興味深い現象に関心を持っており、それは晩明の「社会生活の全般的なエリート文人化」である。社会は風雅に属しており、エリート文人もまた自覚的あるいは受動的に風雅を維持することを引き受けている。例えば、人々は茶を飲むとき、みなエリート文人の雰囲気を漂わせたいと思う以上、文人はひたすら茶の加工やたて方、茶壺の焼き方を指導するしかないし、あるいはいっそのこと自分でやるしかない。酒を飲むときもまたエリート文人の雰囲気が必要なら、文人はまた「酒令」を考えたり、『酒経』を編んだり、『觴政』を書いたりするしかないのである。(龔鵬程著『中国文学史』(下)、台北里仁書局、二〇一〇年、三一一頁)
(19) 袁宏道著、銭伯城箋校『袁宏道集箋校』(上海古籍出版社、二〇〇八年)、三三二頁。
(20) 袁宏道著、銭伯城箋校『袁宏道集箋校』(上海古籍出版社、二〇〇八年)、一八八頁。
(21) 張岱著『琅嬛文集』(岳麓書社、一九八五年)、一九九頁。
(22) 孫康宜、宇文所安主編、劉倩等訳『剣橋中国文学史』(生活・読書・新知三聯書店、二〇一三年)、一一五頁。
(23) 例えば、「ある作家が食べ物を描写することを好むのは、その食べ物が珍しいからでも新鮮だからでも調理が独特だからでもなく、それらが個人的に別の意味、特別な経験かあるいは過去の記憶かを、持っているからである。その他のある作家は、自分の好きなコレクションや何かのものを描くが、それは個人の歴史を変えた唯一無二のものだからである」。孫康宜、宇文所安主編、劉倩等訳『剣橋中国文学史』(生活・読書・新知三聯書店、二〇一三年)、一一七頁。

『紅楼夢』版本全篇の完成について

王 三 慶（伴俊典・訳）

おう・さんけい——台湾国立成功大学名誉教授。専門は中国小説『紅楼夢』、敦煌学、東アジア漢文学など。主な著書・編著に『紅楼夢版本研究』（花木蘭文化出版社、二〇〇九年）、『越南漢文小説叢刊　第一輯』（台湾学生書局、二〇一一年）、『敦煌吐魯番文献与日本典蔵』（新文豊出版、二〇一四年）、『日本漢文笑話叢編』（楽学書局、二〇一四年）などがある。

『紅楼夢』を対校して意図せざる脱文や重文を抄本の遺伝因子として明らかにすることは、「十年書をひもとき、五たび増删（十載批閲、五度増删）した」とする『紅楼夢』の行款の改変および失真率、版本系統を探る重要な根拠となる。そして『武英殿聚珍版程式』が解版の時空を知る根拠となるかについても、版本の異同の判断が不可欠である。およそ解版されていない細かな改訂や想定外の重排は「異植字版」とされる。また前の印刷の剰余の冊、回、葉を混同して新たに製造したもの、或いは書坊が残套を整理して完本としたものは「混合本」とするしかない。上海図書館蔵本は程甲、程乙本と同じ形式を具えているが、程偉元、高鶚の正式な同意を経ていないため「程丙本」とすることができない。

『紅楼夢版本研究』

筆者は研究活動の初期に博士論文『紅楼夢版本研究』(1)をまとめたが、条件が制限される情勢であったため、当時は甲戌、庚辰、有正戚序本の各本、全抄本及び己卯、蒙府本の部分的材料に限って、逐字逐句の全面対校を行った。その後兪平伯《ゆへいはく》『紅楼夢八十回校本』(2)及び周汝昌《しゅうじょしょう》『紅楼夢新証』(3)等が引くいくつかの引用やその論述に助力を得た。そうするうちに、抄本を過録する際、無意識の視覚の変位が常に作用し、抄写が手前に戻ったり、重ねて抄したり、また一行文字を抜かしたりするといった現象を発見したので、逐一記録にとり、これを各テキスト間の遺伝因子と捉え、諸本の間の行款の変更、改ざんの探索、版本を系統だてる因子への帰納へと分析を進めた。

刻本の研究については、程本の活字排版の特性を考慮して、『武英殿聚珍版程式』(4)に沿って一通り調べるとともに、当時台湾に蔵されていた程本を利用した。また胡天獵叟により影印刊刻された青石山荘本、台湾大学図書館蔵本、程本に基づき再度翻刻した東観閣甲本、汪元放が胡適の勧めで作った程乙本の覆排本である亜東本などによって校正、検討を加えた。さらに伊藤漱平氏の私蔵本(i)と東京大学東洋文化研究所の倉石武四郎氏の旧蔵本を参照しつつ、初期的な校正の成果としてまとめられた幾篇かの深い啓発を備えた文章(5)や、恩師潘石禅《はんせきぜん》先生(ii)と趙彦濱(iii)の論争などに焦点を当てて検討と釈疑を行った。その中で最も重要な基礎的論点は、『武英殿聚珍版程式』の作業工程に基づいて『紅楼夢』百二十回の各版葉の活字が配されているかどうかに置かれる。萃文書屋という製版場所で製造され、「辛亥年冬至後五日」に印刷装丁された第一次版本を「程甲本」と称する。そして「程偉元序」を除いて「壬子花朝後一日」を加え「引言」を持つ第二次印本を「程乙本」と称する。それぞれの版面には木活字の排版や刷印の影響を受けて細かな誤字や改訂された異文を持つ。印刷する際に版木の硬軟や、木が湿ったことで起きた膨張の微妙な差異が、全体的な版面の不揃いを生んだとも考えられ、そうした版面や印刷が思い通りにならなかった葉でも重排を進めざるを得ず、全書中に幾葉かの文字の差異、あるいは版面効果の不揃いな「異植字版」が意図せざる形で生み出されることとなった。しかしその前後の葉、全回目、全冊、各一葉にいたるまですべて同一時空——時間と場所——下の排版印刷であり、こうした少数の細かな葉面の「異植字版」を持つテキストを、全て新たな版本と称することはできない。

第一次印刷後装丁に偶然に使われなかった余剰の冊葉が利用されていたとしても、また第二次の新印本と組み合わせ作ったとしても、さらにあるいは時がたって流転した過程で、別の土地の書店が残套を組み合わせ完本を一部作って売ったとしても、またさらにあるいは書坊で両套四函二十四冊を混ぜて並べてしまい誤って混じってしまったということが起こったとしても、実際には第一次、第二次の生産過程で生まれた差異であり、有意の装丁、無為の配置によって生じた「混合本」と称せられるだけで、決して新たな制作工程を持つ「程丙本」、あるいは「程丁本」と見なすことはできないのである。

抄本原底本の行款の変革及び過録回数の調査

『紅楼夢』が創作から出版まで非常に長い時間を要したこ

とにより、曹雪芹が悼紅軒で「十年書をひもとき、五たび増刪して、目録を整理し、章回を立てた（披閲十載、増刪五次、纂成目録、分出章回）」（第一回）とした原稿本は既に失われてしまったが、現在見られる抄本は「甲戌の年抄閲再評した（至甲戌抄閲再評）」ものか、題目上に「脂硯齋重評石頭記」等の評がある四閲評本系のテキストで、その批語には親しい友人の借覧や抄録の途切れることがなかった様子が記されていて、彼の生前既にこうした状況であったことが分かる。「乾隆二十一（一七五六）年五月初七日に清稿に対するが、中秋詩を欠き、雪芹を俟つ（乾隆二十一年五月初七對清、缺中秋詩、俟雪芹）」（第七十五回）、またその死後の丁亥夏（一七六七年）、畸笏叟也に「「獄神廟回茜雪紅玉一大回」の文字があるが、惜しくも迷失し原稿がない（獄神廟回有茜雪紅玉一大回文字、惜迷失無稿）」とする嘆語（第二十六回）があり、原稿完成時にも依然として創作に厳しい態度を堅持していたことを述べ、軽々に刊刻しようとしてはいない。既に原稿が完成しようとも、また後に家産が差し押さえらる事態に至ろうとも、軽々しくこの原稿を衆目に晒すのを良しとせず、脂硯齋のみが「満紙荒唐の言、一把《つか》みの辛酸の涙、みな云う作者は癡かと、誰が其の中味を解さん（満紙荒唐言、一把辛酸涙、都雲作者癡、誰解其中味）」という標題詩に批語して「壬午除夕（一七六二年）の年、書は未だ完成せず、雪芹は涙が尽きて逝ってしまった。私も雪芹を哀惜して涙が尽きようとしている。毎ごとに青埂峰を探して再び石兄に問いたいと憶うが、獺頭和尚に遇うこともできはしない。ああ、今から後はひたすら造化主が再び一芹一脂を生き返らせ、この書に決着をつけてくれることを願うばかりである。この本に関わった我ら二人も、そうなるころには泉下にいて大いに快哉を叫ぶだろう。甲午（一七七四年）八日（月）。涙筆（壬午除夕（一七六二年）、書未成、芹為涙盡而逝。余嘗哭芹、涙亦待盡。毎憶覓青埂峰再問石兄、余（奈）不遇癩（獺）頭和尚何。悵悵。今而後惟願造化主再出一芹一脂、是書何本（幸）、余二人亦大快遂心於九泉矣。甲午八日（月）涙筆）」（第一回）とし、『紅楼夢』が雪芹の生前あるいは死後三十年になろうとするころ、依然として八十回の不完全で欠陥を持った様式で脂硯あるいは親しい友人の間で流伝抄閲されていたことが分かる。そして、偶然廟市に売りに出ていたものを抄録し「乾隆辛亥（一七九一年）冬至後五日」に程偉元、高鶚が排印した『紅楼夢』の最初の印本にある程偉元の「序」、あるいは高鶚の「敘」文いずれにも、当然のごとく、何回も「作者相傳不一」と記していて、「好事家が一冊伝抄するたびに廟市中に置くと、その価格は数十金にもなった。銭は足なくして走る、というところか（好事者毎傳抄一部、置廟市中、昂其値得數十金、可謂不脛而走者矣）」、また「私は『紅楼夢』が人口に膾炙して二十余年経つと聞いているが、完璧なものもなければ、定本もない（予聞紅樓夢膾炙人口幾廿餘年、然無全璧、無定本）」と記すような状況で、翌年の「壬子花朝後一日」に再印し、両者連名で署した「引言」にはこのように説明している。

一、この書全八十回は、蔵書家が抄録して幾ぼ三十年伝閲され、今、後四十回を得て合わせて完璧となった。縁ある友人の借抄し争って読む者が甚だ夥《おびただ》しく、抄録は固より難しく、刊板に付するにも時間がかかり、そこで活字を集め印刷した。諸同好の急な要求だったので、初印時に細かく校正するに至らず、間々紕繆を留める。今再び各原本を集めて詳しく校閲を加え改定している。識者これを諒とせられよ。

（是書前八十回、藏書家抄録傳閲幾三十年矣、今得後四十回合成完璧。緣友人借抄争睹者甚夥、抄録固難、刊板亦需時日、姑集活字刷印。因急欲公諸同好、故初印時不及細校、間有紕繆。今復聚集各原本詳加校閲、改訂無訛。惟識者諒之）

一、書中の前八十回の抄本は、各家互いに異なる。今広く集め校勘し、情に準じて理を酌み、遺を補い訛を訂した。その中で増損の数字有るような部分については、披閲に便有るよう意を用いたからで、前人と争勝《あらそ》おうというわけではない。

（書中前八十回鈔本、各家互異；今廣集核勘、準情酌理、補遺訂訛。其間或有增損數字處、意在便於披閲、非敢争勝前人也）

一、この書は沿伝既に久しく、坊間の繕本及び諸家の蔵する秘稿は繁簡歧出し、前後に錯《あやま》りが見られる。即ち六十七回の如きは、此れ有るも彼れ無く、題同じくして文異なり、玉と石とを弁じ分けたものではない。これらについては情理が比較的折り合う同士を選び取って定本とした。

（是書沿傳既久、坊間繕本及諸家所藏秘稿、繁簡歧出、前後錯見。即如六十七回、此有彼無、題同文異、燕石莫辨。茲惟擇其情理較協者、取為定本）

一、書中の後四十回は、年来得たものを継ぎ合わせて作ったもので、この上他に突き合わせるテキストもない。ただその前後の繋がりには多少の編集を施し、前後呼応させ矛盾のないようにした。原文には、あえて臆改を加えず、再び善本を得るのを待って整理校訂したい。本来の姿のすべてをあらわそうとしたものではない。

（書中後四十回、係就歴年所得、集腋成裘、更無它本可考。惟按其前後關照者、略為修輯、使其有應接而無矛盾。至其原文、未敢臆改、俟再得善本、更為釐定。且不欲盡掩其本來面目也）

一、この書の新雅な詞意は、久しく名公鉅卿が賞監するものである。ただし印刷を興し始めてみると、巻帙が甚だ多く、工力を非常に要するため、いまだに評点を加えてはいない。文中の用筆《ふでづかい》の呑吐《ぼやかし》、虚実の掩映《ひきたて》の妙は、識者各位で読み解いていただきたい。

(是書詞意新雅、久為名公鉅卿賞鑒。但創始刷印、巻帙較多、工力浩繁、故未加評點。其中用筆吞吐虛實掩映之妙、識者當自得之)

これらは排印前の各脂評本の矛盾する状況や性急な印刷、販売の盛り上がりの様子を語るものだが、現在確認可能な事情からも、これらの言葉に偽りはない。故に我々は「十載批閲、五度増刪」、「各家互異」、「繁簡歧出、前後錯見」といった異なるテキストや文字について、現有のテキストから各テキストの先後と相互間の関係を明らかにしていく上で、極めて難しい判断をしなければならないのは疑いない。またこうした事情から、我々は、早期の紅学の先達が、これらの抄本の出現に直面して、衆説一致せず、次々に論戦を引き起こして、兪平伯、周汝昌、呉世昌らの間に激烈な議論が交わされ、その熱にあてられた周囲の多くの学者まで論争に加わるに至った状況を目の当たりにしている。さらに海外では『乾隆百二十回抄本紅楼夢稿』の性質をめぐって恩師潘重規先生と趙彦濱の間に起こった論争が、程本の多くの問題に及んだ。こうした議論は、いずれにせよ、異なるテキストの異なる内容に対して行われたもので、先後や増刪、繁から簡に移った、あるいは簡から繁へ移った、などといったことには、学者それぞれに自説や主観憶測があったりするもので、衆に受け入れられたものにしても、たまたま感情的な議論に流れるのを免れたに過ぎない。こうした様々な意見に直面しても、私は人の受け売り通りに話すこともできず、思うがままに筆を曲げて議論を乱すこともできず、ただ上述の印行されたテキストと幾つかの抄本、校本を綿密に校勘し、情理を整え、テキスト間の客観的な証拠を見つけるに止めるしかなかった。そして漢儒が『尚書』や『礼記』などの木簡の写本の脱簡への注釈や対校によって得た個人的な経験知識によって、最初の底本の行款や過録の回数、改変などを識別でき、その方法はいかなる多種の複本、写巻の文献の判断にも用いることが可能であったことが分かった。甲戌本と既に失われた靖本の第十三回に録された脂批によれば、曹雪芹はこの部分に否定的だったようで、「遺簪」、「更衣」の二節を刪去して十頁が存するのみだった。我々はそれを手掛かりに、その時増刪した原本が毎半葉十二行、毎行二十字程度であったと推定した。この推論と甲戌本第二回回目後評の重文、第七、十六回の両段の佚文とは、甲戌年の抄閲再評時に用いた底本が確実に毎半葉十二行、毎行二十字の行款の書式であったことを相互に証し合うものである。さらに己卯、庚辰等のその他の抄本から見て、すべて二十字前後の一つながりの重文あるいは脱文があり、この早期の原本の行款の説をさらに補う大きな特徴となっている。この他、早期の版本の行款格式がこれらの重文、脱文をはかる基準になれば、我々は版本間の行款格式が二十字から三十字へ改変した際の特徴から、過録の回数に対する推測をさらに進める成果を得られるだろう。

諸本間の失真率の統計

早期の『紅楼夢』抄本も、全て雪芹が創作した当時の原本ではなく、原本に基づいて後に過録したもので、過録の回数を重ねるにつれ、欠落や散逸が増えていった可能性が高く、本来の姿を失う失真率も上昇する。しかし浄書の水準は失真率に反比例する傾向にある。これに基づいて重文や脱文による諸本の失真状況を検討したところ、甲戌本の失真率が最小である事が明らかとなり、行款の変化が最も少なく、脂硯齋当時の甲戌再評本の過録に近く、それに全抄、庚辰本が次ぐことを証する結果となった。戚本の抄写はかなり厳密であるが、高い失真率と行款の度々の変化は、遅い配本でなければ、多くの過録経路を経たものか、あるいは工夫を凝らした修飾に至ったものと説明できる。程本は乾隆五十六年の排印と遅かったが、失真率は甲戌本に僅かに次ぐ水準で、こうした現象は程高が当時用いた底本が「引言」に「茲惟擇其情理較協者、取為定本」としたものでなければ、こうした精細な手順の進めようは、必ず勘校の面から工夫し、「廣集核勘、准情酌理、補遺訂訛」という成果を経た後に、この少ない失真率に到ったのである。

諸本間の遺伝因子の考察

再び諸本が共通して見せる無意識の脱文が抄本を系統づけている特有の遺伝因子の特徴に戻り、抄本間の相互の依存関係を検討したい。異なる抄写者が異なる時間と場所の条件下で過録した二種の版本は、結局のところ、写した者が改変したかどうかに関わらず、完全に一致する脱文が現れる確率はほぼゼロに等しい。またこれにより、共通の脱文を最も基本の遺伝因子として、各抄本間の相互関係を明確に示すことが可能で、『紅楼夢』各抄本の関係がもし同一の祖本下から来た兄弟関係でないなら、母子関係の過録であると証明することができる。甲戌本と戚本の第七回に共通する脱文などは、二つのテキストの前の数回が同じ淵源を持つと証明するものである。庚辰本と諸本には共同の脱文が七条あり、第三十四回と己卯、戚本に共通して一条の欠落を持つのは、三本の間のこの回の関係が極めて親密なためであると見てよい。また全抄本が第六回に共通して一条を脱するのは、前の数回からの己卯及び全抄本の関係において論じるならば、おそらく三本みな脱文があったはずで、これも三本の間にある種の関係があったことを示している。また庚辰、晋本が第七十一回に共通の脱文を持つのは、この回にも同一の祖本があることを物語る。とりわけ奇異に思われる、庚辰本が程本と共通して持つ四条の脱文は、そのうちの二条が前の十一回の白文本にあり、二条が第八冊中にあり、程本が用いた底本と庚辰本系列がかなり深い所に淵源を持つことをあらわしている。

戚本と諸本の共同の脱文は九条に達し、これらと甲戌、庚辰本との関係は上述の通りで、他の七条の脱文中、二条が一回に満たない一頁あまりの既知の蒙府本に分布していて、二本の関係が極めて密接であることを示す。この他全抄本との共同の脱文は六条を占め、第二十九、五十八、六十五、六十八回に各一条が、第六十九回に二条が分布する。全抄本の六十五、六十六、六十八、六十九回に至っては、抄者の筆跡が同一で、かつ蒙、戚本の共同の脱文があり、全抄本が直接戚本から過録しておらず、同一の祖本から来たものであるとともに、戚本が底本にそれほど忠実ではないことを示している。

全抄本と己卯、庚辰本はそれぞれ一条の共通する脱文があり、共に第三、六回にわたり、首冊と己卯、庚辰の白文本とに淵源がある事を強く示す。ただ全抄本の前に置かれている双行の夾註批語から見ると、用いた底本は己卯、庚辰本からかなり以前に成立したもので、あるいは双行の批語を持つ己卯の原本かもしれない。

抄本の後続研究

靖本の迷失と南京蔵抄本の戚序の複抄本が未刊行であることを除けば、当時未見だった抄本は現在すべて刊行されていて、私も各テキストが出版されると再び対校を進め版本の問題を調査し、それと前後して卯本、脂列本、己酉本等の関連した研究を発表したが、[6]さらに甲辰本を論述の中心とするに至り、台湾科技部補助による二年の学術研究計画を実施し、新たに上述の各抄本を調査したほか、蒙府本、脂鄭本も調査した。晋本の研究は、晋本内部から失真率の検討と抄本の遺伝因子の調査へ展開し、多くの論述の材料を得ることとなった。さらに新発見の卞蔵本と庚寅本の弁別考証を進める上で、[7]二種のテキストが疑う余地なく偽作であることを指摘し、それと同時に抄本調査の根拠あるいは審議の判断の基準とした。

学位論文を執筆し終えた後に、我々は様々な研究方法を目の当たりにすることになった。欧陽健《おうようけん》の各種の脂批本への質疑[8]などは、力を尽くしたものではあるが、強固かつ有力な証拠がなければ整然と説明しきれない過録本に対して、曹雪芹の原稿本や文物でもない限り、意を尽くして問い質しても学会の支持を得るのは難しいだろう。しかもそうしたものには既に劉世徳《りゅうせいとく》や蔡義江などが解答か反駁かをしている[9]ため、ここでは贅言を費やさない。実際版本に焦点を当てたもので注意を向けていない討論は他に胡文彬の『紅楼夢探微』[10]、鄭《てい》慶山《けいざん》の『紅楼夢的版本及其校勘』[11]、劉世徳の『紅楼夢版本探微』[12]があるが、彼らはみな個々の人名や異文について、版本の価値やその展開の過程を推論したものである。この種の方法は張愛玲《ちょうあいれい》も使ったが、現在すべての『紅楼夢』版本の刊行、および『脂硯齋重評石頭記彙校』の完成[13]によって、研究、あるいは討論に多くの便宜を提供し、また多くの問題の打開に繋がったが、ただ依然として煮え切らず議論の余地を残してもいる。その上、劉広定《りゅうこうてい》の著した『化外談紅』[14]も一章十篇近くが版本問題の検討に及んでいるが、同時にこうした後期の抄本あるいは過録本の脱文は各本の関係や早晩の根拠とならないことを認めていて、筆者とは観点はやや異なるが、参照し斟酌する価値がある。周文業が最新のデジタル技術によって『紅楼夢』を対校したが、それは庚寅本に対してであった。甲戌、庚辰各本の異文や脂批へおこなった一部の文字への精細な検討は、方法が筆者にやや近く、その上堂々たる大著であり、版本の個別分析のみならず、早期の紅学家に対する品評もあり、非常に重要な論著であることは疑いない。[15]これらについては字数の制限があり、軽く触れるだけに止めるほかないが、彼らの大作は目を通さなければならない。

近年来の重要な幾つかの論戦あるいは版本に関する論述については、一つに落とし込むべきだろう。『脂卞本紅楼夢』などは馮其庸から蔵書者である卞亦文、林冠夫、杜春耕、任暁輝等の討論や鑑定に至るまで、全てがこの書が真であると力説し、価値を認めている。[16]そして論争において最有力であったのは劉世徳で、「眉盦蔵本試論——新発現的紅楼夢残抄本研究」という最初の文章を発表した後、「網海雲天」のブログで李尋花らの反論が載せられ、三人の蔵書家による複数の印記は、「収蔵、発見、抄写年代」と題して論争が続いたが、「中国古代小説論壇網」もこうした文章を掲載、あるいは転載し、林兆禄「文介私印」、「上元劉氏圖書之印」などの蔵書印の討論から『上元劉氏家譜』、『莫愁湖志』に至るまでそれぞれの関連文献がすべて調査され、在世中の劉氏の子孫たちさえも証拠に引っ張り出し、この書が劉家に伝わる蔵書であると認め、決して「奇貨居く可し」として今節苦心して偽造したものではない、とした。仮にそうであっても、本書にはまだ多くの解決しなければならない疑問が残っていて、私は校訂した後、後期の鈔本で工夫を凝らして文章を改めた部分があるのは、その他の『紅楼夢』抄本とは異なる可能性があると考えた。[17]『庚寅本紅楼夢』に至っては偽作の痕跡は明らかで、周文業による研究でも直截に偽物であることが指摘され、さらにその議論の文章は「十九探」に及び、[iv]人を感服させる力の入れようだった。

抄本についての検討は字数の制限があり深く論述する余裕がない。ここで紹介した関連の文章、また筆者が後にさらに詳しく論述するものを参照していただきたい。

程本版刻順序の問題

程偉元と高鶚の『紅楼夢』に対する貢献に比肩しうる者はいない。しかし彼らが何回排印したかについては、今も多くの論争を抱えている。最も早くこの問題を提起したのは胡適の二回とする説[18]で、その後王佩璋もいくつか疑問を質したが、[19]最も激しい論争は恩師潘石禅先生と趙彦濱による一連の論争[20]である。しかし同時に徐仁存、徐有維兄弟が台大所蔵の程本への誤った論述をも導出するに至った。彼が拙著の述べる丙本に対する批判を未だ斟酌せず、このためいわゆる程甲、乙、丙、丁の四種印本の論法を採っているのである。[21]その後顧《こ》鳴《めい》塘《とう》が上海図書館で程乙本類似の第三次印本を発見している。[22]現在東京大学の両種の程本、中国社会科学院文学研究所が所蔵する程本はすべて出版されていて、五種の甲乙刻本、混合本をすべて対校させることが可能で、その上純粋な程甲本の覆刻である東観閣本と程乙本の覆排である亜東書局本が参考に加えられるなど、条件は既に整っている。特に上海図書館蔵本は刊行されていないものの、激しい討論に発展していったことは、杜《と》春耕《しゅんこう》による「程甲、程乙及其異本考証」[23]や劉世徳による「四種《紅楼夢》程乙本的差異」[24]、陳伝坤《ちんでんこん》「六種《紅楼夢》活字本芻議——兼与劉世徳先生商榷」[25]など、多くが拙著の通った路線に沿うか、あるいは筆者の論述を批判するかしているが、八種の活字刊本が全て刊行されるのを待って初めて解決される問題であるから取り上げない。しかし、上海図書館に改めて調査に赴いて検討した結果は説明する必要があるだろう。

『武英殿聚珍版程式』の根拠と同時空、異時空下に生まれた版面の特徴

実のところ、程本は既に活字排印の様々な問題が検討され、拙著が既に引用した技術規範——『武英殿聚珍版程式』の排印の工程を遵守していて、とりわけ第一次の排版訂正の際原版が一旦解体し再び異なる時空で直ちに排版が組みなおされたかについては、先だって取り上げた四百八十個の同じ文字、同位置への排版を重視したい向きがあるが、版の表面に同様

の凹凸や版組解体前の版面効果を復元できる可能性はゼロに等しい。またこうした理由により、版面が一旦解体され、文字ごとに整理された後、再び同じ仕上がりに近づけようとするのは、完全に不可能である。結局、覆排しても元の版面を復元するのが難しい以前の時空下で作られた元の版面は、各文字の傾きや大小、順序が、往々にして異版を判断する決定的な根拠となる。そしてこうした判断は製版後の版面を対比分析するすることとよってはじめて可能となり、これによって版組が解体されたか、時空に変位を生じたかどうかを推測できる。しかしもし印行の途中に、誤った排字が突発的な構成を生み出したり、あるいは木目の粗密がまちまちで、油墨の浸潤が進んだ後、元の印刷の版面に凹凸の不揃いが生まれるようならば、高品質の印刷を求めることは難しい。その中で、やむを得ずさらに凸部を平らにしたり、当該葉に局所的な調整を行ったりすると、その葉、あるいはその局所に異なる版面の印刷効果を生むことになる。しかし、これらを全て異なる時空下で印刷した異版であると考えることはできず、長澤規矩也や伊藤漱平が用いた「異植字版」の名称を使わざるを得ない。萃文書屋内で印刷した際にではなく、印刷製造が一段落して製造所を出た段階に至って、書店が販売の便のために、あるいはさらに高値で売るために、そこで甲あるいは乙であると分けるに及んだが、函套及び冊数に誤りがあったり、あるいは残欠があったりしたことによって、異板を承知で苦肉の策として冊葉を補足した形にしたものは、すべて元の製造場所、制作過程中の同時空の印刷と見なすことはできない。工廠内で偶然生まれた、第一次の印刷工程で余った冊葉や完全な形の套冊で製本計画に不要な剰余の葉冊を利用して、第二次の印刷工程で生まれた製品に補足したりあるいは利用したりしようとして程本を配したものは、制作現場内外に発生した両種の異なる工程下の産物で、「混合本」と称することにするが、全て再印した同種の版本とは認められない。またこれらにより、『紅楼夢』萃文書屋印製の程印本で、なおかつ「程偉元序」と「高鶚敘」を持つものが第一次程甲印本であり、また「高鶚敘」及び程偉元、高鶚共同署名の「引言」をもつものが第二次程乙印本なのである。その中で異植字版を現在調査し得るものは、およそ四葉ほどあり、将来さらに多くが発見されるだろうが、混合本に至ってはさらに増えるだろう。趙岡が『紅楼夢』萃文書屋の三版を「程丙本」と称することや、あるいは徐有為、徐存仁が発見したとする第四種程刻本などは、套冊を組み合わせて生まれた混合本に過ぎない。それが行われた場所は『紅楼夢』を印刷した萃文書屋内か、または販売した書店であろうが、既に考察の及ぶものではない。

上海図書館蔵本は「程丙本」と呼べず

そうであるならば、上海図書館蔵本も「萃文書屋」の署名を持つ排印本である以上、程高第三次印刷製本の「程丙本」と称することはできない。このテキストの発見に関しては上海師範大学の故顧鳴塘氏が既に言及していて、筆者は一九九〇年に孫遜氏の紹介を通して、再度入館借覧する便宜を得、閲覧後、そのテキストが確かに程甲、乙本に近いが、必ずしも程高が主導するか、あるいは同意を得て印刷製本したものではない新たな版本だったことが明らかになった。ただ顧鳴塘氏の論文発表が先にあったため、再度論文にすることはしなかった。しかし近年来、条件が整い、台大蔵本、青石山荘本を除き、東洋文化研究所の倉石武四郎蔵本及び伊藤漱平蔵本が出版され、これに書目文献出版社が中国社会科学院文学研究所によって出版した馬裕藻原蔵本が加わり、五個のテキストすべてを調査対校できるようになり、その上後三種はデジタルデータ化までされている。そこで当時台大蔵本及び東観閣の純粋な程甲本の覆刻本に基づき汪原放《おうげんほう》が馬裕藻蔵本によっての排印した亞東本等との対校を行った後の青石山荘の複製した底本を携え、再び上海図書館に赴き改めて原書を照合し、また内文を詳細に比較し、多くの参考に資する資料を記録し得たので、今下に記す。

一、全書の回数は第一―三、四―八、九―十五、缺、二十一―二十五、二十六―三十、缺、三十六―四十、四十一―四十五、四十六―五十、五十一―五十五、五十六―六十、六十一―六十五、六十六―七十、七十一―七十五、七十六―八十、八十一―八十五、八十六―九十、九十一―九十五、九十六―一百、百一―百五、百六―百十、缺、百十六―百二十回、二十一冊が存し、第四、七、二十三の三冊を欠く。

二、首封面、中題「繡像紅樓夢」、右上題「新鐫全部」、左下題「萃文書屋」。高鶚序首に「于氏世守」及び人形像章、「歸安沈氏」、「壽石仙館」の押印あり、内文第一回目首行に「又任」、「鍾氏壽營」、「畹媛」の押印あり、第四回「又任」の押印、「沈錫然圖書記」等の押印あり、みな篆字図章。これらはすべて、この書がかつて右任収蔵であった証拠となり[26]、その前はおそらく帰安の沈錫然を経ていたか[27]、女性の紅迷の収蔵だったのだろう。

三、引言なし、元春図左下角残欠あり、惜春図左下角に胡本加筆あり。上海本首冊左下角に残欠があるが既に補襯される。總目第百十九回目前までみな版刻、甲、乙及び上海本三書がこれを襲用し、第百二十回目は一行のみ活字。首葉目録から第二十四幅図まで、すべて程高使用の原板木を襲用し、一部の目録の改文は程乙と同じく、文字を改めるのに埋め木方式を採り、改めない部分の版面は依然として同じ。

四、第百二十回最後の一葉は改変して文字を増したためにー行多く、十一行に変わっている。こうした状況は他所にもあり、第三回第十三葉前半葉は九行だが後半葉は十一行に改められ、また諸本と異なり、その排版がかなり急がれていたと見られる。第百十八回十三葉の補鈔は、最末葉の尾題を「萃文書屋藏版」として甲乙本に同じ。

五、版面上角部分の框格の線に乱れあり。例：第六十六・三（第六十六回第三葉を指す、以下数字は同じ。青石山荘胡天獵叟本を基準とする）、六十六・九、七十二・六、七十四・三、七十四・七、七十四・十二、七十四・十四、七十四・十九、七十五・五、七十五・七、七十五・九、八十・七下など。

六、その他の状態は、例えば青石山荘胡天獵叟本頁六「爲」、頁七「於」、頁九「卻」、頁十三「聽」等の字はすべて上海本と異なるが内文は同じ。第十六頁第一行上海本は「有意於是遂」とするが青石本、台大乙本、東大倉石乙本などは「有意於他遂」とし、東大伊藤甲本は「有意於他便」とする。第二冊の文字は胡天獵叟本に同じだが、同時空下で排印された異版ではない。

これらの特徴は、上海本が程甲及び程乙の異本であることを示している。即ち程甲辛亥（一七九一年）冬至後五日及び壬子（一七九二年）花朝後一日に程乙本の印刷は終わっていて、編輯組織は解散して、別に主催した者か、あるいは萃文書屋の職人が前の二度の印刷の後余剰の版刻を利用して製本したもので、目録や挿図などは、あるいは一部が既に排印された印刷が終了していたもののまだ活字をばらしておらず、それを再排印した別の新版本であろう。またこうした事情により、条件の具わった文字の取捨や版刻、排印方式で、仕事の工程や速度は、みな程甲、程乙の二つの版本より順調で、印刷も程甲、乙本とほぼ変わらないように見えるが、子細に校勘すると、やはり錯誤を改めた異文あるいは無為の間に自ら誤排を生み出している。ただ排版の場所が変わらないとはいえ、時期は既に第三次に至っており、進行も前二回を進めた程高らではないようで、改めて排版した理由の説明はない。しかし『紅楼夢』を初めて排版した程高らの態度は「収集に力を尽くし、蔵書家から古紙の堆中まで、注意を向けないものはなかった（竭力蒐羅、自藏書家、甚至故紙堆中、無不留心）」ものではあったが、鼓擔（物売り）から重価で購ったものので、この第三次排版、あるいは北京東観閣及び蘇州全伝本の翻刻などもそれほど意に介さず、さらに彼らの気概や意気、権力や利益になびかぬ人物であることをことさらに示していて、彼らが『紅楼夢』の排印にかこつけて妄りに金儲けしたことはないと説いている。いずれにせよ程高の同意を経ていないこの第三次新版本を程本系列の三つめの版本とすることが可能かは、なお検討を要するだろう。

　最後になるが、現存する程本をめぐる状況は非常に複雑であるが、程高が排印出版した直後や前後における、二度の排版の工程は、完全かつ明確に区別が可能であったかについては疑問が残る。排版後の製本に前二回の印刷で使わなかった板木の冊葉を利用したかどうかについては、我々には完全に把握する手だてがない。書店に流れ着いた後の売買の過程で混乱した状況も非常に複雑で、残欠の冊頁を補ったことにこれといった特徴もなく、当時これらが無秩序に一箇所に集まった状況で、さらに披見し難い古本であるから、軽々しく結論を下そうものなら、研究成果はすべて陳伝坤が証拠を提示した「異植字版」問題のように、多くの錯誤とさらに複雑な混乱による騒ぎを起こすだろう。ただいずれにせよ、拙著が学位論文から度々主張してきた『武英殿聚珍版程式』の製作過程を基礎的規範に置いて若干の不必要な議論のプロセスを省略することで、たとえ当時の作業の真相を復元する手だてがないとしても、印刷後のテキストの状態から、仔細に時空の条件を推定、識別し、本来の形の程甲本、程乙本、異植字版、混合本について、冊、回、葉の補足を、完全に明確に整理することができるのである。

注

(1) 拙著『紅楼夢版本研究』は一九七九年十一月に完成、中国文化大学校内の口頭試問を経て博士学位取得、翌年一月石門公司より出版、三月に再び教育部で口頭試問を行い、国家文学学位を取得。

(2) 兪平伯、王惜時参校『紅楼夢八十回校本』（中華書局、一九七四年一月）。

(3) 周汝昌著『紅楼夢新証』（台湾明倫書局、一九七三年五月）、本書は棠棣出版社（一九五三年）を底本として影印したものである。増訂版は人民文学出版社（一九七六年四月）より出版。

(4) 喬衍琯、張錦郎編輯『図書印刷発展史論文集』（文史哲出版社、一九七七年九月）、二九五～三一三頁を参照。

(5) 伊藤漱平著「程偉元刊新鐫全部繡像紅楼夢小考――程本に見られる「配本」の問題を主とした覚書」（『鳥居久靖先生華甲紀念論集』一九七二年）。「「程偉元刊新鐫全部繡像紅楼夢小考」補説」（『東方学』第五三輯、一九七七年一月）。「「程偉元刊新鐫全部繡像紅楼夢小考」余説――高鶚と程偉元に関する覚書」（『東洋文化』第五八号、一九七八年三月）。「「程偉元刊新鐫全部繡像紅楼夢小考」余説・補記」（伊藤漱平未刊手稿）一九七八年八月。

(6) 「試論怡府己卯本『石頭記』和諸抄本的関係」（『華岡文科学

報』第十五期、中国文化大学文学院、一九八四年一月）、二三七〜二四五頁。「試論列寧格勒『石頭記』抄本和諸抄本的関係」（『天理中文学報』第一五六期、天理大学中語系、一九八八年三月）、二五〜三七頁。「己酉本『紅楼夢』研究」（『中国文学之学理与応用――紅楼夢国際学術研討会論文集』銘伝大学応用中国文学系編印、二〇一〇年五月）、二九〜三一六頁。

（7）康来新主編「卞蔵脂本『紅楼夢』研究」（『海上真真：紅楼夢暨明清文学文化論集』里仁書局、二〇一五年十月）、八五〜一〇八頁。

（8）欧陽健著『紅楼新弁』（花城出版社、一九九四年）。『紅学弁偽論』（貴州人民出版社、一九九六年）。『紅学百年風雲録』（浙江古籍出版社、一九九九年）。『還原脂硯齋――二十世紀紅学最大公案的全面清点』（黒龍江教育出版社、二〇〇五年）を参照。この他、多くの未収論文がある。

（9）劉世徳著「張宜泉的時代与『春柳堂詩稿』的真実性、可靠性――評欧陽健同志的若干観点」（『紅楼夢学刊』一九九三年第三期）。蔡義江著「答欧陽健――評他対脂本作偽説的申弁」（『紅楼夢学刊』一九九四年三月）。

（10）胡文彬著『紅楼夢探微』版本篇　第十六章、第二十一章（華芸出版社、一九九七年八月）、二九三〜三九九頁。

（11）鄭慶山著『紅楼夢的版本及其校勘』（北京図書館出版社、二〇〇二年五月）。

（12）劉世徳著『紅楼夢版本探微』（華東師範大学出版社、二〇〇三年三月）。

（13）馮其庸主編、紅楼夢研究所彙校『脂硯齋重評石頭記彙校』一〜五（文化芸術出版社、一九八七年十二月〜一九八九年四月）。

（14）劉広定著『化外談紅』二、版本篇（大安出版社、二〇〇六年七月）、六九〜一二六頁。

（15）周文業著『紅楼夢版本数字化研究』（中洲古籍出版社、二〇一五年四月）。

（16）馮其庸著「読滬上新発現的残脂本紅楼夢」、初出は『光明日報』（二〇〇六年十月三十一日）、後に『紅楼夢学刊』第六輯（二〇〇六年十一月）、一〜十一頁に転載、また『卞蔵脂本紅楼夢』出版時に巻首として附される。林冠夫、杜春耕、任暁輝等の関連文章はまた『百年紅学』特約筆談――新発現『紅楼夢』十回残抄本研究」（『河南教育学院学報　哲学社会科学版』二〇〇六年第六期）、一〜十二頁に収録。

（17）拙著「『卞蔵脂本紅楼夢』研究」（康来新主編『海上真真：紅楼夢暨明清文学文化論文集』里仁書局）、八五〜一〇八頁を参照。

（18）胡適著「『紅楼夢考証』改定稿」（『胡適文存』第一集、洛陽図書公司、一九七九年）、六〇九頁。

（19）王佩璋著「紅楼夢後四十回的作者問題」（『紅楼夢研究論文集』人民文学出版社、一九五九年二月）、一六八頁。

（20）二人の討論に関わる文章は当初新聞や雑誌に分散発表されたものだが、後に彼らの個別の専著に収められている。趙岡、陳鍾毅先生合著『紅楼夢考証拾遺』（高原出版社、一九六三年）を増訂した『紅楼夢新探』（晨鍾出版社、一九七〇年七月）を参照。後の『紅楼夢究新新編』（聯経出版事業公司、一九七三年五月）より『紅楼夢論集』（志文出版社、一九七五年八月）に至るまで、みなこの説を主とする。恩師潘石禅先生著『紅楼夢新弁』（文史哲出版社、一九七四年二月）も、細なところでは多少の共感を示している。

（21）徐有為、徐存仁合著「紅楼夢版本的新発現――第四種程刻本」（『中外文学』第八巻十二期〜第九巻第二期、一九八〇年五〜七月）。

（22）一九八四年十一月、顧鳴塘氏はまず『文匯報』上に発表した『程偉元与程丙本』で上海図書館所蔵の萃文書屋活字本を第三次印本であると認め、その後『紅楼夢程丙本縦横談』および『論新発現的「紅楼夢」第三次程印本』(『上海師範大学学報』一九八六年第一期)、二六～四二頁において程乙本と異なる重排本と確認した。

(23)『紅楼夢学刊』(二〇〇一年第四期)、四五～七四頁を参照。

(24)『紅楼夢学刊』(二〇一二年第五期)、一～二八頁を参照。

(25)陳伝坤著「六種『紅楼夢』活字本芻議――兼与劉世徳先生商榷」(『烏魯木斉職業大学学報』二〇一三年第二期)。その後又撰「現存八種『紅楼夢』重印活字本芻議」(南開大学『文学与文化』二〇一三年第三期)。

(26)林進忠著「于右任書法作品的相関考察」(『紀念傅狷夫教授――現代書画芸術学術研討会論文集』国立台湾芸術大学美術学院書画芸術学系、二〇〇七年十二月)、一三九～一六六頁を参照。

(27)帰安の沈氏には清同治十(一八七一)年『刻詠楼盍戠集本』があり、その中には清・董文渙撰『峴樵詩録』不分巻及光緒二十二(一八九六)年、鄭文焯著『冷紅詞』四巻、耦園刻著『大鶴山房全書本』を収める。

訳注

(i)現東京大学東洋文化研究所「両紅軒文庫」所蔵。

(ii)台湾の研究者潘重規。字は石禅。本論文の著者が台湾中国文化大学で博士論文『紅楼夢版本研究』を執筆した際の指導教授。

(iii)本論注20に明かされているが、趙彦濱は米国の研究者趙岡氏の字号。

(iv)周文業「《紅楼夢》〝庚寅本〟初探～十九探」。

(v)これらは全て各種形式を統一したのち『伊藤漱平著作集第一巻　紅楼夢編　上』(汲古書院、二〇〇五年十月)に収められた。

関羽の武功とその描写

後藤裕也

ごとう・ゆうや――関西大学非常勤講師。専門は中国近世白話文学。主な著書に『語り物「三国志」の研究』（汲古書院、二〇一三年）、『武将で読む　三国志演義読本』（共著、勉誠出版、二〇一四年）、『中国古典名劇選』（共編訳、東方書店、二〇一六年）などがある。

三国志の物語は、史書によりつつ芝居や語り物などを集大成した羅貫中の小説『三国志演義』によってひとまず結実したが、むろんそれによって芝居や語り物が上演されなくなったわけではない。本稿では関羽の武功に焦点を当て、清代の語り物作品における描写を紹介することで、翻って『三国志演義』の描写の特徴を探ってみたい。

はじめに

語り物は、鄭振鐸『中国俗文学史』（商務印書館、一九三八年）で俎上に載せられて以来、葉徳均『宋元明講唱文学』（上海文芸聯合出版社、一九五三年）や、陳汝衡『説書史話』（作家出版社、一九五八年）などによって考察が深められた。ただ、白話文学研究全体として見ればその研究は低調で、文学史などでは触れられることさえほとんどない。しかし、近年では無形文化遺産として重視され、各地に伝わる語り物が収集出版されるようになった。そして、姜昆等編『中国曲芸通史』（人民文学出版社、二〇〇五年）と同『中国曲芸概論』（同上）が刊行されるに至り、語り物研究の基礎が打ち立てられたと言える。

とはいえ、個々の作品に関する研究は依然として少なく、とりわけ本邦においては、刮目すべき成果として『花関索伝の研究』（井上泰山等共著、汲古書院、一九八九年）が上梓されたものの、その後は資料的な制約も手伝ってか、まとまった形での研究成果は寡聞にして聞かず、なお研究の余地は大いにある。

筆者は清代の車王府曲本鼓詞「三國誌」に着目し、『三国志平話』(以下『平話』)や『三国志演義』(以下『演義』)、および三国志ものの戯曲との比較研究を進め、『語り物「三国志」の研究』を上梓した。それにより、『演義』の影響力の大きさが再確認できた一方で、『演義』成立以前の戯曲と語り物に伝わる物語は、しばしば『演義』の成立後もそのまま伝えられていることが明らかとなった。つまり、小説として形が定まった後も、それ以前の姿を変えずに受け継がれている語り物作品も存在するのである。拙著では、三国志物語の受容の一端と語り物研究の有用性をいくらかは指摘しえたかと思うが、本稿でも鼓詞「三國誌」と『演義』の比較を通じて、関羽の武功に関する描写の特徴について探ってみたい。

論を進めるにあたり、はじめに元雑劇の一節を挙げておく。元刊本「単刀会」雑劇第二折【尾】にある以下の句である。

竜泉を軽く振り上げ車冑を斬る。昆吾を抜いて文醜を討つ。絹傘のもと、顔良斬って首級をさらす。たちどころ、英雄蔡陽の首を取る。

『演義』の成立は概ね元末明初と考えられるため、この例は『演義』に先立つものと判断してよかろう。つまり、『演義』成立以前の語り物や芝居には、すでに関羽が車冑、文醜、顔良、そして蔡陽を斬ったという筋書きが存在していたことになる。本稿ではこれに華雄を加え、『演義』における関羽の活躍を分析する。なお、『演義』には嘉靖本(人民文学出版社、一九七五年)を用い、適宜毛宗崗本(斉煙校点『毛宗崗批評三国演義』斉魯書社、一九九一年)を引く。

斬車冑

まず、関羽が車冑を斬る場面を挙げる。車冑の最期に関する正史の記述は五箇所あるが、そのすべてに共通するのは、車冑を殺害したとする記述の主体が劉備になっている点である。しかし、周知のごとく、これが『演義』では関羽個人の功績となる。以下は嘉靖本第四十二則の該当場面である。

関羽が言った。「……わしに一計がある。夜陰に乗じて、曹操の軍勢が徐州に到着した体を装い、車冑が迎え出たところを襲って殺すのだ」……その夜の三更、城壁の上に向かって開門を呼ばわった……車冑は陳登に諮った。「出迎えねば二心を疑われるでしょう。出迎えれば敵の計かもしれません」。車冑は城壁に上り、「闇夜で見分けがつかぬゆえ、夜が明けてから会おう」と答えた。すると城下から、「劉備に知られてはまずい、早く門を開けろ」と返ってきた……車冑は一千の手勢を率いて城を出ると……「張文遠はどこだ」と叫んだ。すると軍の中から関羽が刀を持って馬を馳せ、まっすぐ車冑に向かって来た……車冑は大声で叫んだが、数合も戦わないうちに持ちこたえられなくなり、馬首をめぐらし逃げ出した……関羽は追いつくと、もとは生けどりにするつもりであったが、刀を振り上げて馬から斬り落とした。

車冑は開門せよとの声を聞くとまず陳登に相談し、夜明けを待って相手の素性が明らかになってから弁明しても遅くはないと考えて、用心深く対処することを選ぶ。たとえ二心を疑われたとしても、軽率に城門を開けることを避けたのである。では、その慎重な車冑がなぜ城門を開けたのか。そのきっかけは城下から聞こえた、「劉備に知られてはまずい」との声であろう。つまり、「劉備」と本名を呼び捨てにした城下からの返事により、車冑はそれが味方だと信じてしまったのではないか。返事の主体は「城下」であるが、関羽自身が言ったにせよ、配下の兵に言わせたにせよ、関羽がそこまで計算していたとすれば、これはひとつの機転と言って差し支えなさそうである。

むろんこれは『演義』における虚構の描写である。すでに挙げたように、元刊本雑劇からは関羽が車冑を斬る話の存在を窺えるものの、具体的な内容は明らかでない。あるいは、それもこのような筋書きで、『演義』がそのまま踏襲したことも十分に考えられる。これは清代の語り物でも同じように継承されている。以下に該当箇所を挙げておく。なお、改行は散文と唱詞の切り替わりによる。

車冑はそれを聞くと、姫垣に手をかけて叫びました。「城下の者よ、よく聞いてくれ。闇夜で見分けがつかぬゆえ、夜が明けてから会おう」。城下から答えが返ってきます。「劉備に知られてはまずい。すぐ開けてくれねば困るのだ」。すると車冑は刀を手にとって馬に跨り、門を開けて城を出ました。そして吊り橋を渡ってふと頭をもたげたとき、見れば松明の灯りの中、一人の将が刀を横たえ道を遮っています。そのさまはまるで武神のよう。このとき、関羽さまがすべての松明を灯すよう兵士に命じました。辺りが真昼のように照らされると、車冑はそれが関羽さまだと気づきました。大慌てで……「そこにいるのは関羽か！……おまえたち天子に背くつもりだな！」と叫べば、関羽さまが叱りつけます。「この逆賊に加担する悪党め……逃すものか、刀の錆にしてくれよう」。関羽さまは言うや否や、馬を蹴って突っ込みます。車冑の頭めがけて刀を一振り、車冑もそれを見て慌てて刀で受け止めると、ここで打ち合いとなりました。

関公、車冑と手を合わせ、松明のもと、大いに打ちあう。関公の偃月刀は雪のよう、車冑の刀も煌めき放つ……関公が腰をめがけて一振りすれば、早くも車冑は真っ二つ。兵卒に首級を取らせ持ち上げる。

つまり、史書の極めて簡潔な記述に基づいて、まず、実はそれが関羽の手柄であったと語られ、演じられるようになり、さらに『演義』でもそのまま採用されて、以後も関羽が智謀でもって車冑を斬る一段として定着したと考えられる。

斬蔡陽

次に「斬蔡陽」の場面を挙げる。(1) 蔡陽の最期に関する記述は、正史の巻一と巻三十二に確認できる。巻一では蔡陽は龔都に敗れ、巻三十二では劉備に敗れたとあるが、これも誰か一個人に帰する功績なのかは読み取れない。それゆえ、この手柄を関羽に帰する余地がある。そうして紡ぎ出されたのが、関羽が蔡陽を斬る一段であろう。これは語り物や芝居の世界でも演じられ、『演義』に踏襲されるに至る。この場面は、嘉靖本第五十五則の末尾に描かれている。

関羽が千里独行して張飛の陣取る古城に到着したところ、張飛は曹操に降っていた関羽が自分を捉えに来たと誤解する。折悪しく、そこへ蔡陽が軍を引きつれて関羽を追ってきたため、張飛はいよいよ疑いを深める。そこで関羽が、誤解を解くために蔡陽を討ち取ってくることを提案すると、張飛は、「お前に真心があるというのなら、俺がここで太鼓を三通打ち終わったら、やって来た将を討ち取ってみよ」と要求する。そして関羽が馬を飛ばして近づき、蔡陽が名乗りを上げる。一通の鼓が打ち終わる前に、関羽の一太刀で蔡陽は斬り落とされる。二人が実際に手を合わせる場面は極めて簡潔で、なぜかくもあっけなく勝負がついたのか、具体的な描写を欠く。

ここでいう三通の鼓とは総大将が出陣する合図であるが、関羽はその一通も終わらないうちに蔡陽に襲いかかっている。これが関羽による不意討ちであることは明らかで、その点はすでに指摘した。蔡陽は太鼓が三通打ち終わればいざ決戦と待っていたところを、いきなり襲ってきた関羽に、為す術もなく討ち取られたのであろう。『演義』の描写が曖昧なため、ややもすると関羽が圧倒的な実力で簡単に蔡陽を討ち取ったように見えるが、おそらく実際はそうではない。ちなみに「千里独行」雑劇でも、関羽が太鼓を利用して蔡陽を斬る場面があり、劉備は関羽のこの戦いを「智」であると賞讃している。

また、この場面には関羽の武勇をたたえる詩が付され、「将軍の気概 天に平《ひと》しく、匹馬単刀もて独り自ら行く。千里に兄を尋ねるは恩義重く、五関に将を斬り鬼神驚く。鼓声響く処人頭落ち、旗影開く時血刃紅なり。笑うに堪う蔡陽に計算無く、山鶏の鳳凰と争うを要《もと》むるを」とある。最後の二句は、蔡陽が身の程をわきまえず関羽に刃向かったことを笑うというのであるが、そこで蔡陽は「無計算」とされる。これは蔡陽が無謀であると詠むのだが、実際の状況を考えれば、千里独行してきた無勢の関羽は張飛にまで見放されており、対する蔡陽は新手の一軍を率いてきている。圧倒的に蔡陽が有利なのは間違いなく、どちらが無謀かは一目瞭然である。では、蔡陽の何が「無計算」なのか。それはすなわち、関羽の戦術に対処できなかったことを指すのであろう。翻せば、関羽は「有計算」である。つまり、圧倒的不利な状況をよく把握し、三通の太鼓を利用して蔡陽の不意をついた点を賞讃しているのである。この詩は、関羽の不意討ちを「智」であると評価した芝居と同じ文脈で理解すべきであろう。

では、蔡陽は実際に取るに足りない相手だったのか。物語の展開としては、「千里独行」「五関斬六将」という関羽の大きな見せ場のクライマックスにあたる相手である。筋書きとしてはここで最大の障壁が立ちはだかるべきであろう。そして、それを関羽が智謀でもって逆転勝利を収める、これが「斬蔡陽」故事の本来の姿ではないか。語り物に登場する蔡陽はまさにその通りで、許褚をも上回る曹操軍最強の将として登場する。その戦いの場面も極めて詳細に語られ、関羽の奇襲を見破り、様々な剣術を次々と繰り出して関羽を圧倒する。しかし最後は、蔡陽の跨がる馬が原因で不覚を取る。

要するに、史書の記述を利用して関羽が蔡陽を斬る一段が創造されるのであるが、その際、蔡陽を千里独行の最後の障壁、最大の敵として登場させる。しかし、関羽が智謀を用いてこれを討ち取る。『演義』の描写は曖昧であるが、語り物や芝居とあわせて考察すれば、これが「斬蔡陽」本来の筋書きであったことがわかる。

斬顔良

第三に、顔良を斬る場面を検討する。本稿の例の中で、これだけは関羽自身の功績として史書で確認できる。巻一と巻三十六に関羽の名が見え、とりわけ関羽の伝を載せる後者の記述は相対的に詳しい。関羽の義を重視する『演義』も、当然この場面を採用している。

関羽は奮然として馬に跨ると、青竜刀を逆さまに持って、土山を駆け下りていく。兜を脱いで鞍の前に置き、鳳凰のような目を見開き、蚕のように太い眉を吊り上げて、陣の前までやってきた……顔良はちょうど絹傘の下にいた。関羽が来たのを見て、ちょうど尋ねようとしたとき、馬はすでに目の前に迫っていた。雲長は刀を振り上げるや、一刀のもとに顔良を斬って捨てた。

第五十則では上のように描写されるが、そもそも単騎で敵陣に乗り込み、勇猛な顔良を討ち取るなど可能であろうか。単騎ゆえ、却って疑われることなく近づけたとも考えられるが、やはりこの点は説明が必要と感じられたのであろう。周知のごとく、すぐあとには次のような双行注が施されている。

実は顔良は袁紹のもとを発つとき、劉備にひそかに言われていた。「私には関雲長という弟がいる。身の丈は九尺五寸、顔は熟れた棗のように赤く、キリッとした目に太い眉で、よく緑の錦の戦袍を着ている。黄驃馬に乗り、青竜刀を使うのだが、きっと曹操のところにいるはずだ。もし見かけたら、こちらに来るよう伝えてほしい」と。そのため、顔良は関羽が投降しに来たのだと思い、迎え撃つ準備をしなかったので、関羽に斬り落とされたのである。

関羽は敵兵の注意を集めないよう一人で乗り込んで顔良に近づき、いきなり斬りかかるつもりだったのであろう。事前に兜を脱いでいるのは、そのためと思われる。しかも、顔良のほうは劉備の話を聞いていたので、その姿を見て、まさか自分を討ちに来たとは思いもよらなかったのであろう。運も関羽に味方したが、これも関羽による不意討ちである。嘉靖本にわざわざ付されたこの注は、これは狡猾な戦い方ではないと弁解しているようにも取れ、ほかの単独で挙げた武功とは異なって、これが史実であることを強調しているかのようでもある。なお、毛宗崗本では兜を脱ぐところは省略されているが、関羽が眼前に迫ったとき、顔良は「対処する暇もなく」関羽に討たれたとあり、「その不意を襲った」との評語がある。そしてやはり一瞬の不意討ちで勝負が決するために、車冑や蔡陽の場合と同じく、二人の戦闘描写はないに等しい。

次に車王府曲本巻四十七から、関羽が顔良の陣へ向かう途中の心境を吐露した部分を挙げておく。

関羽さまは馬を駆けさせ、胸の内にてひそかに思う。「顔良の武勇は華雄を上回る、さもなくば、いかで許褚にも勝てようか。やむをえん、蔵刀の計をまた使わねば。これで三度目、いたしかたなし。この剣術を使わねば、青竜刀も袁軍の赤銅鋼鋒にかなうまい……」

関羽は華雄を引き合いに出し、許褚さえ敗れた顔良に対しては、再び蔵刀の計を使わざるを得ないと考えている。また、顔良の陣に向かう際には、「手中の青竜偃月刀を鞍の辺りで逆手にひっさげ」とあり、しかもそれが三度目ということから、このような奇襲が関羽の得意な戦法として認識されていたと考えられる。つまり、『演義』以降の語り物においても、この場面は関羽の智謀による奇襲として伝わっているのである。

斬文醜

第四に、文醜を斬る場面を挙げる。史書では巻一と巻六に曹操軍が文醜の軍を破る記述があり、前者にはその経緯が詳しく書かれているが、これも関羽の手柄とは読めず、巻三十六の「関羽伝」にも見えない。ただ、このとき関羽が曹操の陣営にいたことは確かであろうから、顔良を斬った戦いにつなげて、これをも関羽の個人的な功績としたのであろう。

『演義』では第五十一則に該当場面があり、文醜が張遼と徐晃を破って追撃するところに関羽が現れる。

文醜が川沿いに追いかけていくと、ふと見れば、十余りの騎兵が旗をなびかせて現れた。先頭に立つ将が刀を引っさげ進み出れば、これぞ漢寿亭侯の関雲長である。「賊将、逃げるな」と叫び、文醜と矛を交わすと、二合戦ったところで、文醜は恐怖を覚え、馬首を巡らし川沿いを逃げていった。関羽の馬は一日千里を行く名馬、すぐ文醜に追いついて背後から刀を振り下ろすと、馬の下に斬って捨てた。

ここでも着目すべきは、追撃に夢中になっている文醜の前に突然関羽が襲いかかった点である。その不意をつくという点では、これも関羽の奇襲と考えてよい。毛宗崗本には、関羽の名前が出たところで、「突如として来るところは、顔良を斬ったときと同じである」との評語がある。

なお、毛宗崗本の文醜が討たれた箇所には、「このとき劉備のことを関羽に伝えていれば、文醜が死ぬことはなかった」との評語もある。車王府曲本の鼓詞では、おそらくこの評語をも承けて、より具体的な関羽と文醜の戦いが巻四十八に描かれている。以下に、二人が対面して文醜が語りかける箇所から、戦いはじめるまでを適宜引用する。

文醜が言った。「……劉皇叔は顔良が出陣する際、そなたに会ったら河北にいると伝えるようにと言付けた。ところが将軍は、顔良の話も聞かずに斬り捨ててしまった。逃げ延びた兵士がそなたの容貌を伝えたことで、将軍が曹操の陣営にいるとわかったのだ。速やかに冀州へ来て兄に会われるがよい」……

……美髯公は心に呟く。「文醜め、わしを欺くつもりだな。ここで矛を交わさねば、山上で見る曹操が、きっと疑念を抱くだろう。なるほど他人の手を借りて、わしの命を取る腹づもり。ならばこちらも油断を誘い、文醜を斬って手柄をあげん」。関羽さまも思案ののちに、笑みをたたえて言葉を返す。「……ただしかし、曹操がいま山上で目を光らせておる。わしらが矛を交わさねば、奸雄が疑心を抱くは、これ必定。ひとつ仮に手合わせし、数合ほども打ち合えば、きっと騙しおおせよう」……文醜はひそかに考えます。「俺に闇討ちできるなら、やつにとっても騙し討ちなど朝飯前。口では仮にと言いながら、本気でかかって来たらどうする。決して油断はできん……」そう考えると、笑みを作って答えます。「……仮に手合わせしたところで、却って曹操の疑念を募らせるだけだ……将軍はいったん帰陣されるがよかろう。そうしてわしが袁家を見捨て、曹操に降るつもりと伝えてくれぬか。将軍ひとまず帰陣せよ。そして明朝、わしが攻め込み、そなたが内から呼応する……かような計はいかがかな。将軍よくよく検討されよ」。関羽さまはそれを聞くなり、眉をしかめて怒りを表す。そして一声、「匹夫の文醜、よくもまあ、このわし相手に欺こうとは、貴様の悪知恵しれたもの……」

史書でも『演義』でも、文醜は曹操軍の輜重隊を強奪することに目がくらみ、陣形を乱したことから一敗地にまみれている。およそ智謀とは縁が無さそうに思えるが、この語り物における文醜はかなり慎重である。結局は、関羽にその恐怖心を見抜かれて戦う羽目になるが、なんとかして関羽との戦いを避けようと弁舌を振るう。実はこのあとも弓を駆使して反撃を試みるなど、逃げ腰の設定は同じであるが、『演義』の文醜よりは随分と善戦している。

もう少し詳しく見てみよう。文醜は劉備が袁紹軍にいることを伝えて関羽との戦いを避けようと試みる。ただ、関羽はそれが曹操に疑心を起こさせる文醜の策と受け止め、それを逆用して文醜を斬ろうと考える。そして関羽は文醜の提案を受け入れるふりをするが、戦を見守っている曹操に怪しまれぬよう、仮に数合戦ってから退こうと伝える。つまり、関羽は仮の戦と誘っておいて文醜を討とうとしているのである。ここですでに奇襲をもって文醜を討つという関羽の策が明白である。しかし、文醜もこれには用心して、さらには自分が曹操に降ると見せかけ、関羽が内応して曹操を討つ計を提案する。文醜が乗ってこないので、ここに至って関羽はしびれを切らすのである。この二人のやり取りからは、やはり関羽が奇襲を得意としていたことが窺い知れる。

こうして見てくると、関羽が独力で挙げた武功は概ね奇襲によったものであり、『演義』の描写は曖昧であったが、すべてを解説して冗長かつ具体的な語り物にあっては、それをはっきりと確認できることが了解されるであろう。鼓詞「三國誌」は、基本的には『演義』に依拠して改編されたものである。そこでさながら『演義』の曖昧な描写を補うかのように、具体的に不意討ちが描かれているのであるから、これこそ関羽の得意とする戦術であると考えられてきたことは疑いようがない。

斬華雄

最後に華雄を斬る場面を挙げておく。やはり史書を確認しておくと、華雄の名は巻四十六「孫堅伝」に見えるが、これは董卓軍と孫堅軍による陽人の戦いについての記述である。したがって、これを関羽の手柄とするのも明らかに後世の改編である。車冑・蔡陽・顔良・文醜の四人は、冒頭で引用したように元刊本雑劇においてすでに関羽の手柄に数えられていた。また『平話』も同様であることから、これらは『演義』成立以前に定着していたことが窺え、『演義』はそれを採用したと考えられる。しかし、華雄だけは『演義』以前には確認できないため、これは羅貫中がはじめて創作した場面である可能性が高い。これもよく知られた場面ではあるが、第九則の該当箇所を引用しておく。

「もし勝てねば、斬首してくだされ」と関羽が言うと、曹操は酒を燗させて、一杯飲んで出陣されよと関羽に差し出した。すると関羽は、「酒はひとまずそのままで。すぐに戻ってまいりますから」と言って軍営を出ると、刀を提げて馬に飛び乗り陣を出た。諸侯らは陣の向こうから、天地が砕け、山が崩れたかのような太鼓の音とわき上がる声を耳にし、誰もが驚き訝しんだ。ちょうど人をやって探りに行かせようとしたところ、鈴の音が響き、馬が中軍に戻って来た。関羽は華雄の首をぐっと挙げ、地面に投げ落とした。先ほどの酒はまだ温かいままだった。

これまで見てきた四例の戦闘描写は、いずれも極めて簡潔であった。その第一の理由は、これらがすべて不意討ちによるためである。不意討ちである以上、読者が手に汗握るような一騎打ちを繰り広げることはできない。勢い一瞬で勝負がつくため、せいぜいその前後のやり取りを描くだけで、手合わせそのものが具体的に描かれることはほとんど無い。そして、この場面である。関羽が華雄を討つため敵陣に向かったところで、主体は諸侯に切り替わる。関羽を送り出して自陣で待つ諸侯らは、「天地が砕け、山が崩れたかのような太鼓の音とわき上がる声」を聞く。その後で聞こえてきたのは、のどかに音を響かせる馬の鈴。そして関羽が華雄の首を提げて帰って来たという描写である。関羽と華雄の戦う場面は一切描写せず、ただそれを周囲の音だけで描き切っている。毛宗崗本は「誰もが驚き訝しんだ」のあとに、「また虚写を用いる、妙なり」と評語を添える。簡潔かつ曖昧な描写になりがちな不意討ちの場面を、いっそまったく描かないことで、却って極めて効果的に描き出したのである。

按ずるに、こういった手法はあまり語り物や芝居にはそぐわないであろう。具体的に心情や行為を表さなければ、舞台が成り立ちにくいためである。ゆえに、このような措辞が駆使されたのは小説として成立した段階でのことと思われ、「虚写」を用いた『演義』のこの場面は、元雑劇や『平話』に名前の見えなかった華雄が、羅貫中の手によって小説という表舞台に引きあげられたことを示すのではないだろうか。

では、小説ほどには効果的に「虚写」の使えない語り物は、この場面をどう描いているのか。以下は巻八からの引用である。

> ちょうど華雄が自ら戦を挑もうとしていたところ、正面から一人の男がやって来ました。しかし、鎧兜を身につけておりません。「そうか、立てつづけに三度も敗れ、諸侯軍には戦おうという者がおらんのだ。それで文官を寄越して和を請おうというのかもしれんな」と華雄は考えました。関羽さまは刀を逆に背負っておりましたので、華雄は相手にもしていませんでした。それに文官だと思い込んでいたのです。関羽さまの馬が目の前まで近づきました。詩文にあや、芝居に理とは申しますが、酒が冷める前に華雄を斬ったのですから、出で立ちに目をやる暇もありません。そんなことをしていたら、原書に合わなくなってしまいます。
>
> 関公はここで英名を轟かせ、華雄は刀下の鬼となるさだめ。馬上で体をぐっと起こせば、華雄も驚き問いただす。お前は何やつ、何ゆえここにやって来た。答えてひと声、お命頂戴。青竜刀を振りかざし、華雄に防ぐ手立てなし。それもみな、すべては不意をつかれたがため。がちゃんと刀が鳴り響き、升ほどの華雄の頭が転がり落ちる。

このように、関羽が単騎で敵陣に乗り込んで華雄を討ち取れたのは、関羽が鎧や兜を身につけておらず、華雄は関羽のことを降伏を申し入れに来た文官であると誤解したためであると説明する。語り物では、このような理由付けまでして関羽の不意討ちを描くのである。

おわりに

以上、『演義』における関羽の武功から、五つの場面を抽出して分析してみた。本稿では『演義』の描写を分析すると同時に、比較の対象として清代の語り物を掲げたが、これは、歴史小説としての完成度の高さゆえ、『演義』だけでは容易に読み過ごしてしまう部分にも焦点を当てるためである。『演義』の成立を挟んで、それ以前とそれ以後の芝居や語り物を精査すると、『演義』とは異なる筋書きが引き継がれていることも多い。やはり、それぞれを同じ俎上に載せ、三国志の物語がいかに受容されてきたのかを検討することが重要であろう。語り物をも視野に入れた研究は、これからの中国古典小説研究におけるひとつのアプローチとして、また、そのさらなる進展のためにも、きっと有用であろうと思う。

注

（1）筆者はかつてこの場面について『平話』と戯曲も含めて全面的に検討し、この戦いが関羽の奇襲である点を指摘した。これは本稿の論点にとっても極めて重要であるため、本節の記述は一部重複するところがあることを断っておく。詳細は、「斬蔡陽」の故事について――語り物を含めた白話文学研究へ（『中国古典小説研究』第十七号、のち拙著『語り物「三国志」の研究』）を参照。

『何典』研究の回顧と展望

周　力

『何典《かてん》』は清代の乾隆《けんりゅう》から嘉慶《かけい》年間にかけて著されたユニークな白話小説である。書名、物語の舞台、特に小説中で経典からの引用を行わず、出典が明確でない方言や俗語を大量に使用したことから「奇書」と呼ばれていた。本稿では『何典』が出版されて以来、中国及び日本における研究状況を整理し、さらに『何典』研究の未来を展望した。

はじめに

『何典』とは如何なる書物か

『何典』は清代の乾隆、嘉慶（一七三六〜一八二〇）年間に著された白話小説である。作者は上海の文人張南荘《ちょうなんそう》である（生没年不明、乾隆、嘉慶年間の存命のみ確認）。

『何典』は以下の点において他の小説とは異なる特徴を持つ。

書名

『何典』の本来の意味は反語としての「何の典故なのか」、もしくは「どの典故からの出典なのか」であり、書名からこの書物が小説であることを読み取ることはほぼ不可能である。ではなぜ作者がこのような題名をつけたのか。中国の文人達は古来詩文創作時に経典からの引用を行う慣習があり、それは、「出典が明確でない字は一つもない」程の領域に達していた。これに対して『何典』の作者は小説の中で経典からの引用を行わず、出典が明確でない方言や俗語を大量に使用し、文学の伝統的慣習に挑戦した。このことから『何典』という題名は新境地への作者の意気込みと伝統的慣習に挑む創造性

しゅう・りき——大妻女子大学兼任講師。専門は近代の中国語学・文学、明清小説。主な論文に「『何典』のテキストについて」（『清末小説』第二十四号、二〇〇一年）、「劉鉄雲と中根斎」補遺——附：中根斎年譜」（『清末小説から』第六十七号、二〇〇二年）、「『何典』の文体について」（『語学教育研究論叢』第二十六号、二〇〇九年）などがある。

を表していると言える。

舞台の設定

『何典』の物語は人間社会における出来事ではなく、冥土での出来事を描いている。作中に出現する山は「陰山」であり、谷は「鬼谷」であり、城は「酆都城《ほうとじょう》」となっており、また人物には「活鬼」、「雌鬼」、「形容鬼」などの呼称がついている。だが作中に登場する「鬼」（幽霊のこと）の言動及び物語の展開に関して言えば、これらの「鬼」は「鬼」の容貌をしているわけでもないし、なにかしらの特殊能力を使うわけでもない。作者はただ「鬼」達の間の出来事に仮託して、人間社会に対する暗示を描いているのである。

言語的な特徴

『何典』における言語的な特徴の最たるものが、江南地方の方言である「呉語」が多く使用されている点である。それだけにとどまらず、作者は俗語をも用いて新たな言語表現形式を創り出し、文体にユーモアを帯びさせた。これらによって『何典』は方言及び俗語によって書かれた小説の先駆を為すこととなった。

『何典』に関する研究の現状

『何典』は作者である張南荘の存命中に出版されることはなかった。出版されたのは光緒《こうちょ》戊寅（一八七八）年、上海の申報館《しんほうかん》が『申報館叢書』の一種として出版した。また光緒甲午（一八九四）年、上海の晋記書荘《しんきしょそう》が文字に関していくらか差異の見られる石印本を出版した。読者の関心を引くため、書名は『絵図第十一才子書（表紙）／絵図増像鬼話連篇録（扉）』となっている。

『何典』はユニークな小説であったため、出版されて以来、絶えず読者と研究者の注目を浴び続けた。一九三〇年代には魯迅《ろじん》によって日本に紹介された経緯もある。

以下では『何典』が出版されて以降、中国及び日本において為された『何典』の研究状況を紹介する。

中国における『何典』の研究

著者によれば中国における『何典』の研究は二つの段階に分けられる。

第一段階（一九二〇～一九三〇年代）

一八七八年に出版された初版本には二つの序文と一つの跋文から構成されている。序文は「太平客人」によって記されたもの、及び作者自身が「過路人」のペンネームで書いたものである。また跋文の作者は「海上餐霞客」となっており、彼は張南荘の親戚と考えられている。これらは後日、『何典』の研究において第一級の資料である。

『何典』が研究者の注目を集め、真の意味での研究が始まったのは一九二〇年代である。国民党元老の呉稚暉《ごちき》（一八六五～一九五三、近代の思想家、政治家、教育家）はかつて自分が文章を書く際にある小説（『何典』を指す）の影響を受けたと述べている。この発言は銭玄同《せんげんどう》（一八八七～一九三九、近代の思想家、言語学家。北京師範大学、北京大学教授）と劉復《りゅうふく》（一八九一～一九三四、言語学家、文学家、字は半農。北京大学教授）の注意を引いた。一九二六年、劉復は廠甸《しょうてん》の露店で偶然『何典』を見つけ、初めて『何典』の校訂及び注釈を行い、さらに魯迅が前書きを記し、北新書局から出版された。『何典』の再版は学者たちの注目を集め、『何典』を巡って学者間で激しい討論が行われたことが研究の第一段階の端緒となった。一九二六年から一九三三年にかけて北新書局だけで五回もの重版が行われたことから、当時における『何典』の反響の大きさを伺い知ることが出来る。

『何典』に関して、特に『何典』の校勘及び用いられている方言に関して、魯迅、劉復ら、多くの学者が意見を発表した。中国における新文化運動期の著名な週刊誌『語絲』や『黎明』などにそれらの論評は掲載された。討議に加わった他の著名な学者としては、周作人《しゅうさくじん》（一八八五～一九六七、散文家、評論家、翻訳家、北京大学教授）、劉大白《りゅうだいはく》（一八八〇～一九三二、近代の詩人、文学史家、復旦大学教授）などがいる。

魯迅は『何典』の「題記」において、小説の筋書きと用いられている言語の特徴について鋭い見解を述べており、これ以降の『何典』研究は魯迅の研究を基底としている。以下に魯迅の論述を示す。

私は、見本刷りを見たが、校勘が時にはややまわりくどく、空白の欄が人をいらだたせる。半農の士大夫気取りが、どうやら強すぎると思った。本の内容はどうか。それは、亡者をあたかも人間界にいるように語り、新しい典故を古い典故のように用いている。（中略）成語は、死んだ古い典故とはまた違い、多くは現在の世相の神髄であり、思いのままに拾い上げられ、当然、文章もことのほか生き生きとしてくる。一方、成語の中から、別に考えが引き出されてくる以上、世相の種子から出てくる以上、咲くのも決まって世相の花だ、と。そこで作者は嘘偽りとめちゃくちゃな言動の中に、生きた人の世の姿をはっきりと示すのである。あるいは、生きた人の世の姿を、すべて死の世界の嘘偽りとめちゃくちゃな言動とみなしたと言ってもよい。たとえ、とうとうと弁じている箇所でも、常に人になんとなく得心させてしまうものがあり、思わず、ためらいがちな苦笑いをもらしてしまう。

（北新書局『何典』初版本、一九二六年より。日本語訳は学習研究社『魯迅全集』一九八五年によった）

魯迅が言うところの「校勘が時にはややまわりくどく、空白の欄が人をいらだたせる」というのは、北新書局から出版された『何典』の初版本では劉復に「穢語《わいご》（汚い言葉）」とみなされた文字が若干カットされ、それが空欄で示されている事に起因する。カットされた箇所は主に第四回にあり、夫と死に別れた雌鬼が和尚と密会する場面で、一〇九文字が削除された。（第四回のほかに、第五回では一文字カットされ、第四回と合わせて計一一〇文字削除された）北新書局版の『何典』が再版（第二版）された際、魯迅などの指摘により、元の形に戻された。

周作人は『瓜豆集《かとうしゅう》』（宇宙風社、一九三七年）に収録されている「常言道」という一文の中で、『何典』という奇書が成立するに至った時代背景について述べている。彼によれば、当時俗語を用いた詩や遊戯文が大いに流行しており、『常言道』（清嘉慶年間に「落魄道人」のペンネームで書かれた白話小説）及び『何典』はただ小説の形式を使用したものに過ぎず、蘇杭（蘇州と杭州）文学と呼ぶことができるという。周作人の観点は後世の研究者にとっては大いなる啓発であった。

劉復は「重印『何典』序」の中で「この書物では土着の言葉がうまく使用されているが、ごく下品な言葉も憚らずに使用されている。本の全体から見れば、すべて出鱈目に冥界の話を語っているように見えるが、実はすべて痛切に人間世界のことを語っている」と指摘した（北新書局、一九二六年）。

劉大白は『何典』が「小説という形で土着言語の辞典を編纂しており、このような編纂方法は目新しく、注目に値するし、影響力もある」とすると同時に劉復が行った校勘には一部間違いがあると指摘している（『黎明』第三十三、三十九、四十四号、一九二六年）。

概して、『何典』研究の第一段階は『何典』の重版に伴って始まり、魯迅、劉復らの論評は各々『何典』の重版時に「題記」、「序文」という形式をとって記され、劉復、劉大白ら『何典』に対する研究は『語絲』、『黎明』といった週刊誌に集中している。

魯迅、劉復、劉大白、周作人らの『何典』に対する論評は現代の研究者達に絶えず引用され、第二段階の研究に深い影響を与えた。しかし、この時期の『何典』に対する研究は校勘及び方言の考察のみに留まっていた。

第二段階（一九八〇年代から現在まで）

北新書局が『何典』の重版を行ってから一九四九年の中華人民共和国の成立に至るまで、いくつかの出版社が『何典』

の複製版を出版したが、『何典』に関しての研究を行った文章は見当たらない。中華人民共和国の成立から一九八〇年代の初期に至るまで、『何典』の出版及び研究は停滞する。文学の政治利用が主な理由である。特に十年に渡る文化大革命において、古典作品は全て「封建的で取るに足らないもの」とされ、作品の研究はおろか、出版も許されなかった。『何典』は元々「四大名著」とは比べ物にならないばかりか、二流三流の古典小説と比較しても取るに足らないものであるとされ、一九二〇年代に劉復によって「汚い言葉」とされた作中の語句の存在も、『何典』の出版及び研究禁止の一因となった。

一九八〇年代、中国の改革開放に伴い、思想及び文化も「文革」の呪縛から解き放たれていった。一九八一年に人民文学出版社が『中国小説史料叢書』の一つとして『何典』の重版を行った。潘慎《はんしん》（一九二九〜、江蘇省常熟県出身、元山西太原師範専科学校教授）が注釈を行い、趙景深《ちょうけいしん》（一九〇二〜一九八五、戯曲研究家、文学史家。復旦大学教授）が後書きを書いた。この後、中国本土、台湾、香港で前後して三十程の出版社が『何典』の重版を行い、『何典』は本格的に研究者達の目に留まるようになった。様々な角度から『何典』を研究した論文が数多く書かれ、『何典』を題名に含む博士、修士論文も書かれるようになった。この事から一九八〇年代から現在に至るまでを、『何典』研究の第二段階とする。

この時期の『何典』研究は以下の分野に集中している。

作者に関する研究

作者は「過路人」という偽名の形で出現する。幸いなことに初版本（申報館本）に「海上餐霞客」の跋文があり、跋文の最初に「『何典』は上邑の張南荘先生の作である」とある。跋文において始めて作者の本籍が示されたわけであるが、張南荘の出身地は依然として不明であった。「南荘」は作者の雅号である可能性がある。「上邑」がどこなのかに関しては未だに定論がない。上海の地方志、家系図、詩文集をしらみつぶしに調べた学者もいたが、結局有力な手掛かりを得ることは出来なかった。

一九八二年、人民文学出版社版の『何典』の注釈者、潘慎が「『何典』の作者の出身に関する考察」を書いた（『晋陽学刊』一九八二年第三号）。その中で彼は「『何典』の中で使用されている上海の人には理解し難い常熟の東郷辺りの人々が使う言葉から、張南荘は常熟の東郷辺りの人物である可能性があり、また少なくとも彼が上海出身であるという考えは懐疑の余地がある」とし、さらに末文において、「張南荘は上海の人間ではない。（中略）上邑が結局のところ上海なのか、浙江の上虞《じょうぐ》なのかについても断定をすることは出来ない」と指摘している。

一九八八年、林辰《りんしん》は「『何典』の作者に関する僅かな資料」（『群言』一九八八年第三号）を発表した。林辰は清代上海の楊《よう》城書《じょうしょ》の詩集『蒔古齋吟稿《じこさいぎんこう》』の中に僅かながら張南荘に関する資料を発見した。その中の一つが、「題張南荘詩巻」という五言の古体詩一首、もう一つが『張南荘詩序』という駢文であった。林辰は「楊城書と張南荘は同時代の人物で、また共に上海の出身でもある、互いに親しく、それ故、楊の元に詩と文章が一篇ずつあったのだろう」と考える。林辰は具体的な文献資料から出発して客観的に張南荘が上海の人間であることを証明したのである。

二〇一三年八月、鳳凰出版社によって章明明《しょうめいめい》が注釈を行った『何典』が出版された。その中で「常熟市地方志編纂委員会辦公室」としての署名が為された『校注説明』が『何典』の作者に対する考証を行い、張南荘は乾隆、嘉慶年間の常熟の詩人、張焜《ちょうこん》であり、張南荘は上海の出身ではなく、上海に立ち寄ったことがあるだけであるとした。

二〇一六年、許雋超《きょしゅんちょう》は「『何典』の作者張南荘先生の出身地に関する考察」（『江海学刊』二〇一六年第六号）の中で張南荘が上海の出身であることは疑いようがなく、県丞候補の張茂華《ちょうぼうか》の父で、監生の張鋆《ちょうえい》であったとした。

これらの記述から張南荘の出身地及び本名は上海の張鋆であるという説と、常熟の張焜であるという説の、二つの見方が生まれた。今までの研究と比較していくらかの進歩は見られるものの、張南荘とは一体誰なのか、という事に関してはさらに明確な根拠を持つ資料の出現を待つより他はない。

『何典』の方言語彙に関する考証

以前は『何典』の言語に対して文学的な鑑賞の視点から研究し、加えて修辞学の角度から分析が行われていた。この時期に言語学の観点から『何典』の中の江南地方の方言に対して考証を行う論文が出現した。その中で陳源源《ちんげんげん》の「『何典』の「易」に関する考察」（『中国語文』第五号、二〇〇九年）、「『何典』の方言文字「刊」、「掗《あ》」、「畔《はん》」の考察」（『山東理工大学学報（社会科学版）』第二十九巻第四号、二〇一三年）、「『何典』の「嬲」の字に関する考察」（『安徽理工大学学報（社会科学版）』第十六巻第一号、二〇一四年）などは後漢の字書『説文《せつもん》解字《かいじ》』や地方志中の方言資料を用いて『何典』の中に出てきた方言文字に対して詳細な考察を行った。竜向平《りゅうこうへい》の「『何典』の「易」の本字及び本字を考察する原則と方法」（『凱里学院学報』第三十一巻第五号、二〇一三年）は歴史文献を用いて「易」の本字に対して詳細な考察を行ったのみならず、方言語彙に関する研究を行う際の原則や方法に関する提言を行った。この時期の『何典』の方言に関して考証を行った文章の数には限りがある。しかし第一段階において研究者たちが自分たちの言語経験で『何典』の方言に関する議論を行っていたのに比べると、より客観性と学術性に富んでいると言える。

言語的特徴及び修辞方法に関する研究

前述の通り、呉地の方言及び俗語を多用している点は『何典』の大きな特徴の一つである。特に独特な手法でそれらを用いたことは、小説にユーモアを帯びる文体を生み出した。『何典』の言語的特徴及び修辞方法に関する論文は他の解説的な研究論文よりも多く見られ、その中でも特に『何典』の言語的特徴及び修辞方法に焦点を当てて論じたものに次の二篇がある。鄭慶君《ていけいくん》の「近代ユーモア小説『何典』の修辞の特色」（『古漢語研究』第一号、二〇〇二年）は『何典』の方言及び俗語の四つの用い方から『何典』の修辞方法を論述し、邵《しょう》文《ぶん》の「『何典』のユーモア的な言語の特徴及び表現形式を論じる」（『斉魯師範学院学報』第二十六巻第二号、二〇一一年）は修辞学の視点から『何典』の成語・諺語・歇后語・慣用語の四つの用法を詳細に分析し、機能及び価値を記した。

『何典』と他の小説との比較研究

まず『何典』は独自に誕生したものではない。時代の影響を受けているし、文学の発展を受け継いでもいる。『何典』及び類似的な小説の研究には陳鵬録《ちんほうろく》の「『常言道《じょうげんどう》』の言語――『何典』との比較」（『賀州学院学報』第二十五巻第二号、二〇〇九年）がある。この文章は『何典』と『常言道』の言語的特徴について比較を行い、二つの書物に言語的な技巧の面で多くの共通点が見られるとしている。また、異なる点としては『常言道』の作者に世間に対する救済意識と人々に対する勧善が見られるのに対して、『何典』は遊び心に満ちた文体で、風刺と揶揄の中に幾らかの滑稽さが見られるともする。孫遜の「『何典』から『玄空経《げんくうきょう》』まで――我が国における重要な一連の呉語風刺小説」（『文学評論』第六号、二〇一四年）では両書は共に中国の呉語風刺小説の傑作であり、内容、人物像、言語的特徴、修辞方法、審美観などにおいて驚くべき程に相似しており、呉語による風刺小説が脈々と受け継がれてきたことの表れであるとした。

この他に『何典』と才子佳人小説や鍾馗《しょうき》を主人公とする小説と比較する文章もあるが、それらの研究はどれも共通点については否定的である。

『何典』の創作動機

『何典』の作者が創作するに至った動機に関して研究した文章も見られる。洪雁《こうがん》、高日暉《こうじつき》の「憂さ晴らしの奇書『何典』を論じる」（『浙江工商職業技術学院学報』第五巻第四号、二〇〇六年）では作者の真の目的は小説によって憂さ晴らしを行う事であり、またその手法も独特であるとしている。まず、冥界を描くことで鬱憤を晴らし、人間界を全否定している。次に、下品且つ猥雑な言葉で汚れた世の中を描写し、「毒を以て毒を制す」の手法で憂さ晴らしをしている。三つ目に、書物全体が遊び心のある筆致で人生を意地悪く嘲笑している。鄭劭栄《ていしょうえい》の「『何典』の中の救世意識を論じる」（『湖南師範大学社会科学学報』二〇〇一年第二号）では張南荘は現実世界を徹底的に批判すると同時に、自身が生きているこの世界が朽ちていくことを望まず、心から起死回生を望んでいるとし、作者の持つ救世の意識を寄寓したと指摘した。

注釈

　基礎研究として、『何典』の注釈は目覚ましい進歩を遂げた。各々の注釈にはそれぞれ優れた点がある。劉復は最も早く『何典』に句読点をつけ、注釈を行った。一九二六年に北新書局から重版された『何典』は縦書きであり、劉復の注釈はページの上部の余白に記され、注釈番号はなく、合計で一四三個の注釈があった。一九八一年に人民文学出版社が『何典』の重版を行った際には横書きに変わり、潘慎が注釈を行った。注釈は各章の最後につけられ、七八七個に上った。上海学林出版社が二〇〇〇年に出版した『何典』は成江《せいこう》が校注を行い、その数は五四三個であった。また二〇一三年に鳳凰出版社が出版した『何典』は常熟市地方志編纂委員会が編集し、章明明が注釈を行った。注釈の数は最も多く、二〇八〇個にも上り、『何典』以外の用例も数多く引用された。

　この他に、中国本土のみならず、台湾においても出版及び研究が行われている。一九五四年に台湾の東方文化供応社が『何典』の重版を行った。娄子匡《ろうしきょう》（一九〇七～二〇〇五、民俗学者、民間文芸学者、俗文学家）は「はしがき」において「『何典』を読み、『何典』の重版をしようと思ったのは意外にも諺語の研究が関係している。なぜなら一つの諺語において、一つの民間の伝承があり、出典もある。どの出典も人間性に満ちているからである」と述べ、『何典』の民俗学的価値をアピールした。三民書局が一九九八年に出版した『何典』は『斬鬼伝』、『唐鍾馗平鬼伝』と合わせて出版され、本土の学者の黄霖《こうりん》が注釈及び考証を行った。

　一九七〇年代から今に至るまで、長歌出版社（一九七六年）、新興書局（一九七七年）、河洛図書出版社（一九八〇年）、文化図書公司（一九八二年）、三民書局（一九九八年）などの出版社が『何典』の重版を行った。台湾の『何典』の研究に関する文章は僅かであり、『何典』を全般的に解説する文章がほとんどである。

『何典』研究の第二段階における特徴としては、『何典』の出版の隆盛が研究の繁栄をもたらし、研究が進むにつれ、単一的な段階から多元的な段階へと移行していったことが挙げられる。この段階における研究は一定の成果を上げたものの、玉石混交の面があり、また他人の言ったことそのままを受け売りする者も多く、真に『何典』の研究に関する空白を埋め、研究を前進させる論文は少ない。基礎的な研究として『何典』の注釈は大きく進歩したが、民俗学、文化学などの面から『何典』の語彙に関して行われた研究は深みを欠いていると言わざるを得ない。

日本における『何典』の研究

『何典』と日本

『何典』の初版本――申報館本は日本の国立国会図書館に現存するが、具体的にいつ所蔵されたのかについては定かでない。一九三〇年代に改造社が『世界ユーモア全集』を出版しようとした際に、魯迅が日本人の友人である増田渉《ますだわたる》に対して『何典』を含む八作品（『水滸伝』、『鏡花縁』、『儒林外史』、『何典』、『達夫全集』（郁達夫）、『今古奇観』、『老残遊記』、『小彼得』（張天翼））を推薦した。魯迅が増田渉に送った北新書局版の『何典』は関西大学図書館の「増田文庫」に現存している。

魯迅が『何典』を推薦した理由としては、「近年の風刺本としては、非常に名声があるが、実際は「江南名士」式の滑稽さであり、内容は非常に浅い。内容はほとんど方言及び俗語で書かれており、中国の北方の人間でも理解することは難しい。ただあなたにこの本を読んでもらい、中国にはこのような本もあるのだという事を知ってほしい」とある（一九三二年五月二十二日魯迅から増田渉への手紙より）。一九三三年三月に『世界ユーモア全集』第十二巻・支那篇が出版された。魯迅の『阿Q正伝』、『幸福な家庭』、郁達夫の『二詩人』、張天翼の『皮帯』、『お手軽恋愛噺』、『今古奇観』の「幸運児」「婚姻珍裁判」、『儒林外史』の「馬二先生が神仙に遇った話」、『笑林広記』の抜粋部分及び徐文長《じょぶんちょう》の物語などといった民間の伝説の抜粋が収録された。

おそらくは「中国の北方の人間でも理解することが難しい」方言が閲読の障害となったためであろう、『何典』は収録されなかった。

最も早く呉語研究者の角度から『何典』の評論を行った日本人研究者は高倉正三（一九一四～一九四一、一九三九～一九四一年の間外務省特別研究員として蘇州で呉語の研究を行い、病気のため蘇州で客死した）である。高倉は彼の『蘇州日記』（弘文堂書房、一九四三年）の中で『何典』をこう評価している。

「到処捜須捉虱（あちこち探し求める）」、随口噴蛆（ところ構わず、言い散らす）」で、何時どこでしゃれられているのか、随分と骨が折れる。おそらく今の蘇州人でも免れまい。

（昭和十六年一月二日の日記より）

『何典』ももっと上品なシャレが多いといいのですが下司な字や言葉にはいやな気が致しました。たしかに読書人の「悪作劇《いたずら》」なのでしょうか、しかし蘇州語特に成語は随処に発見されさながら口さがない蘇州人の「講章（雑談）」そのままといった感じです。

（昭和十六年一月十二日吉川幸次郎宛の手紙より）

高倉は『何典』の中の下品で猥雑な言葉が人々に不快感を与える事をさして、「文人のいたずら」だとしている。同時に日本の呉語研究者として、『何典』中の言葉を理解する困難さを彼も理解していた。

日本の『何典』研究

日本で『何典』の研究が始まった時期は遅く、『何典』に対して本格的な研究が行われ出したのは二十一世紀に入ってからのことである。現在、研究は版本、文体、言語の三つの分野に留まっている。

北新書局が行った『何典』の重版は『何典』研究の一回目の隆盛をもたらし、人民文学出版社の『何典』の重版が『何典』研究の第二段階の契機となった。『何典』の出版の重要性は垣間見ることができる。初期に出版された二つのテキストの間にはどんな関係があるのか。北新書局が『何典』の重版を行った際、参考となったのは初期のどのテキストなのか。これらの疑問に答えるため、著者は「『何典』のテキストについて」（『清末小説』第二十四号、二〇〇一年）を記した。本論文では主に『何典』の初期の重要な二つのテキストに関して、様式、挿絵、字句の相違の面から考察を行い、今後重版される『何典』の為の字句面での客観的な根拠を提供した。

これまでは修辞学の視点から『何典』の言語の用い方を論じてきたが、単に修辞学のとらえ方では限界が見られ、さらに『何典』全体の文体から取り組む必要があると思い、著者は「『何典』の文体について」（『語学教育研究論叢』第二十六号、二〇〇九年）の中で『何典』において俚語、慣用句、諺語の独特な用い方により、『何典』特有の諧謔の文体を作り上げたと指摘した。さらに、この文体の源流は六朝時代まで溯ることができ、あらゆる文学形式の中に見て取ることができ、用いられた要素として、薬名、詞牌名、曲牌名、骨牌名、官職名、俚語、慣用句が含まれる、とも指摘した。

魯迅は増田渉への手紙の中で『何典』を「殆ど方言及び俗語で記され、北方の人間でも理解するのは難しい」と評価した。この評価に対して、著者の「『何典』の呉語的と非呉語的な要素について」（『語学教育研究論叢』第二十七号、二〇一〇年）では『何典』中の呉語が占める割合を考察し、文法、語彙の角度から具体的に『何典』の中の呉語的と非呉語的な要素を分析した。『何典』中の呉語は叙述文と会話文の双方に現れ、この点において「呉語小説」とされる『海上花列伝』及び『九尾亀《きゅうびき》』と比べて大きな差異が見られ、マンダリン（北京官話）が『何典』において占める割合が大きいと指摘した。

結びに

『何典』は多くの呉方言を用いているため、特殊な言語運用方式を採っている。今後の『何典』研究の最大の難点はやはり言語である。一般の読者が閲読する際の障害を排除するため、特に呉語が話されている地域以外の読者でも円滑に読めるようにするためにはより詳細で確実な注釈本が必要である。専門研究の角度から見れば、書中の方言、俗語の傍証となるものを探し出すか、江南の民俗伝承から『何典』の研究をするにあたっての方言及び俗語の本義と派生義を入手し、人々が納得する解釈を得ることが必要であると考える。

[III 中国古典小説研究の最前線]

宣教師の漢文小説について

――研究の現状と展望

宋莉華（後藤裕也・訳）

宣教師による漢文小説は、近年来、推し進められてきた中国古典小説研究における新たなジャンルである。その開拓者はハーバード大学の故パトリック・ハナン（Patrick Hanan）教授であり、以来、多くの専門家の努力によって、一定の研究成果が積み上げられた。本稿は、学術史的な側面から、その研究の現状と展望を述べるものである。

一　宣教師の漢文小説に関する研究の開拓

明末清初に現れた宣教師の漢文小説、これは西方から来た宣教師が教義を宣揚するため、あるいは中国人の概念を変えるために、中国語で著した、もしくは中国語に翻訳した小説をいう。かつては学術研究の盲点であり、文学史でもほとんど言及されることはなく、学術史においても同じく蚊帳の外にあった。宗教学者のあいだでも、中国文学研究者のあいだでも、この作品群の存在は軽視されてきたのである。

そのような状況に陥った原因は三つある。

一つは、宣教師による漢文小説の生まれた歴史的および文化的な脈略が、きわめて特殊なためである。それは、民族間の矛盾が日増しに尖鋭になっていた近代中国の社会において生み出され、そのうえキリスト教の要素が非常に強い作品であった。そのため、長期にわたって儒学の伝統にどっぷりと浸かっていた中国の文人階級に普遍的に受け入れられるのは、そもそも困難であったと言える。

二つには、宣教師による漢文小説を文学作品として見たと

そう・りか――上海師範大学中文系教授、博士課程指導教員。中国教育部長江学者奨励計画に青年学者として参加。教育部新世紀優秀人材に選出。神奈川大学外国人特任教授。イエール大学、オックスフォード大学客員教授。専門は近代の中国とヨーロッパにおける文学と文化の関係に関する研究。主な著書に『明清時期的小説伝播』（中国社会科学出版社、二〇〇四年）、『伝教士漢文小説研究』（上海古籍出版社、二〇一〇年）、『近代来華伝教士与児童文学的訳介』（上海古籍出版社、二〇一五年）などがある。

き、芸術面ではまずまず満足のできるものであったが、文学研究者が真摯に取り組むべき研究対象として取り上げるほどのものではなかった点が挙げられる。その叙事文学としての致命的な弱点は、物語の構成や人物が大同小異で、類型化されているところにある。キリスト教の教義を説明するという意図が、文学作品そのものの力を上回り、その結果、作品中には布教のための言葉が大量に溢れることになった。しかも、宣教師作家たちはしばしば無批判かつ簡単に同類の作品を利用あるいは模倣しており、そこに芸術面における洗練や彫琢は見受けられず、本来あるべき心情や性格の細緻な描写が、平面的で単純化された人物に取って代わられている。芸術面で見るべきところがない以上、当然、文学研究の主流に上ってくることもない。

三つには、作品の伝存状況がある。現在、目睹できる小説のほとんどは海外のあちこちの図書館に散在しており、現物を手に取るのも決して容易ではない。これがおそらく今日に至るまで、宣教師の漢文小説に対する研究が質量ともに圧倒的に不足している最大の原因であろう。

それでは、果たして宣教師の漢文小説には研究する価値がないのであろうか。

ハナンの答えはノーである。宣教師による漢文小説は叙事文学として、これを十九世紀の文学のなかに位置づけて考察すべきことに疑問を挟む余地はないと、ハナンは考えている。それらは、時期の点では、十九世紀七〇年代に現れた中国人によるホームズ作品の翻訳より早く、数量の点でも凌駕する。しかも宣教師の漢文小説の流伝は、キリスト教徒という小さな枠内に留まって文学作品としての普遍的意義を失ったわけでもなく、読者には事欠かなかった（(米)パトリック・ハナン「十九世紀中国的伝教士小説」、徐俠訳『中国近代小説的興起』上海教育出版社、二〇〇四年、七〇、七一頁）。それどころか、膨大な数に上る通俗小説の読者層を背景に、多くの小説が一再ならず版を重ね、さらには教会の販売ネットワークを通じて全国に売り出されたのである。また、キリスト教と中国文化の結合という点では、中国文化への適応を見せ、両者間における補完性という側面をも持ち合わせており、中国固有の文化に新たな内容を補充したと言える。つまり、宣教師による漢文小説とは、中国文化への適応という方針を採用し、白話小説という娯楽読み物に対する民衆の需要を利用して、布教という目的を達成しようとした産物なのである。そのため、異質の文化交流における多くの根本的な問題に言及し、普遍的な現象や規則を反映している。それと同時に、もともと布教のために用いられたこれらの小品は、西洋の小説の最も早期における翻訳紹介という職責を意図せずして担うことになった。西洋の文学を中国に引き入れる重要な媒介として、中国の文学に直接的な影響を与え、中国の小説において新たな子部を確立させるという大きな役割を果したのである。

以上のような認識に基づいて、二〇〇〇年十二月、ハナンは『ハーバードアジア研究学報』に「十九世紀中国的伝教士小説」("The Missionary Novels of Nineteenth-Century China", *Harvard Journal of Asiatic Studies*, vol.60-2。これはのちに徐俠の翻訳によって、ハナンの論集『中国近代小説的興起』に収められている)を発表した。これこそ、宣教師の漢文小説を研究対象として扱った嚆矢である。この論文は、紙幅の制限のためそれらの梗概を述べるに留まるが、まったく新しい一つの学術領域を切り拓いた点で、研究の礎を築くという意義を有している。この論文の内容は、宣教師による漢文小説の基本概念や発展の歴史、研究の内容、基本文献、および文学的な影響など、根本的な命題に渉っている。その独特な研究視野と方法、およびそこから得られた結論は、人々の耳目を驚かせるに十分である。

以下にその概要を述べる。

第一に、ハナンは「宣教師の漢文小説」という基本概念を画定するため、「キリスト教宣教師およびその助手が中国語で書いた叙事的な作品」と、研究の対象を大枠で定めた("The Missionary Novels of Nineteenth-Century China", *Harvard Journal of Asiatic Studies*, vol.60-2, p.413)。これはつまり、この種の小説の創作主体は西方から中国に来た宣教師であるという考えを明確にしたものである(たとえ中国人助手の協力を得た共著という形式であっても、それはやはり宣教師が主導的な役割を担い、中国人はその筆記者として文章の洗練を受け持つだけである)。

第二に、ハナンの論文では、宣教師による漢文小説を研究するため、基本的な枠組みが打ち立てられた。ハナンは文学史家の目でそれらの大まかな発展過程をまとめ、最も重要かつ代表的な作家と作品を列挙している。プロテスタント宣教師による漢文小説の淵源については、章回小説の特徴を持つロバート・モリソンの『西游地球聞見略伝』や『古時如氏亜国歴代列伝』といった紀行や伝記にまで遡り、ウィリアム・ミルンの『張遠両友相論』をプロテスタント宣教師による初めての漢文小説と位置づけた。そして、早期におけるプロテスタント宣教師と中国の小説の密接な関係として、これらが章回小説の体裁をできる限り模倣している点を指摘している。このような密接な関係はカール・ギュツラフ(郭実猟)の作品において最も顕著で、ハナンはその多くの小説を列挙している。また、ジェームズ・レッグが紀伝体の体裁を用いて使徒の行状を描いたことにも触れる。十九世紀五〇年代以降は、

図1　1882年博美瑞訳『安楽家』

宣教師による中国の伝統的な小説の模倣はしだいに影を潜め、その一方で訳述作品が増えはじめた。それは西洋の叙事方式を採用したものである。『金屋型儀』、『天路歴程』、『亨利実録』、『時鐘表匠言行論略』、『孩童故事』、『貧女勒詩嘉』、『両可喩言』、『除覇伝』、『安楽家』といった大量の翻訳の出現は、それまでの中国翻訳文学史を書き換えた。宣教師グリフィス・ジョン（楊格非）は、十九世紀後期の数少ないオリジナル小説の作家である。ティモシー・リチャードが翻訳した『回頭看紀略』は、晩清期における新たな子部の確立に影響を与え、ジョン・フライヤーが提唱した小説原稿のコンテストは、やはり新たな小説の呼び水となった。彼ら宣教師の文学活動によって、中国の読者は西洋の小説を知り、受け入れたのみならず、その活動は小説界の革命の過程においても与って力があった。

　第三に、ハナンは長年にわたる中国古典小説の研究方法と経験を、宣教師による漢文小説に応用し、その白話文学および叙事文学としての特徴と研究の意義を提示した。学術の伝承という面から見れば、ハナンは欧州の古典文学を修め、西洋の文献学と考証学の厳しい修練を積んでいる。ハナンがこれを中国古典小説研究に用い、さらには一貫して宣教師による漢文小説の研究に応用したのは、きわめて自然なことであった。その論述には、考証を得意とするハナンの修養がいかんなく発揮されている。相当数に上る精読を通じて、作品の年代や版本についての精緻な分析を行い、淵源の考察を通じて、一部の小説の発生条件や方式、あるいはその過程、およびある故事が異なる形式の文学作品のなかでいかに変遷したかなどを論証している。また、それらの優劣を論じる一方で、その独創性をも明らかにしている。これは、作品の変遷をいかに処理するかという点で、小説史研究の拠って立つところを示していよう。そのほかに、ハナンは現代文学の批評方法を応用し、それら漢文小説を世界の叙事文学のなかに位置づけて検討する。聴衆に向かって語る講釈師の話しぶりを模倣するのは、早期の段階の白話文学として世界の各民族に共通して認められるが、中国の白話小説は、一貫してこの種の体裁を採り続けた（張宏生「哈佛大学東亜語言与文明系韓南教授訪問記」『文学遺産』一九九八年第三期、一一四、一一五頁）。中国を訪れた宣教師たちは、中国の読者に受け入れられていたこの白話小説の伝統に気づいて、それを模倣し布教のための作品を作るに至ったのである。ただ、この問題を論ずるには、以下の二点に注意しなければならない。まず、宣教師はやみくもに模倣したのではなく、西洋文学の要素と技巧をその中に取り込んでいる。つまり、ある意味においては、西洋の文学を中国に引き入れる媒介の役割を果たしたのである。次に、宣教師が白話小説を模倣するという流れは、二十世紀初頭まで続いたとはいえ、そこには常に変化が認められる。そして、途切れることなく続けられた、方言や俗字、ローマ字などを用いるという実験は、白話文学運動の先触れともなった。

第四に、ハナンはこの論文において、数種の重要な参考文献を挙げているが、それは宣教師による漢文小説を研究する上での基礎文献でもある。たとえば、アレクサンダー・ワイリー（Alexander Wylie）が編んだ書目 *Memorials of Protestant Missionaries to the Chinese: Giving A List of Their Publications, and Obituary Notices of the Deceased,with Copious Indexes*（Shanghai: American Presbyterian Mission Press, 1867）は、各作品の末尾に提要を付している。*Catalogue of the Chinese Imperial Maritime Customs Collection at the International Exhibition, Philadelphia, 1876*（Shanghai: published by the Inspectorate General of Customs, 1876）と、*Illustrated Catalogue of the Chinese Collection of Exhibits for the International Health Exhibition, London, 1884, China Imperial Maritime Customs Miscellaneous Series No.12*（London: William Clowes and Sons, 1884）の二部は、世界博覧会にも出展された書目である。また、ジョン・マードック（John Murdoch）が編纂した *Report on Christian Literature in China, with a Catalogue of Publications*（Shanghai: Hoi-Lee Press, 1882）や、二十世紀初頭にドナルド・マクギリブレイ（Donald MacGillivray）が編纂した *New Classified and Descriptive Catalogue of Current Christian Literature, 1901*（Shanghai, 1902）もある。後者の書目は、一九〇七年により詳しい版が同じ書名で出版されている。さらには、ジョージ・A・クレイトン（George A. Clayton）の手になる中国語の書目『基督聖教出版各書書目匯纂』（漢口、聖教書局、一九一八年）も挙げている。

宣教師の漢文小説に関する研究の進展

宣教師の漢文小説に対するハナンの基礎的研究は、広く学術界の興味を呼び起こし、この約十五年で研究は迅速な発展を遂げた。いまではすでに明末から晩清および民国という時代を貫徹し、中国と西洋の文学という総体的な研究の枠組みがおおよそ形成されている。学界の陣容としては、中国大陸の学者と台湾、香港、マカオなどの学者とが国際的に協力しはじめ、このジャンルにおける共同研究を推し進めている。

中国におけるキリスト教研究

これまでの中国におけるキリスト教研究は宗教と歴史とに偏重しており、キリスト教文学の研究は軽視されてきたが、この不足が埋め合わされた。ハナンの論文は、紙幅の都合で梗概を述べるに留まり、その対象も十九世紀に限定され、短編小説は取り上げずに長編小説について論述するのみである。また、ハナンの研究ではカトリックとギリシャ正教の宣教師による作品も触れられていない。このような点で、のちの研究者にさらなる学術的深化の余地を残した。

明清期におけるカトリック宣教師の漢文小説について、その文献整理と研究の立ち上がりは比較的早く、大部のシリーズなどが数多く出版されて、研究者に多大な利便を提供した。それまでの明清代のカトリックに対する研究は、やはり宗教と歴史の研究を主としていた。ところが、近ごろでは一部の学者はその脱却を図り、文学的な角度から切り込むことで大きな成果を上げている。たとえば李奭学の「中国晩明与欧洲文学：明末耶蘇会古典型証道故事考詮」や「訳述：晩明耶蘇会翻訳文学論」、顔瑞芳の「論明末清初伝華的欧洲寓言」などである。晩明期に中国を訪れたイエズス会士は、啓示的な故事以外にも、ヨーロッパの数多くの宗教文学的作品を翻訳した。それらの作品は、聖歌や詩、聖人の伝記や事跡、宗教的散文など多岐にわたり、代表的なヨーロッパの宗教的文学作品であるのみならず、最初期に中国に翻訳紹介されたヨーロッパの文学作品でもある。それらはまた同時に、清末期に打ちたてられた文学の新たな知の産声と見なすこともでき、文学史上および翻訳史上において果たした役割はきわめて大きい。新進気鋭の学者である鄭海娟氏も、カトリック宣教師の小説について鋭意研究を積み重ね、「明清天主教文献中的『旧約』故事衍義」（二〇一三年十二月五日と六日に開催された「台湾中央研究院明清国際学術研討会」において提出された論文）を発表した。そこで氏は、『衫松行実』や『聖教古代小説鼓詞』などの『旧約聖書』を改編した作品を分析し、その際にイエズス会士が宗教的色彩を弱める一方で、物語性や文学性を強調し、筋立てを十分に整え、人物および心理描写などにも筆墨を尽くすことで、意識的に中国の孝道の文化と結びつけていることを指摘している。このような手法は布教に利するだけでなく、抽象的な教義を具体的に示せるため、その結果キリスト教を普及し、根付かせることが可能となる。

宣教師の漢文小説

このジャンルの研究者の数は国境を越えて増え続け、多層的かつ多角的な研究と学術協力が展開されている。ハナンのあと、十九世紀から二十世紀の宣教師による漢文小説研究については、その進展は耳目を驚かすものがある。まず宋利華、黎子鵬、段懐清、鄭海娟、姚達兌、崔文東など、活力に富む第一期の中堅あるいは若手が現れただけでなく、陳慶浩、袁進、劉麗霞といった古典文学や近現代文学の研究者、あるいは劉樹森、朱静ら翻訳文学研究者もその陣容に加わった。さらには呉淳邦、申相弼、李祥賢、林恵彬といった韓国の学者も宣教師の漢文小説およびそれらの韓国での流伝状況について研究を進めており、その成果は着実かつ十分で、これまでの研究の空白を埋めている。右に挙げた研究者たちの研究内容は、いっそう多元的な方向へと進んでいる。

その一つとして、文学史全体のなかでの宣教師の漢文小説の位置づけとその影響を考察し、そこから総合的研究に進めるものがある。たとえば、宋利華『伝教士小説研究』(上海古籍出版社、二〇一〇年)、同「伝教士漢文小説与中国文学的近代変革」(『文学評論』、二〇一〇年第一期)や、袁進「重新審視新文学的起源：試論西方伝教士対中国文学的影響」(『湖南文理学院学報』二〇〇五年第五期)、黎子鵬 *Negotiating Religious Gaps: The Enterprise of Translating Christian Tracts by Protestant Missionaries in Nineteenth-Century China* (Monvmenta Serica, 2012) などがある。これらの研究によれば、中国近代の文学の変革に対して、かつて西方の宣教師はきわめて大きな影響を与えてきた。これまではその影響については過小評価、ないしは完全に無視されてきた。われわれはいまいちど文学研究という視野を調整せねばならない。

また文体、版本、成立過程、白話文学、翻訳、挿図といった具体的かつ細緻な視点からの研究が、いままさに深化のただ中にある。この方面の研究成果は特に注目に値する。なんとなれば、これらの研究は絶えざる探求の末に目睹の機会を得られた宣教師漢文小説の版本という基礎の上に打ちたてられたものだからである。そして、個別の作品に対する研究が推し進められてこそ、宣教師の漢文小説がいかなる発展の軌跡を描いたのかを明確にすることができるであろう。そうなれば、中国におけるキリスト教の歴史的変化の軌跡も、おそらくは完全な形で浮かび上がってくるに違いない。

宣教師の白話文学に対する研究成果も、十分に実を結びつつある。たとえば、袁進「重新審視欧化白話文的起源：試論近代西方伝教士対中国文学的影響」(『文学評論』二〇〇七年第一期)は、新文学が主に使用したのは欧州的白話で、伝統的な古白話ではない点を指摘する。欧州的白話文学作品は、最も早いものでは十九世紀の西方の宣教師によって書かれており、清末の白話文運動および五四白話文学運動と、国語運動の発展という面で完全な一本の筋道を構成している。鄭海娟「明清耶蘇会的漢語白話書写」（二〇一四年六月二十一日と二十二日に上海師範大学で開催された「宗教視閾中的翻訳文学研究国際学術会議」において提出された論文）では、晩明から清末のカトリック宣教師による白話執筆の実践が整理されて述べられている。イエズス会は書をもって教えることで知られ、このことは中国の文人士大夫に好意的に迎え入れられた。中国に入った早期の宣教師は、著述の際、往々にして文言を用いたが、決して白話による著述を軽視したわけではなく、白話の著述を庶民に対する布教の道具として利用していた。明末、ポルトガルのイエズス会士ローシャ（羅儒望）の『天主聖像略説』（一六〇九年）、『天主聖教啓蒙』（一六一九年）などは白話を用いて著されており、これらはその源流であると言える。姚達兌「聖経与白話——聖経翻訳、伝教士小説与一種現代白話的萌蘖」（『聖経文学研究』第七輯、二〇一三年三月三十一日）は、十九世紀に中国に入ったプロテスタント宣教師が教会からの教えを受けて、布教のために聖書の翻訳や宗教的小説を執筆する際、多く白話を選んで用いる傾向があることを指摘する。また、宣教師による方言を含む小説は、宣教師の白話文学における重要な要素として認められ、宋利華も「十九世紀伝教士漢語方言小説述略」（『文学遺産』、二〇一二年第四期）や「『宰蘇歴程』：『魯浜孫飄流記』的早期粤語訳本研究」（『文学評論』二〇一二年第四期）を発表している。宣教師は方言を用いて著述あるいは大量の小説を翻訳している。それらは主に繁体字やローマ字で、時にすでに俗間で共用されていた簡体字をも使用しており、中国の地域文化と西洋文化が融合した特殊な産物で、独特の言語あるいは文学形式を体現している。

図2　1902年英為霖訳『魯浜孫飄流記』（羊城土話）

外国文学の研究者のなかには、宣教師による漢文小説を翻訳の角度から注視している者もいる。劉樹森は早くからこの研究に取り組んでおり、『訳林書評』に一連の関連する文章を発表した。取り上げる年代を十九世紀五〇年代から一九一九年のあいだに絞り、近代の宣教師によるイギリス文学の翻訳について、その主要な成果と特徴を述べている。晩清から民国初期という歴史文化を背景として、宣教師によるイギリス文学作品およびその他の国の文学作品の翻訳紹介における先進性と固有の特徴は、文学翻訳に携わる中国本土の翻訳者に対しても、翻訳の観念、方法、技巧などの面で重大な影響を及ぼしたことを指摘する。また、朱静の二本の論文「新発現的莎劇『威尼斯商人』中訳本：「剜肉記」」(『中国翻訳』二〇〇五年第四期)と「季理斐夫人与「喩言叢談」——清末民初西方来華新教女伝教士文学翻訳的考察」(『基督教在中国：比較研究視角下的中西文化交流』上海人民出版社、二〇一〇)は、女宣教師による文学翻訳について関心を注ぐもので、その翻訳に見える彼女たちが持つ宗教および性別についての要素を明らかにする。黎子鵬『経典的転生：晩清『天路歴程』漢訳研究』(基督教中国宗教文化研究社、二〇一二年)は、『天路歴程』という一事例に関する研究であるが、そこから演繹して、宣教師の手になる漢文小説の翻訳に対する研究という、より広い視野を持つもので、ただ翻訳の比較と紹介に留まるものではない。

近年では、韓国の学者による研究も看過することはできない。崇実大学の呉淳邦は、韓国の学者のなかでも比較的早くから宣教師の漢文小説に着目している。氏は「十九世紀伝教士中文小説在韓国的伝播与翻訳」(二〇〇六年八月十三日から十八日に開催された「第三届中国古代小説国際研討会」において提出された論文)や、「経典的重構改編：陳春生『五更鐘』的本土化訳述策略研究」(二〇一四年六月二十一と二十二日に上海師範大学で開催された「宗教視閾中的翻訳文学研究国際学術会議」において提出された論文)などで、『張遠両友相論』や『引家当道』、『贖罪之道伝』といった宣教師の漢文小説の韓国語訳本や、韓国に所蔵されるティモシー・リチャードの編訳になる『喩道要旨』の発見を報告している。釜山大学の李相賢と申相弼は韓国における宣教師の創作に重きを置くが、同時にまた宣教師による漢文小説の韓国における流伝にも触れており、イギリス生まれのカナダ人宣教師J・S・ゲールや、フランス人宣教師リデル(李福明)らの韓国での古典小説の翻訳について研究を展開している。林恵彬はここ数年で活躍を見せる韓国の若手研究者である。宣教師による漢文小説の版本に関して多くの新たな発見を報告している。たとえば「晩清基督教漢文小説『五更鐘』初探」(『澳門文献信息学刊』二〇一一

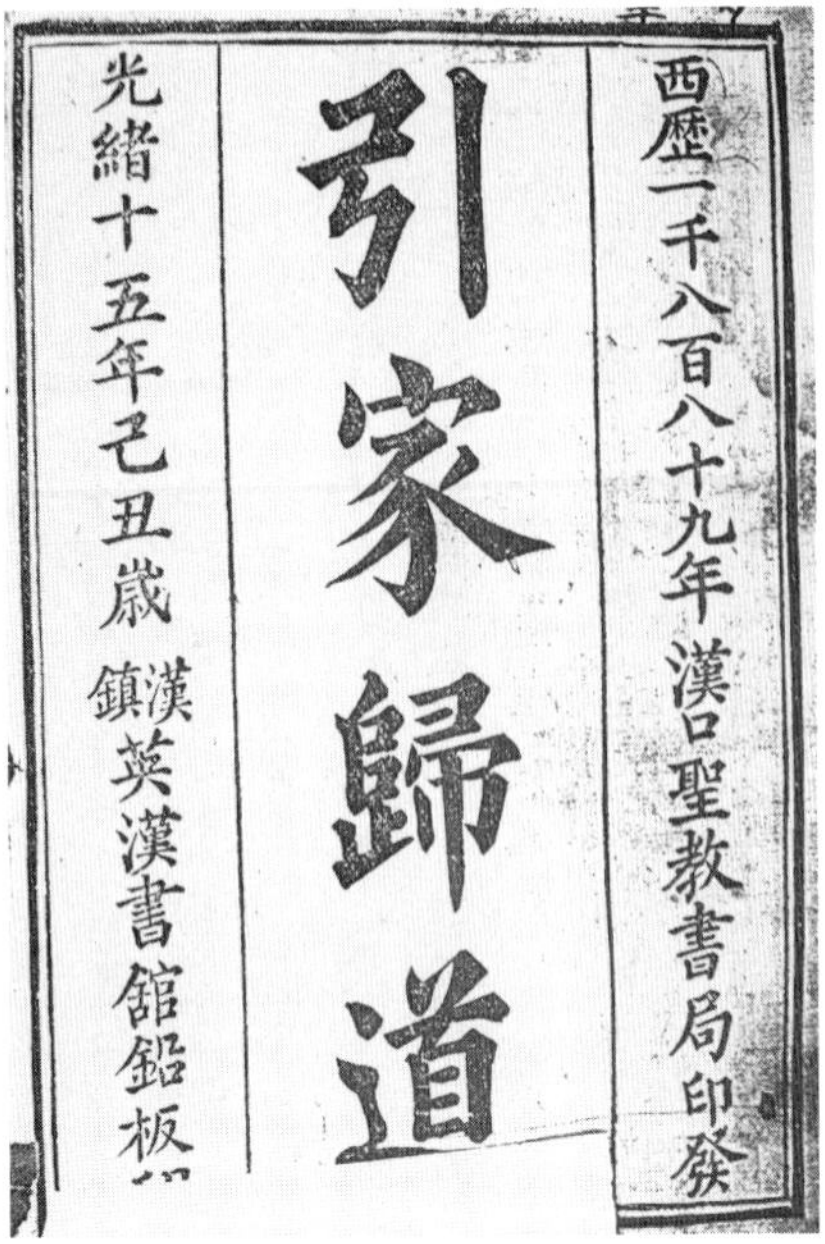

図3　1889年『引家帰道』（『引家当道』の文言版）

図4　1836年『贖罪之道伝』

年第四期）、「晩清基督教小説『紅侏儒伝』考論」（『西学東漸与東亜近代知識的形成和交流』上海人民出版社、二〇一二年）、「新発現最早新教伝教士翻訳小説『時鐘表匠言行略論』」（二〇一二年十二月二十日と二十一日に開催された「書写中国翻訳史――第五届中国訳学新芽研討会」において提出された論文）などである。

このほかにも、林恵彬は「晩清基督教漢文小説挿図初探」（二〇一三年十二月五日と六日に開催された「台湾中央研究院明清国際学術研討会」において提出された論文）を発表しており、これは宣教師の漢文小説が持つ延伸性についての研究である。

書目文献の整理

宣教師の漢文小説に関する研究において最も困難な点は、資料の散逸が甚だしいことである。長期にわたり研究の主流として扱われなかったため、系統的な整理が為されておらず、資料の全体像を把握することは容易ではない。同時に、宣教師による漢文小説は多くが海外に所蔵されており、中国国内に残る版本も分散しているばかりか、年代が古いため貴重書扱いとなって気軽に閲覧もできず、それがまた長期間研究者の視界に入ってこなかった一因でもある。

相対的に言えば、明清代のカトリック関連の文献整理は比較的早くから取り組まれ、多種にわたる大型の文献が相次いで出版された。一九六〇年代以来、方豪による影印『天学初函』、呉相湘主編の『天主教東伝文献』および同「続編」と「三編」、また鍾鳴旦・杜鼎克等編『徐家匯蔵書楼明清天主教文献』(一九九六年)、『耶蘇会羅馬檔案館明清天主教文献』(二〇〇二年)、北京大学宗教研究所の鄭安徳編『明末清初耶蘇会思想文献匯編』(二〇〇三年)、『徐家匯蔵書楼明清天主教文献続編』(二〇一三年)などが相次いで出版された。このほかにも、近年における文献整理で注目すべきものに、中国宗教歴史文献集成編纂委員会編纂、王秀美・任延黎主編『東伝福音』(二〇〇五年)、台湾中原大学の曾慶豹主編『漢語基督教経典文庫集成』(二〇一二年)、周振鶴主編『明清之際西方伝教士漢籍叢刊』(二〇一三年)、張美蘭『美国哈佛大学哈佛燕京図書館蔵晩清民国間新教伝教士中文訳著目録提要』(二〇一三年)などがある。また、陶飛亜が主管する重大プロジェクト「漢語基督教文献書目的整理与研究」と、張西平が主管する「梵蒂岡図書館蔵明清中西文化交流史文献複製与整理項目」も、猛烈な勢いで進行中である。但し、右に挙げた種々の書籍やプロジェクトは主に宗教面に偏ったもので、文学の角度から出発した文献整理ではない。そのため宣教師の小説は一部がわずかに含まれるのみで、この点では隔靴掻痒の感があることも否めない。

在仏の中国人研究者である陳慶浩は、早くからフランスに収蔵されるカトリック宣教師の小説収集に着手している。フランス国家図書館では、プレマール(馬若瑟)の章回小説『儒交信』の写本や、ロンゴバルディ(龍華民)編訳『聖若撒法始末』、パランナン(巴多民)編訳『徳行譜』、アルフォンソ・ヴァニョーネ(高一志)『聖人行実』と『聖母行実』などの原著を発見した。また、二〇〇五年に台湾嘉義大学が開催した「中国小説与戯曲国際学術研討会」では、「新発現的天主教基督教古本漢文小説」を発表している。二〇一〇年、宋利華は『伝教士漢文小説研究』(上海古籍出版社、二〇一〇年)の付録として、「西方来華伝教士漢文小説書目簡編」を公にした。これは宣教師による漢文小説の初めての基本的書目である。単行本の小説を著録するだけでなく、西方の宣教師が中国語で一人で創作したものや編訳した小説および故事、寓言、伝記、さらには中国人と協力して著した作品をも採録する。この書目を利用することで、宣教師による漢文小説の全体像をおおむね把握することが可能となり、さらに研究を推し進めるための基礎を固めることができるであろう。現在、最も便利なものとして、黎子鵬の編集による二部の小説集、すなわち『晩清基督教叙事文学選粋』(橄欖出版、二〇一二年)と『贖罪之道伝:郭実猟基督教小説集』(橄欖出版、二〇一三年)を挙げることができる。版本の選択において、黎子鵬が可能な限り初版あるいは早期の版本を用いていることは、特に重視すべきである。編者は各作品に標点を打ち、段を分かって注釈を付し、冒頭には序論を載せている。むろん、おびただしい数量を誇る宣教師の小説に対して、これらが収録する作品は滄海の一粟に過ぎず、大規模かつ系統的な文献整理を進めることが目下の急務である。

　宣教師による漢文小説は、中国とヨーロッパの文学と文化、および宗教と文学のあいだで、多重的に衝突と交流を繰り広げてきた、きわめて学術的価値の高い研究対象である。その研究史を遡り、研究の現状を分析することで、今後進むべき方向を明確に示すことが、本稿の狙いである。分野を越え、文化を越えて、学術的協力を大々的に進めることが、このジャンルの研究を深化させることにつながるであろう。

林語堂による英訳「鶯鶯傳」について

上原徳子

うえはら・のりこ――宮崎大学語学教育センター准教授。専門は中国古典小説及び明末松江地方の士大夫の文学活動に関する研究。主な論文に「万暦五年の情死事件についての一考察」（松村昂編『明人とその文学』汲古書院、二〇〇九年）、「「杜十娘怒沈百寶箱」の翻案について――「杜十娘」からMiss Tu へ」（『中国古典小説研究』第二〇号、二〇一七年）、などがある。

中国古典小説は、様々に形を変えてきた。文言から白話へ、小説から戯曲へ。そして、外国語にも翻訳・翻案され、中国語を解さない人々にも読み継がれてきたのである。「鶯鶯傳」は中唐の元稹による文言小説で、後世への影響も大きい。本稿では、林語堂の英訳によりこの物語がいったいどう姿を変えたのかを考察する。

はじめに

唐代伝奇小説「鶯鶯傳《おうおうでん》」は、中唐の元稹による作品であり、これまでその創作背景を含め様々な解釈がされてきた。さらに、「鶯鶯傳」は後に戯曲「西廂記」へと形を変えることから、両者の関わりについては一貫して関心を持たれてきた。

文言小説が後に白話小説や戯曲へと形を変えていく例は多くみられ、このような中国文学の中でいわば再生を繰り返す例は、最近盛んな古典小説の映画やドラマへの翻案ともつながる現象で非常に興味深い。一方で、中国古典小説は古くから東アジア各地で受容されており、日本文学との関わりからいえば、その受容や翻案作品についての研究には一定の蓄積がある。さらに目を転じると、古典小説は前世紀初頭から東アジア以外の国々へも翻訳（翻案）されてきた。このことについて、中国語圏では、主に翻訳学の視点から、古典小説の主に英語への翻訳について、言語と文化の転移の現象として研究対象とされてきた。ただし、その場合は翻訳の技術や方法論に焦点があたっており、文学研究とは少々違った角度から研究されてきたといえるだろう。ここ数十年で、図書館の資料は続々とデジタル化され、インターネットの普及から国境を越えて容易に閲覧できるものが増えいる。今後この分野の研究がより一層進展することが予想される。今回、本稿は古典小説研究の立場から、中国古典小説の国外での受容について論考を試みたい。

本稿で取り上げるのは英訳の「鶯鶯傳」である。林語堂（一八九五～一九七六）は、*My Country and My People* や *Moment in Peking* で知られる著名な作家であるが、その他にも言語学者・評論家という側面も持つ近代中国の知識人である。彼は、その生涯のうち欧米で過ごした時間が長く、英語による著作を数多く残している。彼が中国の文化・文学を欧米に紹介した功績は広く認められるところであろう。

それら彼の英語による著作の一部に中国古典小説の英訳がある。拙論「「杜十娘怒沈百寶箱」の翻案について――「杜十娘」から *Miss Tu* へ」（『中国古典小説研究』第二〇号、中国古典小説研究会、二〇一七年三月、二十五～三十八頁）では、明末の白話短編小説を英語作品に翻案した作品の一つについて内容の分析を行った。この『警世通言』所収の「杜十娘」の英語翻案はこれまであまり着目されてこなかった作品である。*Miss Tu* は、原作から物語の構造そのものを大きく変え、古典小説を近代小説に生まれ変わらせていた。一方、今回取り上げるのは、林語堂のまとまった中国古典短編小説の英訳として知られている *Famous Chinese Short Stories*（本稿が使用するのは、一九五二年John Day Company出版のペーパーバック）である。

中国語で『英譯重編伝奇小説』と題されたこの書には、全部で二十篇の短編小説が翻訳されている。その六篇目に唐代伝奇小説「鶯鶯傳」が"Passion"という英題で収録されている。この「鶯鶯傳」は、中唐の元稹が文言で書いた短編であり、後にはそれを元に戯曲「西廂記」が成立し後世への影響も大きい。最も有名な唐代の短編小説の一つといってよいだろう。今回は、紙幅の関係上、林語堂が英訳した多くの古典小説の中から「鶯鶯傳」すなわち"Passion"のみをとりあげる。以下具体的にみていこう。

一

まず原作である唐代伝奇小説「鶯鶯傳」のあらすじを以下に簡単に紹介する。

唐の貞元（七八五～八〇五）のころ、張生という若者がいた。彼は蒲州に滞在していた時、崔家の未亡人と子供たちと同じ寺に宿泊した。張生は、そこで軍の反乱に巻き込まれ危険にさらされていた彼らの困難を救った。

未亡人は張生を感謝の宴に招き、彼はそこで崔家の娘鶯鶯の美しさに心を奪われた。張生が小間使いの紅娘を通じて思いを打ち明けると鶯鶯から詩が送られてきた。しかし、彼が鶯鶯のもとを訪れると彼女に非難される。その数日後、突然鶯鶯自ら張生を訪れ二人は結ばれる。その後、張生は長安に行くため彼女の元を去った。数ヶ月後、彼は再び蒲州を訪れた。二人はしばらく共に過ごした後、彼は科挙のために長安に旅立っていった。

結局、彼の試験はうまくいかなかったため、張生はそのまま長安に留まり鶯鶯には手紙を送った。彼女からも長い手紙が来た。彼女のことは彼の周辺から世間に知られ評判となったが、張生の愛情がなくなってしまい二人の間のやりとりは途絶えた。

それから一年あまり経ち鶯鶯と張生はそれぞれが別の相手と結婚した。張生はその後たまたま彼女の嫁ぎ先を通りかかり、親戚として彼女に会おうとしたが彼女は会わなかった。

一方、林語堂によって英訳された「鶯鶯傳」（以下林語堂版という）とはどのようなものなのか。ここで、林語堂版のあらすじを林語堂本人の解説と先行研究からわかっている改変点も明示するかたちで以下に示す。
○二人の出会いから二十年後、元稹が若き日を思い出す。以下は彼の回想であることが示唆される（元稹「春暁」に着想を得ている。「鶯鶯詩」も引用）。
○元稹二十二歳。試験のために上京する途中、蒲城で崔家の別荘の隣の寺に逗留する。
○二人の出会い。城内の混乱に巻き込まれそうな崔家の未亡人と子供たちのため知人を頼み困難を救う。その過程で崔家の娘を見かけ心奪われる。崔家の未亡人は元稹をお礼の食事に招き娘を紹介する。
○元稹が鶯鶯に詩（この詩の詩句は原作にはない。「古艶詩」を引用）を送り、二人は密かに会うが、鶯鶯に拒絶される。
○二日後、鶯鶯の自献。しばらくの相思相愛の時間。試験のため二人の別れ、再会と再びの離別。
○元稹が試験に失敗し、連絡が途絶えがちになる。楊巨源が間を取り持つ。元稹から詩が送られる（原作では送った手紙の内容は書かれていない。林語堂は元稹の「古決絶詞」を引用して返事としている）。
○楊巨源は元稹の不誠実な態度を不審に思い調べてみると元稹は既に他の女性と懇ろになっていた。楊巨源は元稹が別れるつもりであることを鶯鶯に告げる（楊巨源は原作ではこのような役回りは担わない）。

○元稹が結婚後の鶯鶯に会いに行くが拒絶される。最後に鶯鶯自身が元稹に言葉をかける（原作には鶯鶯自身が言葉をかける場面はない）。

"Passion"と唐代伝奇小説とが最も異なるのは、"Passion"が元稹自身の物語とされていることである。第一の場面は二人の別れから二十年後であり、元稹自身が当時を回想するかたちとなっている。しかし、おおまかには、初めに挙げた唐代伝奇小説のあらすじとさほど違いがない。次に、英語訳の改変の意図を林語堂本人の言葉から整理したい。

二

林語堂自身は、序文で次のように述べる。以下林語堂版からの引用は紙幅の関係上、佐藤亮一による日本語訳（『マダムD』現代出版、一九八五年）を用いる（なお……は中略を表す）。

本書は中国で古くから伝わる短編小説から最も有名な二十篇の物語を収めたものである。特に外国の読者の興味をひくと思われるものを選んだので、かなり除外した物語もある。それはテーマそのものや、問題となる内容や、背景となる社会、時代というものが非常に説明しにくいことと、外国の読者にはたいして興味をひかないと判断した物語は除いた。わたしがここに選んだ物語は、一般の興味に強く訴えるもの、そしてそれが近代の短編小説の趣旨にそうものと考えたものばかりである。……わたしがここに選んだ短編小説は、読者が淡々としかし興味を持って読んでくれればよいものばかりで、編集にあたって、特別に技巧などは用いなかった。それぞれに遠い昔の異国情緒と時代背景によって、読者の興味にさまざまに訴えるものがあろう。（三頁）

ここで林語堂は、明確に欧米の読者が興味を持ちそうな作品を選んだとはっきり述べ、さらにはそれらは「特別に技巧などは用いな」くてよい作品であるとしている。[1]ところが同じ序文の中で「私は英訳に当たって、厳格に言えばいわゆる逐語逐条的に訳したわけではない。また時には翻訳が不可能なこともあった。言葉と習慣と慣行などの違いは当然のことだが、しかしこれは説明を要するし、登場する人物への自然の同情、そして特に現代の短編小説の技巧的な面などから、いたずらに原文に拘泥しているわけにはいかないのである」（九頁）とも述べている。原文に拘泥しないのならば、技巧を用いなくてもよい小説を選んだとすることと矛盾する。彼の真の意図はさらに吟味しなくてはならないだろう。序文ではさらに「鶯鶯伝」について以下のように紹介している。

……本書で選んだ『緑鶯傳』は中国で最も有名な愛情小説であり、少なくとも強烈な愛の感情がもとになって、高雅富貴の家柄に生まれた美女が、やがて性の経験を得るという故事である。この物語は傑出した一詩人の作であるが、これがやがて有名な『西廂記』なる劇に改編されるにいたって、その文章の華美、詩句の秀麗さは、まさに中国文学の精華を尽くし、愛情の書の古典となった。この原作にもとづいて後の人がそれぞれの趣向で八本の戯劇を編んでいることでもこの作品があまねく人々の好みに投じたことか《ママ》わかる。（七頁）

この部分では、物語の主題は「愛情」であり、鶯鶯の経験を描いた故事と述べる。彼は同じく序文において、明代の短編小説について「人間の個性とか意義を深く衝くという点に欠けている」と評価し、それに対して唐代の伝奇小説については、

唐宋時代の古典的短編小説は、短文ではあるが、人生と人間の行為について、われわれに驚嘆と美妙の感を抱かせる。（六頁）

と述べている。ここからも、彼の唐代伝奇小説「鶯鶯傳」への高い評価がはっきりとみてとれるだろう。

この話の英題は"Passion"であり、佐藤亮一による日本語訳では「緑鶯鳥」と題され順番は全体の最後に配置されている（佐藤訳がなぜ「緑鶯」とするのかについては、現段階ではまだ調査中である）。日本語訳と原本では話の並べ方が違っており、もともとこの"Passion"は"Love"としてまとめられた五作品の内の一つであった。

"Love"としてまとめられた他の作品は「英題」／「佐藤訳邦題」／「（林語堂の述べる）原作」の順で挙げると"The Jade Goddess"／「白玉観音」『京本通俗小説』／「碾玉観音」・"Chastity"／「母の伝説」／『一笑聞稗史』「貞節坊」・"Chienniang"／「離魂記」／『太平広記』第三五八編「離魂記」・"MadameD."／「マダムD」廉布『清尊録』「狄氏」の四篇である。この五篇はいずれも愛情に関する故事を描くが、元になった小説の年代はばらばらで、内容に共通性があるわけでもない（その選択意図、分類意図、改編の度合いに興味がもたれるが、それについては別の機会に分析を試みたい）。いずれにしても、ここに集められた話がいずれも「愛情」をテーマにしているのであれば、"Passion"においては、回想する元稹本人ではなく回想の中に登場する鶯鶯こそ「愛情」を象徴していることになるだろう。林語堂は"Passion"の解説で次のように述べる。

……彼はこの物語が他の人間に関するかのように書いて

いるが、これは実際は自伝なのである。物語の期日、事件、人物名と、あまりにも元愼本人の状況と一致しており、また作者本人の真情が吐露されていることなどから、彼個人の恋愛と思わざるをえないのである。（三〇八頁）

現在では、「鶯鶯傳」が元稹の実体験を描いたという説は支持されていない。しかし、英訳が出版された当時は、元稹が自らの経験を託して書いたという考え方が一般的であり、林語堂の考え方は自然なものだといえよう。林語堂版では張生＝元稹本人説が採用された。彼はさらに元稹については次のように述べる。

……本編は大半が元稹の原文に拠っているが、そこには愛人（元稹自身）が薄情にも鶯鶯を捨て去りながら、自分の行為を捏造、自己弁明している重要部分を含んでいる。

……元稹は著名な詩人であり、後には高官になったが、彼の人柄から一般には重要視されなかった。

……元稹は心中では鶯鶯の彼に対する誠実さに疑念を抱いていたのだ。彼はアメリカ流の言葉で言うと、「卑怯者」だった。（三〇八～三〇九頁）

この日本語訳中の「卑怯者」とは、"heel"であり、中国語（張振玉訳『中国伝奇』群言出版社、二〇一〇年）では、「卑劣下流」とされている。いずれにしても男性側に対してずいぶん厳しい評価をしている。愛を体現する鶯鶯と「卑怯」な元稹とは対照的な存在である。

「自分の行為を捏造、自己弁明している重要部分を含んでいる」とあるが、これは最後に張生が自分の行為を正当化する部分で、尤物論にもとづくところだ。同時代の魯迅（一八八六～一九三六）は『中国小説史略』で「鶯鶯傳」について次のように述べる。

元稹は張生を分身として、自ら経験した境地を述べた。文章はそれほど上乗のものではないけれども、時に情趣があって、もとより読むに値する。ただ篇末でその過失を飾って糊塗したのは悪趣味である。しかし李紳や楊巨源たちがそれぞれ詩を作って宣伝したし、稹も早くから詩名があり、後に節鉞を執る大臣になったものだから、世の中の人間は相変わらず好んで口にしたものである。
（中島長文訳注『中国小説史略』一、平凡社、一九九七年、二一八頁）

この魯迅の評と林語堂の両者に共通するのは、鶯鶯を棄てた後、張生が述べた別れの理由を彼らが受け入れがたく感じている点である。次は、この違和感について考えてみたい。

三

魯迅にいわせれば「過失を飾って」いるという、いわば「いいわけ」の部分の背景には、尤物論があることがすでに複数の論文によって指摘されている。[2] 尤物論とは、諸田氏の言葉を借りれば、「美人を男を惑わす尤物と見る」思想である。さらに諸田氏は「……中唐期の「尤物論」では、その重点が「情の作用」を説く方向に傾斜しているのである。つまり、そこでは、女性の悪を説くことよりも、むしろ、「情の恐ろしい力」を説く事に、より関心が持たれている」と述べる(諸田龍美「「歐陽詹」事件から見た「鶯鶯傳」の新解釈――中唐の「尤物論」を巡って」『日本中国学会報』第四十九集、一九九七年)。つまりは、美女に夢中になることで自分がだめになること、恋愛にのめりこむことの恐ろしさについて警告がなされているといえるだろう。

林語堂らが嫌った張生(林語堂版では元稹とされる)の自己弁護は当時の「尤物論」を背景としたものであるとして、これは林語堂版ではどう描かれているのだろう。元稹は、楊巨源に鶯鶯への思いを問い詰められ次のように答える。

「ぼくは結婚する気持はないんだ。ぼくは学に精をださなければならないんだ。ぼくが彼女と関係を持ったことは事実だ。彼女の方からやってきたんだ。若いときのちょっとした過失で、前途を台無しにすることはないと思うがね」

「そうだよ。若いとき、何かやるべきでないことをやったときは、さっさとそれにしめくくりをつけることだと思わないか?」

「若いときは過失もあるんじゃないか?しかし女のために時間をむだにしてはいけないよ。とにかく……」

(『マダムD』三二八頁)

鶯鶯の一途な思いに全く報いることのないこれらの言葉に対し、楊巨源は「もし君が変心したとしたら、そんなに教訓めいたことを説くなんて止せ」と返し、元稹の負心を責める。この部分こそ原作にある尤物論の痕跡であり、男側の身勝手な理屈を述べる部分である。その上、元稹はこのように述べながら、自分に利用価値のある大富豪の娘と懇ろになっており、不誠実極まりない、読者を不快にさせるような身勝手な言動をみせる。また、林語堂版で楊巨源は鶯鶯と元稹の間を行き来する存在だが、その立場は鶯鶯寄りで、常に彼女に同情し思いやる人物として描かれる。いわば作者の分身である(呂賢平「論林語堂対唐伝奇『鶯鶯傳』的改編」(『漳州師範学院学報』哲学社会科学版、二〇一一年第一期)や、李暁玲「蒙娜 貝克叙事学視角下林語堂英訳『鶯鶯傳』研究」(『読書文摘』二〇一六年第八期)等も楊巨源の果たすこの役割について指摘している)。楊は次のように考えていた。「元稹がもしも正当な君子ならば、たとえ鶯鶯がかならずしも彼に求めなくても、彼は彼女と結婚するのは当然のことだったのだ」(三二六頁)つまり元稹は君子とはいえない人物だということになろう。では、元稹は徹頭徹尾非難される「嫌な奴」なのかといえば実はそうではない。冒頭、二十年後の彼の心中に去来するのは次のような思いだった。

……彼は自分自身でも驚いていた。……夜明けを告げる薄明の寺院の鐘の音は、その響きの高低と流れるような韻で、いまなお彼の心に限りない悲哀の情を喚び起し、深く幽隠な心情をもって、彼の生活そのものにしみじみとした親しみを与えた。そしてこれら一種奇異の感傷と一種生命の美感は、いかに彼の詩歌の妙筆をもってしても、わずかにその情景を紡彿させうるだけであったろう。床上に身を横たえながら、彼は回想した――幽暗の空にかすかに閃めく星の光、息づまるばかりの心情に伴って強く漂う馥郁たる香り、初恋の人の顔に浮かぶ笑いにも似てしかも笑いに非ざる笑い。（三一〇頁）

ここは、林語堂が元稹の「鶯鶯詩」から引用したと述べる部分である。ここでは、若い頃を懐かしみ、ほろ苦い思いを抱えた中年男性の悲哀が伝わり、寺院の鐘の音によって呼び起こされた男の感傷が描かれる。

それでは、この冒頭に対して、物語の最後をみてみよう。原作では鶯鶯は元稹に会わず、ただ詩を送るだけである。しかし林語堂版では直接言葉をかける場面がある。鶯鶯が元稹に告げた言葉は次のようなものであった。

「なぜわざわざわたくしを困らせにいらっしゃるの。わたくしはあなたをお待ちしましたが、あなたは帰っていらっしゃいませんでした。もうわたくしたちの間には何も話すことなんかございませんわ。わたくしはもういっさい忘れてしまいました。あなたもそうすべきですわ。お帰りください!」（三三〇頁）

この最後の言葉は、原作で鶯鶯が結婚後訪ねてきた張に送った「消瘦して自從《よ》り容光を減じ、万転千回床を下るに懶《ものう》し。旁人の為に羞じて起たずんばあらず、郎の為に憔悴して卻って郎に羞ず」、そして張の去り際に送った「棄て置かれ今何をか道《い》わん、當時且つ自ら親しむ。還た旧時の意を將《も》って、憐取せよ眼前の人」(3)にあたるだろう。原作では、女の男性をまだ慕う情が感じられるが、林語堂版ではそれが一切無い。彼女に本当に情がないのかはわからないが、言葉の上からは少なくともそれは感じられない。

ひたすら男を思い愛を誓う原作の鶯鶯はけなげであり、そのひたむきさは恐ろしさすら感じさせる。しかし、林語堂版では、別れを悟った後は、傷つきながらも前を向いて別の道を歩もうとする毅然とした女性として描かれる（ただしその直前、鶯鶯が元稹に送る最後の手紙の内容は原作と大きく異なる部分はない。筆者はこの点から鶯鶯像が大きく変更されたとはいえないと考える）。翻って、冒頭の感傷的な元稹からは自己を省みる姿はなく自分の感傷にひたる脳天気さがみてとれ、結末の決然とした鶯鶯とは対照的である。これは林語堂や魯迅が違和感を覚えた男の勝手な言い分がより強調されたようにみえる。

元稹がひたすら当時の恋愛を美しくもほろ苦いものとして回想する冒頭部分では、男の「卑怯」な振る舞いは脇におかれてしまう。彼には何ら罰はくだされず、結局は、林語堂の意図とは違って、恋人に裏切られ悲しい結末を受け入れざるを得なかった彼女は美しい思い出の一部とされ、この冒頭が男の免罪の作用を果たす側面があることは指摘しておきたい。裏切りが引き起こした鶯鶯の悲しみもまた男の「美しい思い出」の一部分なのである。

おわりに

林語堂が「鶯鶯傳」に加えた改編は、それを古典小説から近代小説へと変容させるような性質のものだったのだろうか。原作と林語堂版では、主人公が元稹であり、冒頭にこれが彼の回想であることを示したことが最も大きな違いである。林語堂版では、そのほかに彼自身がつじつまが合わないと思った部分、たとえば鶯鶯の手紙の内容は書かれているのにも関わらず張生の手紙の内容が全くわからない点を、元稹自身の詩から補ってよりわかりやすくしたといった変更はあるが、それ以外は、基本的にその話の枠組みを変更していなかった。また、林語堂・魯迅らが受け入れがたかった部分、尤物論については、元稹の身勝手な言動として痕跡を残すだけとなっている。尤物論は、実は物語の本質を理解するためには避けられない考え方であるが、これは、欧米の読者にわかりやすくするためには必要が無かった。『中国古典小説選5』に収録された「鶯鶯傳」解説ではこの作品の二つの矛盾点を次のようにまとめている。「その一は、崔鶯鶯の魅力を賞揚しながら、最後にはそれを危険視し、張生の背信を善しと評価していること。その二は、深夜訪れた張生を、鶯鶯は最初、不道徳として強く叱責したにもかかわらず、数日後、自ら張生の部屋を訪れて情を交わしたことである」（二八四頁）。林語堂版は、第一の問題については鶯鶯を賛美し男性の裏切りは徹底的に非難する態度であり、第二の点については彼女の愛をまさに"Passion"として肯定的にとらえている。冒頭の中年男性の回想には彼女との美しい恋愛の思い出しかなく、一途な女性の愛情を主題とする林語堂版はその主題を矛盾なくゆるぎなく描いているといえよう。

　林語堂版では鶯鶯のきっぱりとした別れから冒頭の回想場面まで二十年の時を経ている。激しい恋愛が巻き起こした悲哀が美しい思い出となり感傷的になってしまうのは、この時の経過のなせる技かもしれず、英訳では原作にはないこの二十年という時間が実は大きな存在を占めているといえないだろうか。

　本論で触れられなかった問題として、言語の影響があるだろう。英語の表現は、元々の文言（古典中国語）での表現とは当然大きく異なる。林語堂による中国古典小説の英語翻訳を、林語堂研究者を除けば、中国や台湾の研究論文の多くが翻訳学の研究対象としているのも、中国語母語話者にとって、中国語と英語の間の問題だけでなく、さらには言語が変わることで内包される文化自身の変容もまた非常に興味深い問題だからであろう。今回取り上げた作品には日本語訳も存在しているのであり、それも含めて言語の違いが文化理解にもたらす影響を考察することは今後の課題だろう。また「杜十娘」と違って枠組みに大きな改編がないのも、原作が白話文ではなく文言文であることと関連がある可能性があり、他の英訳と併せてさらに検討しなければならない。

注

（1）この部分の原文は以下の通り。解釈については検討の余地があるが今回は佐藤訳をそのまま採用した。Nothing in the readers basic assumptions should stand in the way,requiring elaborate explanation, in order that this desired effect may be achieved.I have chosen stories which present no such difficulties and which make the achievement of this effect easy or possible,…

（2）ここで関連する論文全て挙げることはできないが、以下特に尤物論について考える際参考になる論文をいくつか挙げる。下定雅弘「「鶯鶯傳」をどう読むか？——「情の賦」との関連を中心に」（『岡山大学文学部紀要』第五十号、二〇〇八年）、富永一登「唐代における愛情小説の限界——「鶯鶯傳」についての私見」（『中国古小説の展開』研文出版、二〇一三年）、小南一郎「元白文学集団の小説創作——鶯鶯傳を中心にして」（『唐代伝奇小説論——悲しみと憧れと』岩波書店、二〇一四年）

（3）『中国古典小説選5』（明治書院、二〇〇八年）の書き下しを参照した。

中国古典小説研究三十年の回顧と展望

金　健人（松浦智子・訳）

きん・けんじん――浙江大学中文系教授。専門は中国古代小説戯曲研究。主な著書に『研究性作文教与学』（共編、浙江大学出版社、二〇〇六年）、『論文学的特殊本質』（浙江大学出版社、二〇〇九年）などがある。

金文京氏とともにシンポジウムの司会を、とくに神奈川大学において担当することができたことを、大変光栄に感じている。というのも、私には神奈川大学と特別な縁があるからである。私の最初の国外での学術交流は、神奈川大学への訪問であり、ここで特別招聘教授を二年つとめ、さらに鈴木陽一氏と協力して「金庸武侠小説国際学術研討会（神奈川大学人文学研究所・浙江大学日本文化研究所共催、第十一回国際学術シンポジウム〈歴史と文学の境界〉）」を共同開催した。このたび、ふたたび故地に来られたのは、非常に感慨深いことである。とくに、ここ数年の神奈川大学の発展は非常に早く、多くの校舎が新しく建ちならんでいたため、とっさには自分がどこにいるかわからず、しばらく尋ね歩いて、ようやく自分がかつて授業や研究をしていた場所を探しあてたほどである。

私と鈴木氏が、出会ってから最も多く語りあってきたことは、小説についてである。彼は『白蛇伝』研究の日本における大家であり、私は中国でテレビ局のために『白蛇伝』の脚本を書いた経験をもっている。二人で一緒に西湖へ行き、白娘子が上陸したとの伝承がある岸辺を探し、白娘子が通った経路に沿って、一帯の道々を重ねて歩いたりもした。その後、私は本務校（浙江大学）の韓国研究所で仕事をするようになったことから、自然と韓国の漢文小説に親しみ、東アジアの文化の文脈や相互交流にも興味をもつようになっていった。そのため、東アジアの海上交流の最初期の経路を探るべく、竹製のいかだで海を漂流して渡るという中韓共同の探険を企画したこともあった。機械の動力がない状況で、季節風や海流だけを頼りとし、中国人一人と韓国人四人が、一九九七年に中国の舟山から韓国の仁川に流れつくことに成功した。これにより、中国、韓国、日本の三つの国は、船舶が出現する前から、すでに竹製や木製のいかだで海上交流を行っていたことが証明されたのである。このことは、三〇〇〇年前の稲作文化が、海上ルートを通って、とりわけ長江の河口から直接東シナ海や黄海を横断して、朝鮮半島や日本列島にわたった可能性があることを、合理的に説明してもいる。

東アジアの地域では、古くから民間で交流が活発におこなわれており、こうした交流は、東アジアの社会や歴史において非常に重要な役割を担ってきた。東アジアはその特色ある歴史文化により、緊密に結び付いてきたのである。また、文学や文芸の交流も長い歴史をもっており、なかでも小説の相互間における影響や交流は、とくに近現代以降の文学交流の主要な内容となっている。

東アジアの漢文小説の伝播や相互間の影響を研究することは、実のところおもに中国の古代文化が周辺の国家に与えた影響を研究することであり、そこには、文学作品の伝播だけでなく、政治や教育、軍事、文化といった全方位的な影響も含まれる。現在、中国はまさに大国として勃興しようとする時期にあり、古代のこうした方面の歴史を理解することは、現実の中国と周辺国家との交流や協力に、歴史的な視点を提供することになるだろう。もちろん、東アジアの小説に見える共通性だけでなく、各国の小説の個性も、さらに研究する必要がある。というのも、これらの個性のなかに、各国の文化の特徴や、それらの特徴が各自の小説の発展に与えた影響を見て取ることができるからである。近現代以降、日本の文学は、中国の文学に非常に大きな影響を与えてきた。これらは、すでに古代小説の範疇に属さないものの、われわれ研究者にとっては、必ず注意しなければならない学術的な背景となっている。

シンポジウムに参加された研究者は、中国古典小説を研究する中日の最高の顔ぶれとも言え、東アジアの小説研究の主力でもある。中国の研究者でいえば、復旦大学の黄霖氏の一門、上海の孫遜氏の一門、広州の黄仕忠氏の一門、杭州の徐朔方氏の一門といった方々がそろっており、また徐朔方氏の一門である廖可斌氏は、北京大学という中央で活躍されている研究者でもある。つまり、中国古典小説と東アジア古典小説の研究勢力が一堂に会しているのである。

このシンポジウムは、古典小説研究の三十年を回顧するだけでなく、未来への展望を描くものでもある。ならば、このシンポジウムを絶好の機会とし、東アジアの古典小説研究の論壇を打ち立てることもできるのではないだろうか。シンポジウムを良き端緒として、今後もこうした交流の場を持ち続けていくべく、同じくここに参加された浙江大学人文学院副院長の楼含松氏と相談した結果を踏まえ、私から次のような提案したい。

二〇一七年もしくは二〇一八年に、このシンポジウムの場を西湖畔に移し、浙江大学人文学院と浙江大学アジア研究センターと共同で「東アジア漢文小説国際学術研討会」を開催する。日本の研究者、韓国の研究者や、その他の国々の研究者には、中国の研究者とともに、今回のシンポジウムだけでは充分に論議しきれなかった話題や内容を、杭州で深く広く展開していただくことを心より期待している。そのため、このシンポジウムにおいては、復旦の黄霖氏の一門、上海の孫遜氏の一門、杭州の黄仕忠氏の一門、さらに廖可斌氏の中央の一門といった中国の研究者の方々にも、多大なるご支持ご助力をたまわりながら、ともに先達がわれわれに残してくれたこの重厚な文化遺産を継承し、発揚していくことを願っている。

訳注

以上の金健人氏の原稿は、二〇一六年九月四日、五日に神奈川大学で開催された「中国古典小説研究三十年の回顧と展望」での発言にもとづくものである。氏は、シンポジウムの熱気を忠実に伝えるとの趣旨で、当日の発言原稿に少し手を入れる形でご寄稿くださったことを、ここに申し添える。

なぜ「中国古典小説」を研究するのか？
――結びにかえて

竹内真彦

たけうち・まさひこ――龍谷大学経済学部国際経済学科教授。専門は中国古典文学。主な著書・論文に「関平が養子であることは何を意味するか」（三国志学会編『狩野直禎先生傘寿記念三国志論集』汲古書院、二〇〇八年）、『続・一海知義の漢詩道場』（岩波書店、二〇〇八年）などがある。

二〇一六年九月四、五日の両日に、神奈川大学で開催された国際シンポジウム「中国古典小説研究三十年の回顧と未来への展望」では、筆者が会長を務める中国古典小説研究会も主催に名を連ねた。筆者自身が、主催に相応しい仕事を為したか否かには甚だ自信はないが、神奈川大学の鈴木陽一教授をはじめとする諸賢の尽力がなければ、当シンポジウムの成功はなかった。記して敬意を表したい。

シンポジウムは圧巻であった。特に、中国側の研究の豊饒には、ただただ圧倒された。日本で開催される国際シンポジウムに出席するために、数十名の中国人研究者が大挙して来日すること自体、筆者が研究者を志した二十年ほど前には想像し難いことだったのである。

その一方で、自分自身に問いかけざるを得なかった。自分は、なぜ「中国古典小説」を研究するのか？

無論、唯一無二の解答を得られるような問いかけではない。各人各様の解答があって然るべきであろう。しかし、研究者として、何らかの解答を持っていなければならない問いかけだとは思う。

筆者が、中国側の研究を「豊饒」と感じたのは、その深化や多様性もさることながら、発表された諸氏の表情に「明るさ」を見たからかも知れない。それは、自身の研究が、大袈裟に言えば、「社会的に承認されている」という肯定感を背景に持っていたからではないか。

おそらく中国の実際はそんな甘くはないだろう。だが、現在の日本における、中国古典小説研究、ひいては中国学、より大きくは人文学を取り巻く環境が、中国よりも悲観的なものであることは疑いない。

言うまでもなく、そのような状況に陥った原因は複合的なものである。原因が複合的であるゆえに、一朝一夕に事態を好転させることも、簡単ではない。だが、中国古典小説の研究者として、為し得ることはやらねばならない。

そのような思考の帰結として辿り着いたのが、「なぜ『中国古典小説』を研究するのか」という問いである。

筆者にとって、この問いは、「自分の研究を、人間社会の中にどのように位置づけるのか」ということと同義である。そして、それに対する解答が、個人や研究者間の枠を超え、「外部の人々」の共感を多少なりとも得られるのであれば、人文学をめぐる状況を少しはマシなものにできるかも知れない、という淡い期待を懐くのである。

では、どのような解答を為し得るであろうか。

冒頭に述べたように、おそらく、唯一の「正解」はない。そして、筆者自身、自分を納得させる解答すら見つけられていない。だが、「古典小説」という語が突破口になるかも知れない。

周知のように、『漢書』藝文志の諸子略において、「小説家」が立てられるが、「九流」には含まれない。「小説」とは街談巷語、道聴塗説の類であって、残すべきものであるが、一つの流派とは看做されなかったのである。言わば、「小説」は、文章の世界にあって、中心には位置せず周縁に置かれるものでしかなかった。

言うまでもなく、『漢書』藝文志における「小説」と、明清代の「小説」は同じものではない。しかし、「白話小説」が、伝統的な四部分類(経史子集)の中に占めるべき位置を与えられて来なかったことに鑑みれば、「小説」とは、ほぼ一貫して周縁に位置するものであった、とは言えよう。逆に言えば、周縁に位置すればこそ、「小説といふものは何をどんな風に書いても好い」(森鷗外「追儺」)のであり、「多分にぬえ的な言語概念」(野口武彦『一語の辞典/小説』)とならざるを得なかった。

一方、「古典」とは、古来伝えられてきた典籍の謂である。ならば、周縁に位置する「小説」が「古典」となることなどあり得るのか、という視点はあって好いであろう。換言すれば、「小説」を「古典」と看做すことは、決して自明ではない。むしろ、ある小説作品を古典とすることこそ、小説研究者に課せられた使命の一つではないのか。

勿論、何をもって「古典」とするかも議論の焦点ではある。

だが、古典には常に「読者」が必要なことに異論はあるまい。古典たり得る書籍は、決して固定されているわけではない。読者を失った古典は、古典とは言い難い。

つまり、古典としての価値、というものは、テクストそのものに内在的に存在するわけではない。それは、読者によって賦与／創造されるべきものだ、ということになる。そして、そのテクストの読者でなければ、小説研究者とはなり得ない。逆もまた真である、と信じたい。すなわち、小説研究者なればこそ、古典としての価値を賦与／創造する主体となり得る、ということである。ならば、自身の研究にも幾何かの価値はあろう。

甚だまとまりもなく、多分に個人的な感慨に終始したことをご寛恕願いたい。だが、諸賢の作り出した、あの国際シンポジウムという場を、「邯鄲の夢」で終わらせぬよう歩んでゆく。それこそが、そこに居合わせた研究者の端くれとしての責務だと思うゆえ、ここに書き留めておく次第である。

［Ⅳ　中国古典小説研究の未来に向けて］

大会発表の総括及び中国古典小説研究の展望

楼含松（西川芳樹・訳）

ろう・がんしょう――浙江大学中文系教授。専門は中国古代小説戯曲研究。主な著書に『長生殿』（校注、台湾三民書局、二〇〇三年）、『从〝講史〟到〝演義〟――中国古典小説的歴史叙事』（商務印書館、二〇〇八年）などがある。

大会発表をした孫遜教授、黄霖教授、大塚秀高教授、そしてコメントを担当した各教授は、この三十年、中国古典小説研究をリードしてきた方々である。その研究成果は、重要な文献の発掘と発見、新たな研究領域の開拓、新しい研究方法の活用などにより、学術上重要な見地を示し、中国古典小説研究の絶え間ない発展を力強く推し進めてきた。また、研究だけに止まらず、多くの優れた人材を育てて学術集団を作ることにも尽力し、中国古典小説研究の国際的な学術交流の促進にも力を注いできた。大会発表とコメントは、あるいは高みから見下ろすかのようであり、あるいは視野が広く、あるいは経験の裏打ちがあり、あるいは重要な意義に光を当てるものであり、総合すると、この三十年の中国古典小説研究に対する全面的な回顧と総括であった。

シンポジウムのテーマは「中国古典小説研究　三十年の回顧と展望」であった。このテーマの提起は、日本の中国古典小説研究会の歴史と関わるのはもちろんのことだが、学術史の進展ともちょうど符号したものであった。周知の通り、近代的な学問分野としての中国小説史研究は、王国維、魯迅、胡適の世代の学者たちから数えてこれまでおよそ百年になり、それは大きく以下のいくつかの時期に分けられる。第一期は、前世紀の二〇年代から四〇年代までであり、学問分野としての中国小説史の創生期にあたる。この時期に古典小説の地位が向上し、小説史の概念が確立され、古典小説研究の範疇が基本的に定められた。第二期は一九五〇年代から「文化大革命」の終結までである。この時期はイデオロギーの学術研究に対する影響が非常に強く、マルクス唯物史観と階級闘争の学術を中心とする社会・歴史・文化の批判方法、並びに、典型論を中核とする小説芸術分析で世の中は一色になった。そしてその間、低俗な社会学や小説批判を現実の政治的事業とする非学術的な現象が溢れかえっていた。第三期の一九七八年以降は、混乱が正常化して学術の姿も元に戻り、国際的な学術交流の道も次第に開かれていった。一九八五年頃になると、方法論ブームの「調整」を経て、中国古典小説研究は新たな段階に入った。

百年の中の三十年は長いとは言えないだろう。しかし、この三十年は中国古典小説研究の成果が最も豊かで、その進捗が最も速い時代であった。不完全な統計ではあるが、この時期に出版された小説史研究の専門書の総計はおよそ五百にものぼる。その論文の数の多さは推して知れよう。そして、このような盛況に到ったのには、大きく以下のような原因があったと分析される。

一、文献資料の発掘、整理、出版が小説史研究に有利な条件をもたらした。

かなり前のことだが、郭英徳、陳大康、大塚秀高の諸氏は、小説史研究が少数の有名な著作へと過度に集中していることを批判した。このような現象が起きたのは、文学の概念、研究の視野、研究方法が限定的であったことと関係するのはもちろんだが、小説史料が欠落し、貴重本・稀少本の閲覧が難しかったという客観的事実とも関わっていた。このため、小説文献学研究の進展は、その一分野の成果ではあるが、他の研究領域の開拓にも意義のあるものであった。

二、思想観念の解放が小説史研究に新たな変化をもたらした。

この三十年、古典小説研究は、社会思想や学術思潮と足並みを揃えながら、思想的束縛を打ち破り、小説史研究の新天地をも切り拓いてきた。例えば、小説図像研究、出版研究、海外漢文小説研究、宣教師小説研究などの研究領域が絶えず開拓され、叙事学、文体学、「写人学」などの研究方法が刷新された。さらに、香港、台湾、日本、欧米などの地域の小説史研究が大量に翻訳、紹介され、国内外の学術交流が一段と深まった。

三、学術の体制の前進により小説史の研究者が増加した。

中国ではこの三十年、大学院の教育体制が次第に整い、学生の募集人数が拡大し続けている。また、研究成果の数によってその指導状況を審査する体制も、学術成果を生む刺激として過小評価はできない。特に、今世紀に入ってからは多くの博士課程生が途切れることなく小説史研究の新たなメンバーに加っている。

だが、小説史研究が盛んな印象を受ける一方で、いくつかの心配もある。例えば、研究領域の開拓と研究の深化に進度のばらつきが見られ、研究成果の数的増加と研究の質的向上の釣り合いがとれていない。また、学術研究の社会への配慮にも欠落する部分がある。さらに黄霖教授が指摘した、性急な功利主義の問題がある。

今後の中国古典小説研究の展望として以下の二つを重視すべきであると考える。第一に、微視的研究と巨視的研究の結びつきをより緊密にすることである。多くの個別の研究に基づきながらも巨視的に把握することをより重視し、小説史研究のあるべき姿を具体的に示すのである。第二に、文学本位の研究に立ち返ることである。小説の文化的研究から文学本位の研究に立ち返り、古典小説の精神世界、美的特徴、創作の法則をさらに深く探るのである。

編集後記

二〇一六年九月四日・五日に、「中国古典小説研究三十年の回顧と展望」と題した国際シンポジウムが開催された。神奈川大学主催、中国古典小説研究会共催のこのシンポジウムには、中国の古典小説・戯曲・俗文学分野の第一線で活躍する研究者が、国や地域を越えて五十名以上も集まった。近年、人文分野の研究環境が少なからず厳しい状態にある日本で、中国の古典小説・戯曲・俗文学に特化した国際シンポジウムがこの規模で開催されたのは、一つの「快挙」ともいえるかもしれない。

シンポジウムが閉幕した後、この「快挙」を一時のものとしないために何ができるだろうかと開催事務局の面々で頭をひねっていたところ、勉誠出版の萩野強氏からシンポジウムの書籍化の話をいただいた。この出版不況とも言える時代に、大変ありがたい話である。その後、シンポジウムで大会発表・コメント・研究発表をされた各先生より玉稿をご寄稿いただき、書籍化実現へと具体的に動き出した。しかし、総計二十三本にわたる玉稿を前に、編集作業は遅々として進まず、結果、ご多忙のなかご執筆いただいた各先生、訳を担当して下さった各先生に、多大なるご迷惑をおかけすることになってしまった。この場を借りて深くお詫び申し上げたい。

具体的な編集作業においては、執筆者各位のスタイルをなるべくいかし、注をはじめとする原稿の体裁は各論考内で齟齬が出ないようにすることを第一義とした。そのため、書籍全体を通しての体裁の統一は緩やかなものとなっている。各論考の順序は、中国古典小説研究会の元代表・岡崎由美氏、シンポジウムの主催者・鈴木陽一氏、中国古典小説研究会事務局・松浦智子が組み立て、編集作業は、中国古典小説研究会会長の竹内真彦氏、および同事務局の上原究一氏、片倉健博氏、松浦智子が進めた。

最後に、本書の出版が中国古典小説・戯曲・俗文学研究の今後に何らかの形で裨益することを願いつつ、出版にあたり一方ならぬご助力を賜った萩野強氏と勉誠出版の皆様に心よりお礼申し上げる次第である。

（中国古典小説研究会事務局）

執筆者一覧（掲載順）

鈴木陽一	大塚秀高	黄　霖	孫　遜
大木　康	岡崎由美	金　文京	黄　仕忠
廖　可斌	李　桂奎	趙　維国	佐野誠子
許　建平	上原究一	笠見弥生	陳　文新
王　三慶	後藤裕也	周　力	宋　莉華
上原徳子	金　健人	竹内真彦	楼　含松

翻訳者一覧（五十音順）

大賀晶子　（京都大学等・非常勤講師）
後藤裕也　（関西大学・非常勤講師）
柴崎公美子　（早稲田大学・博士後期）
千賀由佳　（東京大学・博士後期）
玉置奈保子　（京都府立大学・博士後期）
中塚　亮　（愛知淑徳大学・非常勤講師）
西川芳樹　（関西大学・非常勤講師）
樊　可人　（広島大学・博士後期）
伴　俊典　（早稲田大学・非常勤講師）
藤田優子　（京都府立大学・学術研究員）
松浦智子　（神奈川大学・助教）

構成・編集者一覧（五十音順）

上原究一　（東京大学・准教授）
岡崎由美　（早稲田大学・教授）
片倉健博　（日本大学・助手）
鈴木陽一　（神奈川大学・教授）
竹内真彦　（龍谷大学・教授）
松浦智子　（神奈川大学・助教）

中国古典小説研究会（ちゅうごくこてんしょうせつけんきゅうかい）

1986年　中国古典小説の研究者・学生が学術交流を目的として合宿を行う。これにより実質上の中国古典小説研究会が結成。

1987年　『中国古典小説研究動態』創刊。

1995年　国内外の会員の増加にともない、会則を定め、大会・例会の定期開催をおこなう中国古典小説研究会の体制を整え、『中国古典小説研究動態』を受け継ぐ『中国古典小説研究』を定期刊行の機関誌として創刊。以後、国・地域を越えた活発な学術交流を続ける。

【アジア遊学218】

中国《ちゅうごく》古《こ》典《てん》小説《しょうせつ》研究《けんきゅう》の未《み》来《らい》

21世紀《せいき》への回顧《かいこ》と展望《てんぼう》

2018年5月18日　初版発行

編　者　中国古典小説研究会

発行者　池嶋洋次

発行所　勉誠出版 株式会社

〒101-0051　東京都千代田区神田神保町 3-10-2

TEL：(03)5215-9021(代)　FAX：(03)5215-9025

〈出版詳細情報〉http://bensei.jp/

印刷・製本　㈱太平印刷社

ISBN978-4-585-22684-0　C1398

217「神話」を近現代に問う

215 東アジア世界の民俗 変容する社会・生活・文化

216 日本文学の翻訳と流通 近代世界のネットワークへ

島左近―『常山紀談』の逸話などから　田口寛
〔コラム〕関ヶ原合戦図屛風の近世　黒田智
吉川広家―「律儀」な広家像の形成と展開　山本洋
安国寺恵瓊―吉川広家覚書と『関ヶ原軍記大成』を中心に　長谷川泰志
黒田長政―説得役、交渉役として　菊池庸介
関ヶ原合戦と寺社縁起　黒田智
福島正則―尾張衆から見た関ヶ原の戦い　松浦由起
加藤清正―関ヶ原不参加は家康の謀略によるものか？　藤沢毅
島津義弘―島津退き口の歴史叙述　目黒将史
伊達政宗―近世軍書に描かれたその姿の多様性　三浦一朗
〔コラム〕「北の関ヶ原合戦」をめぐる史料について　金子拓
徳川家康―天下太平への「放伐」　濱野靖一郎

213 魏晋南北朝史のいま

総論―魏晋南北朝史のいま　窪添慶文

Ⅰ　政治・人物

曹丕―三分された日輪の時代　田中靖彦
晋恵帝賈皇后の実像　小池直子
赫連勃勃―「五胡十六国」史への省察を起点として　徐冲（板橋暁子・訳）
陳の武帝とその時代　岡部毅史
李沖　松下憲一
北周武帝の華北統一　会田大輔
それぞれの「正義」　堀内淳一

Ⅱ　思想・文化

魏晋期の儒教　古勝隆一
南北朝の雅楽整備における『周礼』の新解釈について　戸川貴行
南朝社会と仏教―王法と仏法の関係　倉本尚徳
北朝期における「邑義」の諸相―国境地域における仏教と人々　北村一仁
山中道館の興起　魏斌（田熊敬之・訳）
史部の成立　永田拓治
書法史における刻法・刻派という新たな視座―北魏墓誌を中心に　澤田雅弘

Ⅲ　国都・都城

鄴城に見る都城制の転換　佐川英治
建康とその都市空間　小尾孝夫
魏晋南北朝の長安　内田昌功
北魏人のみた平城　岡田和一郎
北魏洛陽城―住民はいかに統治され、居住したか　角山典幸
統万城　市来弘志
「蜀都」とその社会―成都　二二一―三四七年　新津健一郎
辺境都市から王都へ―後漢から五涼時代にかける姑臧城の変遷　陳力

Ⅳ　出土資料から見た新しい世界

竹簡の製作と使用―長沙走馬楼三国呉簡の整理作業で得た知見から　金平（石原遼平・訳）
走馬楼呉簡からみる三国呉の郷村把握システム　安部聡一郎
呉簡吏民簿と家族・女性　鷲尾祐子
魏晋時代の壁画　三﨑良章
北朝の墓誌文化　梶山智史
北魏後期の門閥制　窪添慶文

214 前近代の日本と東アジア―石井正敏の歴史学

はしがき―刊行の経緯と意義　村井章介

Ⅰ　総論

対外関係史研究における石井正敏の学問　榎本　渉
石井正敏の史料学―中世対外関係史研究と『善隣国宝記』を中心に　岡本　真
三別抄の石井正敏―日本・高麗関係と武家外交の誕生　近藤　剛
「入宋巡礼僧」をめぐって　手島崇裕

Ⅱ　諸学との交差のなかで

石井正敏の古代対外関係史研究―成果と展望　鈴木靖民
『日本渤海関係史の研究』の評価をめぐって

210 歴史のなかの異性装

211 根来寺と延慶本『平家物語』―紀州地域の寺院空間と書物・言説

212 関ヶ原はいかに語られたか―いくさをめぐる記憶と言説

アジア遊学既刊紹介